Kate Sedley, geb. 1926 in Bristol, arbeitete zunächst im öffentlichen Dienst, bis ihre Begeisterung für das Mittelalter sie bewog, ihren Beruf aufzugeben und historische Romane zu schreiben. «Die letzte Rast» ist ihr erster Kriminalroman; weitere Abenteuer von Roger Chapman werden folgen. Kate Sedley ist verheiratet, hat zwei Kinder und eine Enkeltochter.

KATE SEDLEY

Die letzte Rast

EIN HISTORISCHER KRIMINALROMAN

Deutsch von
Irmela Erckenbrecht

Rowohlt

Die Originalausgabe erschien 1991
unter dem Titel «Death and the Chapman»
bei Harper Collins Publishers, London

Umschlaggestaltung Walter Hellmann
(Ausschnitt aus dem Gemälde «Die Kreuztragung» von
Hieronymus Bosch. Gent. Musée des Beaux Arts)

Deutsche Erstausgabe
Veröffentlicht im Rowohlt Taschenbuch Verlag GmbH,
Reinbek bei Hamburg, September 1994
Copyright © 1991 by Kate Sedley
Alle deutschen Rechte vorbehalten
Foto der Autorin auf Seite 2 © by David Grossman
«Die Rosenkriege 1455–1485» (s. Seite 241) aus: *Kurt Kluxen,
Geschichte Englands* Kröners Taschenausgabe 374.
Copyright © by Alfred Kröner Verlag,
Stuttgart. 4. Auflage 1991
Satz Bembo (Linotronic 500)
Gesamtherstellung Clausen & Bosse, Leck
Printed in Germany
1090–ISBN 3 499 13437 3

Inhalt

ERSTER TEIL

Mai 1471
Bristol

I

Heute, im Jahr des Herrn 1522, bin ich ein alter Mann. Ich habe fünf Könige herrschen sehen – sechs, wenn man den jungen Eduard hinzurechnet. Meiner eigenen Schätzung nach bin ich jetzt siebzig Jahre alt, habe also das Alter erreicht, das den Menschen, wie uns die Bibel lehrt, auf Erden gegeben ist, und wenn meine Stunde kommt, werde ich nicht traurig sein. Die Dinge sind heute nicht mehr das, was sie einmal waren, sage ich stets zu meinen Kindern und Enkelkindern. Und genau das hat auch meine Mutter schon immer zu mir gesagt.

«Es ist eben alles nicht mehr so wie früher, als ich noch ein junges Mädchen war», schimpfte sie dann, wirbelte mit ihrem Besen den Staub und die alten Binsen auf und schob sie so schwungvoll über die Schwelle, als wollte sie alles neuartige Benehmen und Denken gleich mit zur Tür hinauskehren.

An unser kleines Haus in Wells erinnere ich mich noch so deutlich, als wäre ich gestern erst dort gewesen. An meinen Vater dagegen blieben mir nur verschwommene Erinnerungen. Aber das ist auch nicht weiter verwunderlich, denn er starb, als ich knapp vier Jahre alt war. Er war Steinmetz von Beruf und, wie meine Mutter stets betonte, überall hoch angesehen – so hoch jedenfalls, daß der Bischof, als mein Vater während der Bauarbeiten an der Decke der Kathedrale vom Baugerüst fiel und kurz darauf an den Folgen des Sturzes starb, meiner Mutter aus dem eigenen Säckel eine kleine Rente aussetzte. Ich glaube, deshalb kam sie auf die Idee, daß ich lesen und schreiben lernen sollte. Und aus diesem Grund gab sie mich schließlich auch als Novize zu den Benediktinern in Glastonbury.

Die arme Frau konnte einfach nicht verstehen, daß ich für das Klosterleben nicht geschaffen war. Ich hielt mich am liebsten im Freien auf. Ich war gern mein eigener Herr. Und ich hatte nicht das geringste Gespür für Musik. Mein unmelodischer Gesang trieb die anderen Novizen bei den täglichen Gottesdiensten schier zur Verzweiflung und war nur einer der Gründe dafür, warum sie am Ende ganz froh waren, mich wieder loszuwerden. Meine gute Gesundheit, die ich mir bis in allerjüngste Zeit bewahren konnte, war ein weiterer Grund. Die anderen Mönche und Novizen gingen, besonders im Winter, auf der Krankenstation ein und aus. Ich aber kann mich nicht erinnern, während meiner gesamten Zeit in Glastonbury ein einziges Mal auf der Krankenstation gewesen zu sein. Ich hatte auch immer sehr gute Zähne, litt nie unter Zahnschmerzen oder anderen Beschwerden. Ein paar Zähne habe natürlich auch ich inzwischen einbüßen müssen, und die anderen bereiten mir manchmal Schwierigkeiten, besonders wenn der Wind aus Osten kommt – aber was kann man mit siebzig Jahren anderes erwarten?

Der wahre Grund dafür, warum ich Glastonbury nach dem Tod meiner Mutter wieder verließ, lag jedoch tiefer als der Groll, den die anderen Mönche gegen mich hegten. Er betraf eigentlich nur mich und Gott. Der Abt, ein weiser und großmütiger Mann, hatte Verständnis für mich. Nicht, daß ich die Existenz einer anderen Welt, eines Jenseits, jemals bezweifelt hätte. Ich hatte einfach das Gefühl, nie ganz sicher sein zu können, ob das Christentum auch wirklich auf alle Fragen eine Antwort hatte. Manchmal, vor allem in den Abendstunden, wenn ich durch die alten Wälder mit ihren großen Eichen und Birken schritt, spürte ich etwas von der Macht, welche die alten Baumgötter über das Denken unserer angelsächsischen Vorfahren ausgeübt hatten. Die knorrigen, verkrümmten Äste, die sich mir in der Dunkelheit entgegenreckten, riefen die Erinnerungen ganzer Geschlechter wach. Öfter, als ich es zugeben möchte, habe ich ängstlich über die Schulter gespäht und gegen jede Vernunft und jeden Glauben erwartet, plötzlich Robin Goodfellow, Hodekin oder irgendeine andere sagenhafte Gestalt zu sehen.

Diese Ketzerei habe ich allerdings für mich behalten. Ich bin nicht so dumm, so etwas laut herauszuposaunen. Schon gar nicht jetzt, wo Papst Leo gerade König Heinrich VIII. für seine schriftliche Antwort auf den deutschen Mönch Martin Luther den Titel ‹Fidei Defensor› verliehen hat. Und ich greife auch nur deshalb zur Feder, weil ich das Gefühl habe, daß mir nicht mehr sehr viel Zeit bleibt. Woher dieses Gefühl kommt? Ehrlich gesagt, ich weiß es nicht. Ich könnte keinen eindeutigen Grund benennen. Es ist nur so ein allgemeines Gefühl des Unbehagens. Es fällt mir schwer, morgens aufzustehen. Ich bin gereizt gegen meine Tochter, meine Söhne und deren Kinder. Ich bin der vorwärtsstürmenden Jugend mit ihren neuartigen Sitten müde, kann ihr ständiges Gerede, Heinrich von Tudor und sein Sohn, unser jetziger König, hätten das Land aus den Klauen eines Ungeheuers befreit, nicht mehr hören. Ich hatte die Ehre, unseren verstorbenen König Richard persönlich gekannt zu haben und ihm einmal sogar zu Diensten gewesen zu sein – Gott sei seiner Seele gnädig!

Aber heutzutage gilt auch diese Ansicht schon als Ketzerei, und vermutlich wiegt sie schwerer als die erste. Der Richard, über den sich die Menschen heute das Maul zerreißen, ist eine bucklige Mißgestalt, durch und durch blutrünstig und böse. Das ist nicht der Mann, den ich in Erinnerung habe, aber ich will hier keine politische Abhandlung abfassen – nur einen Bericht über mein Leben, das in vielerlei Hinsicht bemerkenswert war.

Meine Mutter starb, ehe ich mein Mönchsgelübde abgelegt hatte. Ich beschloß, mich über ihren Wunsch hinwegzusetzen, das Kloster zu verlassen und als Hausierer über Land zu ziehen. Für einen Jungen, der lesen und schreiben konnte, mag es höchst ungewöhnlich gewesen sein, Seidenstoffe, Schnürsenkel und sonstigen Krimskrams feilzubieten. Aber nach all den Jahren, in denen mich die vielen Regeln und Vorschriften des Mönchslebens eingeengt hatten, sehnte ich mich nach der Freiheit der Straße. Ich wollte endlich mein eigener Herr sein, wollte die verschiedensten Landschaften kennenlernen, die ich bis dahin nur vom Hörensagen kannte. Und vor allem wollte ich London sehen.

Wenn ich heute im Herzen Somersets über die schattigen Täler und dichtbewaldeten Hügel blicke und mir der Geruch der warmen Erde in die Nase steigt, kommt mir dieser Wunsch befremdlich vor. Aber damals war London mein Ziel, die Stadt, in der ich mein Glück versuchen wollte. Zu Reichtum und Wohlstand gelangte ich natürlich nie. Ich war einfach nicht aus dem Holz eines zweiten John Pulteney oder Dick Whittington geschnitzt. Doch auch wenn ich nicht das große Geld machte, zeigte sich bei mir bald ein anderes Talent: Ich konnte Rätsel lösen und Geheimnisse aufklären, die anderen Menschen verborgen blieben. Und darum soll es auch in diesen Erinnerungen gehen; ich hoffe, eines Tages, wenn ich tot bin, werden meine Kinder neugierig genug sein, um sie zu lesen.

Alles begann mit dem rätselhaften Verschwinden von Clement Weaver – einem jungen Mann, von dem ich bis zu jenem Maimorgen im Jahre des Herrn 1471 noch nie etwas gehört hatte. Ich war damals noch nicht lange auf der Wanderschaft. Meine Mutter, die zu Weihnachten gestorben war, hatte mir dank ihrer eisernen Sparsamkeit eine kleine Summe hinterlassen. Damit kaufte ich einem alten Hausierer, der des Umherziehens müde war und seine letzten Lebensjahre bei den Mönchen in Glastonbury verbringen wollte, seine Ausrüstung ab. Nur seinen Esel konnte ich mir nicht leisten. Doch ich war jung und stark und hatte breite Schultern, warum sollte ich mein Bündel da nicht selbst über Land tragen? So brach ich voller Zuversicht von Wells in Richtung Bristol auf und machte überall in den Dörfern Rast, um meine Waren feilzubieten. In Whitchurch half ich den Dörflern, um den Maibaum zu tanzen. Anschließend ging ich in die Kirche, um das Fest des Heiligen Philippus und des Heiligen Jakobus zu begehen – eine gelungene Mischung aus der alten Naturverehrung unserer angelsächsischen Ahnen und den Geboten der Heiligen Kirche, wie ich fand. Am zweiten Mai kam ich vor den Stadtmauern von Bristol an.

Schon als ich noch mehrere hundert Meter vom Redcliffe-Tor entfernt war, bemerkte ich, daß etwas Ungewöhnliches im Gange war. Es herrschte eine merkwürdige Betriebsamkeit, bewaffnete Männer liefen hin und her, und durch die Stadtmauern drangen immer lauter werdende Stimmen, wie Wasser, das durch einen Damm sickert. In der Nähe der Marienkirche sah ich Zelte und das umtriebige Durcheinander eines Heerlagers, das gerade abgebrochen wird. Die Männer liefen umher wie Ameisen, als hätten sie es ganz besonders eilig fortzukommen. Ein plötzlicher Befehl weiterzuziehen? fragte ich mich. Alles deutete auf einen überstürzten Aufbruch hin.

Als ich mich dem Wachtposten am Stadttor näherte, kroch ein schmutziger, zum Himmel stinkender Eremit aus seinem Loch hervor, um mich in Augenschein zu nehmen und mir erwartungsvoll die Bettelschale entgegenzustrecken. Als er meine Jugend und meine zerschlissenen Kleider sah, verzog er enttäuscht das wettergegerbte Gesicht, murmelte etwas in seinen verfilzten Bart und trollte sich wieder. Bristol war damals – und ist bis heute – eine reiche Stadt, die in ihrer Bedeutung nur noch von London übertroffen wird. Der alte Mann hatte es nicht nötig, seine Zeit auf arme Wanderer wie mich zu verschwenden.

Während ich mich zum Wachtposten vorkämpfte, wurde der Lärm immer größer. Es hörte sich an, als ob eine ganze Armee auf dem Vormarsch sei. Der diensthabende Wachmann war ein mürrischer, pockennarbiger Mann, dessen ohnehin schon rosiges Gesicht von der Anstrengung, das Gewimmel am Stadttor unter Kontrolle zu halten, ein grimmiges, bedrohliches Rot angenommen hatte. Außer den Bauern und Händlern, die ihrem Gewerbe nachgingen, verstopften immer mehr Pilger, die auf dem Weg nach Canterbury, Holywell oder Walsingham die Sehenswürdigkeiten Bristols in Augenschein nehmen wollten, die

Straßen der Stadt. Und zu alledem marschierten Soldaten zwischen der Burg und dem Lager vor der Stadtmauer hin und her.

«Was ist denn hier los?» fragte ich den Wachmann.

Ich hätte für meine Frage keinen ungeeigneteren Augenblick wählen können. Der Wachmann lieferte sich gerade ein erhitztes Wortgefecht mit einem großen, grobknochigen Bauern, der seine Schafe zum Markt trieb. Es ging um den Zoll, den er dafür bezahlen sollte und mit dem er nicht einverstanden war. Wütend drehte sich der Wachmann zu mir um.

«Soldaten!» fauchte er verächtlich. «Das ist hier los! Die verdammten Soldaten fressen unsere Vorräte auf, saufen unseren Wein, und wer soll die Zeche bezahlen? Natürlich wir!» Damit wandte er sich wieder seinem Bauern zu, der die Atempause dazu genutzt hatte, eine zweite Wortattacke vorzubereiten. Mehr denn je war er davon überzeugt, daß der Wachmann ihn übers Ohr hauen wollte.

Ich ließ die beiden zurück und betrat auf der anderen Seite des Tores die Redcliffe Street. Doch je mehr ich mich der Stadtmitte näherte, desto schwieriger wurde es, auf den Straßen voranzukommen. Die vielen Fußsoldaten und berittenen Truppen aus der Burg brachten den übrigen Verkehr fast völlig zum Erliegen. Ich überlegte gerade, ob ich damit beginnen sollte, an die Türen der Häuser zu klopfen und meine Waren feilzubieten, oder ob ich mich zuallererst in einem der Gasthäuser um eine Mahlzeit kümmern sollte – mein großer, starker Körper wollte stets ausreichend gefüttert werden, ein anderer Grund dafür, warum ich für das Klosterleben schlichtweg ungeeignet war –, als ich plötzlich unsanft zur Seite geschubst wurde. Eine Gruppe von Reitern machte eine Gasse für zwei berittene Damen frei. Gemeinsam mit den anderen unfreiwilligen Zuschauern dieses Spektakels starrte ich die beiden neugierig an. Die ältere Dame sah sehr gebieterisch aus, blickte starr geradeaus und schien das gewöhnliche Leben, das um sie herumbrandete, gar nicht zu bemerken. Das schmale, verbitterte, von Falten zerfurchte Gesicht zeigte deutliche Spuren des Leids, und als eine Stimme hinter mir murmelte: «Das ist Königin Margarete», wurde mir schlagartig klar, daß ich Margarete von Anjou, die Frau König Heinrichs VI., vor mir hatte. Warum war sie hier in Bristol?

Mein Blick wanderte weiter zu ihrer Begleiterin, einem dünnen, schmächtigen Mädchen, das für den stämmigen Braunen, auf dem es ritt, viel zu zerbrechlich wirkte. Das Mädchen war ganz in Schwarz gekleidet, trug offenbar Trauer. Eine plötzliche Brise, die über die High Street wirbelte, hob für einen Augenblick seinen Schleier und enthüllte ein totenblasses, knochiges Gesicht, in dem die Augen wie zwei dunkle Flecken wirkten. Mit der freien Hand, die in einem schwarzen Handschuh steckte, griff das Mädchen nach dem Schleier und hüllte sich wieder fest in seine Gewänder ein. Dann ritt es mit der restlichen Kavalkade die Corn Street hinunter auf die Brücke über den Frome River zu. Einen Augenblick lang starrte die Menge noch den Reitern nach, dann besann sie sich, murrte über die Verzögerung und widmete sich wieder ihren Tagesgeschäften. Ich kehrte zu dem inneren Zwiegespräch zurück, das mich vor dieser Unterbrechung beschäftigt hatte, und kam zu dem Schluß, daß mein knurrender Magen unverzügliche Aufmerksamkeit verdiente. Ich fragte die Frau, die neben mir stand, nach dem nächsten Wirtshaus, in dem man auf eine ordentliche Mahlzeit hoffen konnte und wo auch das Ale nicht zu knapp bemessen wurde.

Die Frau war rundlich und hausbacken, doch nicht so alt, wie das feine Netz kleiner Fältchen rund um ihre Augen vermuten ließ. Die Augen selbst waren dunkelbraun und wirkten irgendwie geheimnisvoll. Doch als sie mich von Kopf bis Fuß gründlich musterte und schließlich lächelte, hellte sich ihre Miene auf und ließ ihr Gesicht sehr viel freundlicher erscheinen. Ihr einfaches Kleid aus selbstgesponnener, selbstgefärbter Wolle deutete auf einen niedrigen Stand hin. Die Haarsträhne, die unter ihrer grünen Wollmütze hervorschaute, war hellbraun, doch von einigen silbrigen Fäden durchzogen.

«Du suchst etwas, wo du essen kannst?» fragte sie und

schürzte die Lippen. Ich hatte den Eindruck, sie wollte Zeit gewinnen, während in Wirklichkeit etwas ganz anderes in ihrem Kopf vorging. «Dann laß mich mal überlegen... Hinter der Allerheiligenkirche, in einer Seitenstraße der Corn Street, liegt das Abyngdon. Früher wurde es mal Green Lattis genannt, aber das tut ja jetzt nichts zur Sache... Dann gibt's da noch das Full Moon, aber das ist mittags immer ziemlich voll... Das White Heart am Ende der Broad Street... Oder der Running Man... Aber wenn ich's mir recht überlege, würde ich dir den lieber nicht empfehlen... Früher, als Thomas Prynne noch der Wirt vom Running Man war – er war ein guter Freund meines Herrn und ist es noch heute –, konnte man es ein ordentliches Wirtshaus nennen. Aber Thomas Prynne ist nach London gezogen, um dort sein Glück zu versuchen. Ihm gehört jetzt das Baptist's Head in der Crooked Lane, ganz in der Nähe der Thames Street...» Ihre Stimme verlor sich, und sie starrte ausdruckslos in die Ferne. Mit merklicher Anstrengung riß sie sich zusammen und richtete ihre Aufmerksamkeit wieder auf mich. «Du bist Hausierer?»

«Ja.»

«Und woher kommst du? Wenn man dich hört, sollte man meinen, du kämst aus unserer Gegend.»

«Ich bin in Wells geboren.» Ich sah keinen Grund, unser Gespräch weiter zu vertiefen. «Vielen Dank für die Auskunft. Da es am nächsten liegt, werde ich es im Abyngdon versuchen.»

«Warte.» Die Frau legte ihre Hand auf meinen Arm. Ich erinnere mich noch, daß ihr Griff überraschend fest war. «Du bist spät dran mit dem Essen. Wer weiß, ob du im Wirtshaus noch etwas Warmes bekommst. Aber wenn du mich bei meinen Besorgungen begleiten willst, kannst du mit mir nach Hause kommen, und ich sorge dafür, daß du eine ordentliche Mahlzeit erhältst. Unser Haus in der Broad Street ist für seine gute Küche bekannt. Für einen Ratsherrn der Stadt Bristol ist das Beste gerade gut genug.»

Ich zögerte, wußte plötzlich nicht mehr, woran ich war. Sie sprach mit solcher Selbstsicherheit, daß ich mich fragte, ob ich mich vielleicht doch in ihrem Stand verschätzt hatte. «Der Ratsherr ist dein Ehemann?» wagte ich zu fragen.

Sie gab ein tiefes Glucksen von sich. «Sehe ich wie die Frau eines Ratsherrn aus? Nein, natürlich nicht! Er ist mein Herr. Ich bin seine Haushälterin und kümmere mich auch um seine Kinder.» Sie zögerte, als gebe es noch etwas hinzuzufügen; dann besann sie sich, nahm meinen Arm und hakte sich bei mir unter. «Wenn du mich ein bißchen stützt, kommen wir allemal schneller voran. Meine Beine sind leider nicht mehr die jüngsten.»

Gemeinsam gingen wir die Corn Street hinunter und mußten dabei höllisch aufpassen, um den Dreckhaufen vor den Haustüren und den Bergen von Innereien vor einem Fleischerladen auszuweichen. Auch die vielen Schweine und Ziegen auf der Straße hinderten uns am Fortkommen. Eigentlich war es nicht rechtens, innerhalb der Stadtmauern Tiere zu halten, aber die guten Bürger Bristols setzten sich über diese Vorschrift ebenso großzügig hinweg wie die Einwohner vieler anderer englischer Städte. Wenn ich in meinem Leben etwas gelernt habe, dann die unverbrüchliche Tatsache, daß die Engländer in jedem neu erlassenen Gesetz sogleich die Herausforderung sehen, es heimlich zu umgehen oder ganz offen zu brechen.

Von unserem gemeinsamen Spaziergang am deutlichsten in Erinnerung geblieben ist mir der Lärm der Glocken. Wir hatten natürlich in Glastonbury die Glocken gehört, die zu den verschiedenen Gottesdiensten des Tages riefen, aber jetzt war ich zum ersten Mal in einer richtigen Stadt, und ich hatte noch nie so viele Glocken auf einmal läuten hören. Sie zeigten die Stunde an, luden die Bürger zu Versammlungen ein, verkündeten eine Sitzung des Stadtgerichts oder riefen die Gläubigen zum Gebet in eine der vielen Kirchen.

Die Marsh Street war voller Matrosen, die entweder gerade an Land gekommen waren und nach dem nächsten Bordell suchten oder auf einem der vielen Schiffe anheuern wollten, die mit Wein, Seife oder irgendeiner anderen, für fremde Länder bestimmten Fracht vor Anker lagen. Vor einem der Lagerhäuser an den betriebsamen Docks war ein Fuhrmann damit beschäftigt, Tuchballen auf seinen Wagen zu laden. Später erfuhr ich, daß dieses Tuch von den Webern hergestellt wurde, die auf der anderen Seite des Avon, in Redcliffe, wohnten und arbeiteten.

Der Fuhrmann hob den Kopf, und als wir näher kamen, streckte er uns zum Gruß die Hand entgegen.

«Du bist spät dran, Marjorie», sagte er vorwurfsvoll. «Ich bin schon fast zur Abfahrt bereit. Wie lautet diesmal mein Auftrag?»

«So wie immer. Wenn du nach London kommst, fährst du unverzüglich zum Stalhof. Du belieferst nur die Hansekaufleute, sonst niemanden.» Sie drehte sich zu mir um und fügte erklärend hinzu: «Die Kaufleute der Hanse bezahlen stets in barer Münze, ein Vorzug, den sich unser Herr nicht entgehen lassen will. Die Londoner Kaufleute verlangen Kredit und versuchen, ihre Schulden mit allerlei Krimskrams abzuzahlen, mit Tennisbällen, Spielkarten, Quasten oder Troddeln.» Sie kicherte vergnügt. «Woanders mögen sie damit durchkommen, aber wir aus Bristol lassen uns das nicht bieten.» Dann zog sie einen mit rotem Wachs versiegelten Brief aus der Tasche und reichte ihn dem Fuhrmann. «Und wenn du das für mich abliefern könntest, wäre ich dir sehr dankbar.» Eine Münze wechselte den Besitzer.

Der Mann nickte fröhlich und stopfte den Brief in seine abgewetzte, fleckige Jacke. «An deine Base, nicht wahr? Keine Angst! Ich bürge dafür, daß sie den Brief persönlich bekommt. Und was ist mit Seiner Durchlaucht? Die übliche Bezahlung, *nachdem* die Arbeit getan ist, nehme ich an?»

Marjorie lächelte. «Hast du etwas anderes erwartet? Du weißt doch genausogut wie ich, wie es der Ratsherr mit seinen Geschäften hält.»

«Ich wollte sicherheitshalber bloß fragen, es hätte ja sein können, daß sich inzwischen doch noch ein Wunder ereignet hat. Also gut. Ich mache mich auf den Weg. Du kannst Ratsherrn Weaver sagen, daß ich in einer Woche, wenn ich wieder in der Stadt bin, bei ihm vorspreche.» Er nickte mir kurz zu und verschwand im Lagerhaus. Ein Stückchen weiter machten ein paar

Matrosen Radau, lehnten sich weit über die Kaimauer und grölten ein Trinklied: «He ho, spielt auf zum Tanz, der Prior von Prickhingham hat'n dicken...»

Meine Begleiterin stieß einen nicht ganz überzeugenden Empörungsschrei aus und hielt sich die Ohren zu.

«Kein Grund zur Sorge», sagte ich beschwichtigend. «Sie singen: ‹...hat 'nen dicken Wanst›.»

«Ich weiß.» Sie nickte. «Das singen sie. Aber woran denken sie dabei?» Kopfschüttelnd fügte sie hinzu: «Diese Narren werden gleich ins Wasser fallen und sich als begossene Pudel vor der Wache wiederfinden. Aber damit müssen die sich herumschlagen, nicht wir. Wenn du mir deinen Arm gibst, können wir jetzt in die Broad Street gehen, und du bekommst endlich das Essen, das ich dir versprochen habe. Übrigens, wie heißt du eigentlich?»

«Roger.»

«Und ich heiße Marjorie Dyer. Mein Vater war Färber. Aber er ist schon lange tot – Gott sei seiner Seele gnädig!» Sie drückte meinen Arm und schlurfte neben mir her. «Tut mir leid, daß ich so langsam gehe, aber je wärmer es ist, desto mehr schmerzen meine Beine. Kopf hoch, Roger! Es ist nicht mehr weit.»

«Gut», sagte ich. «Ich habe seit Stunden nichts mehr gegessen. Mir ist schon ganz schlecht vor Hunger!»

2

Mir fällt ein, daß ich bisher für die politischen Ereignisse, die sich an jenem warmen Maimorgen in Bristol abspielten, noch keine Erklärung gegeben habe. Nun... Politik ist langweilig, und ebenso langweilig sind Daten und Fakten. Doch die erwähnten Ereignisse und ihre Folgen blieben auf meine Geschichte und die Lösung meines ersten Rätsels nicht ohne Auswirkungen, weshalb ich mich verpflichtet fühle, zumindest ein grobes Bild von der Lage zu geben. Ich verspreche gern, mich kurz zu fassen. Denn von den Grünschnäbeln der jetzigen Generation, die so fieberhaft mit ihren neuartigen Lehren beschäftigt sind, kann ich wohl kaum erwarten, daß sie genug Geduld aufbringen, sich mit all den Wirren zu befassen, denen unser Land im vorigen Jahrhundert ausgesetzt war. Ich selbst wußte, als ich noch so jung war wie sie, herzlich wenig darüber, und mein jetziges Wissen rührt vom Alter, vom Hörensagen und vom Lesen und jahrelangen Zusammentragen einzelner Mosaikstücke her.

Im Jahre 1399 wurde König Richard II. entthront und schließlich ermordet. Hinter dieser Verschwörung steckte sein Vetter, Heinrich von Bolingbroke, der sich als König Heinrich IV. der Krone bemächtigte.

Thronerbe des kinderlosen Richard war jedoch eigentlich sein Vetter Roger Mortimer, der Enkel Lionels, des dritten Sohns Eduard III. Heinrich dagegen war der Sohn des John von Gaunt, einem jüngeren Sohn Eduards III., und aus diesem Streit entstand ein halbes Jahrhundert später ein blutiger Erbfolgekrieg.

Richard Plantagenet, Herzog von York und direkter Nachfolger von Roger Mortimer, wollte seinem Vetter, König Heinrich IV., dem Enkel Heinrichs von Bolingbroke, die Krone abspenstig machen. Die unbarmherzige Feindschaft der Königin, Margarete von Anjou, bestärkte ihn in diesem Plan. Sein Schwager, der Graf von Salisbury, und dessen ältester Sohn, der Graf von Warwick, unterstützten ihn.

Der Krieg begann am 22. Mai 1455. Fünf Jahre später ließen sowohl der Herzog von York als auch der Graf von Salisbury bei der Schlacht von Wakefield ihr Leben. Sechs Monate nach dem Tod seines Vaters wurde der älteste Sohn des Herzogs von York als König Eduard IV. in der Westminsterabtei zum König gekrönt.

Anfangs verlief alles gut, und der scheinbar sehr umgängliche achtzehnjährige junge Mann zollte den Drahtziehern seines Sieges Dankbarkeit und Respekt. Dazu gehörte vor allem die Familie Neville, deren Oberhaupt sein Vetter, der mächtige Graf von Warwick, war.

Im Jahre 1464 jedoch, als der Graf von Warwick noch an einer Allianz mit Frankreich schmiedete, die er durch die Verehelichung von Eduard mit Bona von Savoy zu besiegeln trachtete, heiratete Eduard heimlich Elisabeth Woodville, die Witwe des Lord Grey von Lancaster. Sie war fünf Jahre älter als Eduard und hatte bereits zwei Söhne.

Diese Heirat befremdete nicht nur den Grafen von Warwick, sondern auch Eduards Bruder Georg, den Herzog von Clarence. Richard von Gloucester, des Königs jüngster Bruder, hielt ihm jedoch die Treue, auch wenn ihm die Familie Woodville gründlich verhaßt war.

1469 setzte die Familie Neville den jungen König gefangen und schickte sich an, die Regierungsgeschäfte selbst in die Hand zu nehmen, indem sie den Gefangenen als Strohmann benutzte. Als dies scheiterte, erklärte der Graf von Warwick, Eduard sei in Wahrheit kein eheliches Kind, und rief seinen Schwiegersohn, den Herzog von Clarence, zum König aus. Als auch dieser Plan mißlang, flohen Warwick und Clarence mit ihren Frauen nach

Frankreich. Dort schloß der Graf unter völliger Mißachtung seiner bisherigen Allianzen Frieden mit Margarete von Anjou und erklärte sich bereit, den gefangenen Heinrich VI. wieder als König einzusetzen.

Im Herbst 1470, ein Jahr, bevor meine Geschichte beginnt, drei Monate, bevor meine Mutter starb, und acht Monate, bevor ich von Wells nach Bristol wanderte, kehrten Warwick und Clarence, von König Ludwig von Frankreich mit Geld und Soldaten ausgerüstet, nach England zurück. Eduard wurde überlistet und in eine Falle gelockt. Mit dem Herzog von Gloucester und einer Handvoll treuer Freunde floh er nach Burgund, wo er sich seinem Schwager, Herzog Charles, auf Gnade oder Ungnade auslieferte. Elisabeth Woodville suchte mit ihren Kindern Zuflucht in der Westminsterabtei. Die einstige Königin brachte dort einen Sohn zur Welt, den sie nach seinem Vater Eduard nannte.

Im März des folgenden Jahres kehrte Eduard aus Burgund zurück, um seine Krone zurückzufordern. Er und sein jüngster Bruder landeten in Ravenspur. Ohne auf nennenswerte Gegenwehr zu stoßen, marschierten sie in Richtung Süden. In Banbury stieß der Herzog von Clarence zu ihnen, und Anfang April traf Eduard in London ein.

Der Graf von Warwick zog von Coventry aus gegen ihn ins Feld, wurde aber am Ostersonntag bei Barnet geschlagen und getötet. Am nächsten Tag landete Margarete von Anjou mit ihrem Sohn und ihrer Schwiegertochter in Weymouth, wo sie von der schrecklichen Nachricht erfuhren. Anstatt London anzugreifen, marschierte die Armee der Königin nach Nordwesten, um sich mit Heinrichs Halbbruder, Jasper Tudor, in Wales zu vereinigen. Ende April erreichte sie Bristol. Einige Tage später erfuhr Margarete, daß Eduard schon in Malmesbury war und auf Bristol zumarschierte, um ihr den Weg abzuschneiden. Am 2. Mai, jenem warmen, sonnigen Donnerstag, an dem mir zum ersten Mal Clement Weavers Name zu Ohren kam, verließ sie in dem verzweifelten Versuch, Eduard zuvorzukommen, mit ihren Truppen in größter Eile die Stadt.

Wir erreichten das Haus des Ratsherrn Weaver, das in der Broad Street lag, von der Rückseite her durch die enge Tower Lane. Hinter dem Haus lag, wie ich mich deutlich erinnere, ein kleiner, ummauerter Garten mit einem Birnbaum und einem Apfelbaum, die beide in voller Blüte standen, einem Kräuterbeet, einer Blumenrabatte, die sich an der Mauer entlangzog, und einem überdachten Abtritt. Marjorie Dyer wählte einen Schlüssel aus dem großen Bund, der an ihrem Gürtel baumelte, und schloß eine Tür auf, die in die Küche führte.

Die Küche war mit Steinplatten gepflastert und mit Binsen ausgestreut. Der Eintopf in dem großen Eisentopf, der über dem Feuer hing, war für das Abendessen der Familie bestimmt. Eine eiserne Pfanne, mehrere Schöpfkellen und Löffel, Schüsseln und Kannen standen auf Holztischen verteilt. Große Hammel- und Rindfleischstücke hingen an Metallhaken von der Decke. Es erinnerte mich sehr an die Küche meiner Mutter, nur daß diese Küche hier sehr viel größer war. Nun gut... ich will ehrlich sein. Im Haus meiner Mutter hatten wir nur ein einziges Zimmer. Den Luxus einer abgetrennten Küche hatte ich bis dahin nicht kennengelernt.

Das mehrstöckige Haus, in dem ich mich jetzt befand, hatte jedoch nicht nur eine Küche, sondern ganz bestimmt auch eine Speisekammer, ein Eßzimmer, eine große Halle und mehrere Schlafzimmer. Auch über Schlafzimmer wußte ich damals nicht viel. Bei meiner Mutter hatte ich auf einem niedrigen Rollbett in einer Ecke der Küche geschlafen, im Kloster in einem großen Schlafsaal mit den anderen Novizen. Es war das erste Mal, daß ich im Hause eines reichen Bürgers war.

«Setz dich.» Marjorie Dyer deutete mit dem Kopf auf einen Stuhl, der in der Nähe des Herdes stand und mit rot-grünem Stoff bezogen war. «Laß dein Bündel an der Tür stehen, das schaue ich mir später an. Nadeln und Garn könnte ich gut gebrauchen. Mir ist beides knapp geworden.»

Ich versicherte ihr, daß ich mit beidem dienen könne, und ließ die schwere Last dankbar von den Schultern gleiten. Seit Sonnenaufgang war ich auf den Beinen gewesen und wurde langsam müde. Erschöpft ließ ich mich auf den Stuhl fallen, den sie mir zugedacht hatte, rückte aber ein gutes Stück vom Feuer ab. Die Hitze war einfach zu groß, und der Rauch ließ meine Augen tränen. Marjorie hantierte in der Küche herum und musterte mich mit ihren klugen, braunen Augen.

«Du bist ein großer Kerl. Fast so groß wie König Eduard. Und der mißt mehr als sechs Fuß.»

«Hast du ihn denn schon einmal gesehen?» fragte ich, matt von der Wärme des Feuers. Marjorie reichte mir einen Krug mit Ale, und der köstliche Geschmack der kalten, bitteren Flüssigkeit trug einiges zu meiner Wiederbelebung bei.

«Nur kurz. Vor zehn Jahren kam er mal nach Bristol. Er ist sehr groß und stattlich, hat helles Haar und blaue Augen, genau wie du. Die Frauen waren verrückt nach ihm.» Sie grinste. «Während seines Besuchs gab es jede Menge gehörnte Ehemänner. Es heißt, er sei ein großer Frauenheld.»

Sie schien auf ein ganz bestimmtes Thema zusteuern zu wollen und sah mich fragend an, aber ich schüttelte den Kopf. «Ich bin in diesen Dingen völlig unerfahren», sagte ich. «Im Kloster hatte ich wenig Gelegenheit, meine Unschuld zu verlieren.» Ich hatte ihr unterwegs in kurzen Worten meine Lebensgeschichte erzählt.

Ihr Kichern verwandelte sich in lautes Gelächter: «Da habe ich über das Klosterleben aber ganz andere Dinge gehört.»

«Ich weiß, ich weiß», antwortete ich. «Es werden viele Geschichten erzählt, und ich bezweifle nicht, daß es in manchen Klöstern ziemlich lax zugeht. Aber die Novizen in Glastonbury hatten einen sehr strengen Vorsteher.»

Marjorie zuckte mit den Schultern. «Du bist jung. Es gibt keinen Grund zu Eile.» Über ihr Gesicht huschte ein Schatten. Sie machte am Tisch einen Platz für mich frei. «Aber das soll nichts heißen. Jugendliches Alter allein bürgt nicht für Langlebigkeit.» Mit einem großen Schöpflöffel füllte sie mir von dem Eintopf auf.

Ich stand auf. In der einen Hand den halbleeren Alekrug, in der anderen meinen Stuhl, durchquerte ich die Küche und nahm am Eßtisch Platz. «Im Sommer wird uns wohl wieder die Pest ereilen.»

Zu dem Teller mit dem dampfenden Fleisch und Gemüse tischte mir Marjorie Schwarzbrot, in Ampferblätter eingewikkelten Ziegenkäse und einen Teller mit rohen, jungen Lauchzwiebeln auf. «Ich habe dabei nicht unbedingt an irgendwelche Krankheiten gedacht», sagte sie dann. «Es... gibt auch Unfälle und... Morde.» In der plötzlichen Stille, die ihren Worten folgte, war nur das Knistern des Feuers zu hören.

Ich schluckte den ersten Bissen Eintopf herunter und wiederholte: «Morde?» Aus der Art, wie sie es gesagt und mich dabei angesehen hatte, konnte ich schließen, daß es keine beiläufige Bemerkung gewesen war. Das Wort hatte eine ganz besondere Bedeutung für sie.

Sie nahm meinen Krug, ging damit zu dem großen Faß, das bei der Tür stand, füllte ihn und zog sich einen Stuhl heran. «Vergiß, was ich gesagt habe. Es ist nicht recht, mit einem Fremden über die Sorgen der Familie zu sprechen.»

Ich wischte mir den Mund an meinem Ärmel ab. Meine Tischmanieren waren damals noch recht ungehobelt. «Das ist ungerecht», beklagte ich mich. «Erst machst du mich neugierig, und dann willst du mir nicht erzählen, worum es geht. Du kennst also jemanden, der ermordet wurde?»

Marjorie nahm eine Lauchzwiebel vom Tisch und begann, darauf herumzuknabbern. «Das war nur so ein ganz allgemeiner Satz. Ich hab nie behauptet, jemanden zu kennen, der ermordet wurde.»

Offenbar sah sie den Zweifel in meinem Gesicht, denn nach einer Weile sagte sie: «Schon gut. Obwohl ich eigentlich nicht mit dir darüber sprechen sollte. Außerdem weiß ja niemand so richtig, ob es überhaupt ein Mord war. Bisher handelt es sich genaugenommen nur um so eine Art... rätselhaftes Verschwinden.»

«Und wer ist verschwunden?» Die Sache begann mich zu interessieren, zumal mein ärgster Hunger fürs erste gestillt war. Durch die offene Küchentür drang warme Frühlingsluft zu uns herein, und in der Ferne war der Lärm der Stadt zu hören.

«Der Sohn des Ratsherrn», sagte Marjorie so zögerlich, als bereue sie es schon, überhaupt davon gesprochen zu haben. Trotzdem fuhr sie fort: «Er ist im letzten Winter in London verschwunden.»

Ich brach mir ein Stück Brot ab. «Du meinst, man hat keine Leiche gefunden? Wie kommst du dann dazu, einen Mord zu vermuten?»

«Weil die Umstände seines Verschwindens so rätselhaft waren.» Sie beugte sich vor und legte die rundlichen Arme auf den Tisch. «Clement hatte keinen Grund, von zu Hause wegzulaufen – falls du so etwas denken solltest.»

Ja, der Gedanke war mir tatsächlich durch den Kopf gegangen, das gab ich zu, und ich wollte ihn auch so schnell nicht wieder aufgeben. «Wie alt war Master Clement?»

«Ungefähr so alt wie du. Vielleicht ein bißchen älter.»

Ich dachte nach. «Meine Mutter hat immer gesagt, ich sei im selben Jahr geboren wie der Herzog von Gloucester. Demnach zähle ich jetzt neunzehn Lenze.»

Marjorie nickte. «Das könnte stimmen. Clement wird so ungefähr neun Jahre alt gewesen sein, als König Eduard in Bristol war.»

«Und zehn Jahre später war er vielleicht genau im richtigen Alter, um sich mit seinem Vater zu streiten und zu beschließen, von nun an sein eigener Herr zu sein.»

Marjorie schüttelte den Kopf. «Nein!» sagte sie mit großem Nachdruck. «Clement hat sich mit seinem Vater sehr gut verstanden, genau wie seine Schwester. Der Ratsherr war immer ein sehr nachsichtiger Vater, hat seine Kinder viel zu sehr verwöhnt, wenn du meine ehrliche Meinung wissen willst. Seitdem seine Frau gestorben ist, zu Michaelis war das ein Jahr her, waren Alison und ihr Bruder alles für ihn. Wenn Alison demnächst heiratet, wird er sehr einsam sein. Trotzdem würde er nie versuchen, ihrer Zukunft im Wege zu stehen, würde die Hochzeit niemals verschieben, nur um sie noch länger bei sich zu behalten. Ich kenne genug Männer, die selbstsüchtig genug wären, ihre Töchter an sich zu ketten, und es ist mir ganz egal, was du jetzt zur Verteidigung deines Geschlechts vorbringen wirst.»

«Ich werde mich hüten, irgend jemanden zu verteidigen», entgegnete ich. «Ich mache mir keine falschen Vorstellungen über die Unzulänglichkeiten der Menschen, ob sie nun männlich oder weiblich sind. Alle Menschen haben Schwächen.»

«Ein ganz schön altkluges Kerlchen, das ich da auf der Straße aufgelesen habe», spottete sie.

Ich tat, als hätte ich es nicht gehört. «Clement Weaver ist also nicht freiwillig verschwunden. Hat der Ratsherr keine Erkundigungen eingezogen?»

«Natürlich hat er das, du Dummkopf! Er ist höchstpersönlich mit seinem Bruder und zwei seiner Neffen nach London gereist. Sie haben dort mehrere Monate lang die ganze Stadt durchkämmt. Sie konnten sogar Lord Stanleys Hilfe gewinnen, doch auch seine Bemühungen blieben ohne Erfolg. Clement wurde nie gefunden. Er ist wie vom Erdboden verschluckt.»

Ich hatte mittlerweile meinen Eintopf aufgegessen und schaute bedeutungsvoll auf meinen leeren Teller. Marjorie verstand meinen Wink und ging zum Herd, um mir einen Nachschlag zu holen.

«Um dich braucht man sich wohl keine Sorgen zu machen, du kommst überall durch», bemerkte sie trocken.

Ich brauche wohl nicht erst zu erwähnen, daß ich dazu kein Wort verlor. Widerspruchslos beugte ich mich über den vollen Teller, den sie mir hingestellt hatte, und verzehrte genüßlich meine zweite Portion.

Nach einer Weile sagte ich: «Du hast mich wirklich neugierig gemacht, Marjorie. Warum erzählst du mir nicht die ganze Geschichte? Das heißt, natürlich nur, wenn du genug Zeit hast, denn ich sehe wohl, daß du sehr beschäftigt bist.»

«Hmm... und ich sehe, daß du sehr schmeichelhaft reden kannst, wenn es dir paßt. Jemand, der mit seinem Gezwitscher die Vögel von den Bäumen locken kann, wie mein Vater stets zu sagen pflegte. Ich sollte meine Zeit nicht damit vergeuden, hier mit dir in der Küche zu hocken und zu schwatzen. Ich muß fürs Abendessen noch einen Nachtisch zubereiten. Soviel zu erzählen gibt es allerdings auch wieder nicht, die zehn Minuten mehr oder weniger machen wohl nicht viel aus – jedenfalls nicht, wenn man an einer Sache wirklich Interesse hat.»

Da ich gerade einen vollen Mund hatte, nickte ich nur. Doch ehe sie noch beginnen konnte, wurden wir auch schon unterbrochen. Die Tür, die zur Diele führte, öffnete sich, und ein Mädchen, ungefähr in meinem Alter oder ein bißchen jünger, trat in die Küche.

Alison Weaver, die Tochter des Hauses, war nicht wirklich hübsch zu nennen. Ihre Nase war zu groß, und der breite Mund wirkte ein wenig zu streng. Aber sie hatte wunderbare Augen, haselnußbraun mit grünen Flecken, von herrlich langen, dicken Wimpern eingerahmt. Ihre Haut hatte die Farbe süßen Honigs und war, entgegen der neuesten Mode, nicht künstlich gebleicht. Alison war dünn, aber sehnig und besaß eine Kraft, die den anfänglichen Eindruck von Sanftheit und Verletzlichkeit recht bald verdrängte.

«Marjorie...», begann sie, dann hielt sie abrupt inne. «Wer ist das?» Sie starrte mich und meinen Teller mit Eintopf an.

Marjorie wurde unruhig – ein wenig zu unruhig, wenn man bedachte, daß sie das Mädchen von Kindheit an kannte. Die beiden schienen nicht gerade die besten Freundinnen zu sein.

«Er ist Hausierer. Er hat mir nach Hause geholfen, als meine Beine mal wieder nicht so richtig mitspielen wollten.» Das klang, als müßte sie sich verteidigen, und sie warf mir einen versteckten Blick zu, der mich anzuflehen schien, ihr in Alisons Gegenwart nicht zu widersprechen. Aber was sie gesagt hatte, entsprach ja durchaus der Wahrheit. «Ich fühlte mich sehr schwach, da hat er mich nach Hause gebracht. Um ihm zu danken, habe ich ihm etwas zu essen angeboten.»

Alison starrte mich unverwandt an, dann nickte sie kurz.

«Ist schon recht», sagte sie. «Solange keine Gewohnheit daraus wird. Du kennst Vaters Ansichten über Gesinde, das Fremde bewirtet.» Ich schaute Marjorie an, sah die leicht geröteten Wangen, ein Zeichen ihres inneren Grolls, und fragte mich, warum sie so lange in diesem Haus geblieben war. Doch ehe ich mir noch darüber Gedanken machen konnte, richtete Alison Weaver direkt das Wort an mich. «Was für Waren hast du anzubieten?»

Ich legte den Löffel hin und wischte mir rasch den Mund ab, diesmal allerdings mit dem Handrücken. «Ich... ich habe... feine Spitze», brachte ich mühsam heraus. «Und schöne bunte Schleifen, Nadeln, Garn, Spielzeug... das Übliche.»

An ihrem dunkelgrünen Kleid aus feinem, mit Zobel besetztem Wolltuch konnte ich erkennen, daß Geld bei der Auswahl ihrer Kleidung keine Rolle spielte. Ein Rosenkranz aus rötlichen Korallen umschloß ihr linkes Handgelenk, ein schwarz emaillierter Goldring schmückte den Ringfinger. An der anderen Hand trug sie Ringe mit Edelsteinen, mehrere Goldketten baumelten an ihrem Hals. Es war nicht zu übersehen, daß ihr Vater ein wohlhabender Mann war, und ich bezweifelte, daß sie an den Dingen, die ich in meinem Bündel bei mir trug, Gefallen finden könnte.

Doch wie ich bereits sagte, ich war damals sehr jung und hatte mehrere Jahre lang abseits der Welt gelebt. Ich wußte noch nicht, daß Frauen der Aussicht auf einen günstigen Kauf niemals widerstehen können, besonders wenn er der eigenen Zierde dient.

«Zeig mir, was du hast», befahl sie.

Ich stand hastig auf und schleppte mein Bündel herbei, während Marjorie auf dem Tisch Platz für mich schuf, so daß ich meine Ware auslegen konnte. Ich war mit dieser Ware sehr zufrieden gewesen, als ich sie dem alten Hausierer abgekauft hatte, doch jetzt, in der Küche dieses wohlhabenden Hauses, nahm sie sich recht kümmerlich aus. Vielleicht lag es auch nur daran, daß ich sie jetzt mit den Augen Alison Weavers sah und sie abschätzig mit all den Dingen verglich, die sie in Bristol oder in London kaufen konnte. Aber ich hätte mir keine Sorgen zu machen brauchen. Ohne die anderen Sachen auch nur anzuschauen, streckte sie ihre Hand unwillkürlich nach dem Besten aus, was ich zu bieten hatte: einem schönen Stück gemusterter, elfenbeinfarbener Bordüre. Sie hielt sie gegen das Licht und ließ sie wie einen schimmernden Wasserfall durch die Finger auf den Boden gleiten. Zum ersten Mal sah ich ein Lächeln auf ihrem Gesicht.

«Wunderschön, diese Bordüre. Schau doch nur, Marjorie! Damit säume ich den Kragen meines Hochzeitskleids. Ich nehme sie. Das ganze Stück.» Sie fragte nicht einmal nach dem Preis. «Zahl den Mann aus, Marjorie. Ich habe kein Geld bei mir. Vater wird es dir zurückgeben, wenn er nach Hause kommt.»

Marjorie war, wie sich unschwer erkennen ließ, nicht allzu begeistert von der Sache. Sie schlurfte davon, um ihre Börse zu holen, während Alison auf meinen Teller zeigte. «Du kannst deine Mahlzeit ruhig zu Ende essen.» Ich bedankte mich höflich bei ihr, verstaute die restlichen Waren wieder in mein Bündel, nannte Marjorie den Preis für die Bordüre und steckte das Geld ein, ehe ich mich wieder an meinen Eintopf setzte, der mittlerweile kalt geworden war. Er sah grau und unappetitlich aus, und ich hatte wenig Lust, ihn aufzuessen. Ich schob den Teller beiseite und nahm einen letzten Schluck Ale. Gerade wollte ich aufstehen und mich verabschieden, als Alison Weaver einen Stuhl heranzog und sich neben mir niederließ.

«Als ich vorhin hereingekommen bin», sagte sie vorwurfsvoll, «wovon habt ihr beide da gerade gesprochen?»

3

In der Küche herrschte plötzlich eine unangenehme Stille. Ich konnte beobachten, wie Marjorie Dyer fieberhaft darüber nachdachte, ob sie ihrer Herrin die Wahrheit sagen sollte oder nicht. Ich griff verlegen nach meinem Alekrug, versuchte, durch einen großen Schluck Zeit zu gewinnen. Marjorie räusperte sich, aber ihre Herrin kam ihr zuvor: «Ihr habt über Clement gesprochen, stimmt's? Du weißt, Vater mag es nicht, wenn du mit fremden Leuten über Familienangelegenheiten sprichst! Du bist eine Klatschbase, Marjorie, und du weißt, was mit Klatschbasen geschieht. Sie müssen im Dorfteich tauchen gehen.»

Der scharfe Tonfall schien dem Mädchen sofort leid zu tun, doch an Marjories Gesichtsausdruck konnte ich erkennen, daß sie sich über die Zurechtweisung, zumal in meiner Gegenwart, furchtbar ärgerte. Wieder einmal fragte ich mich, wie es sich in Wirklichkeit mit ihr und der Familie Weaver verhielt. Einerseits schien Marjorie als altes, vertrauenswürdiges Mitglied des Haushalts eine bevorzugte Stellung zu genießen, andererseits mußte sie offenbar auch eine Menge Prügel einstecken. «Na ja, vermutlich kann es nicht schaden», sagte Alison Weaver in deutlich versöhnlicherem Ton. «Was hast du ihm alles erzählt?»

«Nur, daß Master Clement im letzten Winter in London verschwunden ist.»

«Und daß man seitdem nie wieder etwas von ihm gehört hat», fügte ich hinzu. «Sonst weiß ich nichts, und Ihr braucht auch keine Angst zu haben, daß ich über Eure Familie irgendwelche Gerüchte in Umlauf setzen werde. Außerdem wollte ich sowieso gerade gehen.»

Ich stand auf, aber das Mädchen machte durch eine Handbewegung klar, daß ich sitzen bleiben sollte. Alison Weaver schien es gewohnt zu sein, daß ihre Befehle befolgt wurden, und damals wußte ich noch nicht, wie man sich erfolgreich zur Wehr setzen kann. Sie sah mich neugierig an.

«Du sprichst anders als die Hausierer, die ich bisher kennengelernt habe. Wer bist du?» fragte sie. Also erzählte ich meine Lebensgeschichte noch einmal von vorn und stellte mit Befriedigung fest, daß Alison Weaver mich als menschliches Wesen wahrzunehmen begann. Mir entging auch nicht, daß sie Gefallen an mir fand. Ich war damals ein gutaussehender Bursche, auch wenn das nach eitlem Selbstlob klingen mag. Als ich mit meiner Geschichte zu Ende war, stützte sie die Ellenbogen auf den Tisch und legte das Kinn in die Hände; sie hatte kleine Hände, die unruhig hin- und herflatterten, wie eingesperrte Vögel.

«Willst du die ganze Geschichte hören?» fragte sie mich. «Ich meine, wie mein Bruder verschwunden ist?»

«Wenn Ihr sie mir erzählen wollt», erwiderte ich ernst.

«Was meinst du, Marjorie? Ob Vater etwas dagegen hätte?»

Marjorie zuckte mit den rundlichen Schultern. «Vielleicht, aber er ist ja nicht zu Hause. Und er wird auch nicht vor ein, zwei Stunden wieder zurück sein. Er ist zum Gildetreffen gegangen und wollte anschließend noch zu einem Gottesdienst in der Katharinenkapelle.» Und an mich gewandt, fügte sie hinzu: «Katharina ist die Schutzheilige der Weber, mußt du wissen.»

Alison zuckte daraufhin ebenfalls mit den Schultern und sagte: «Was er nicht weiß, macht ihn nicht heiß.»

Ich habe mein ganzes Leben lang immer wieder über die praktische Einstellung der Frauen gestaunt; ich glaube, sie kennen keine angeborenen Skrupel. Allerdings war ich für diese Tatsache auch häufig dankbar, zum Beispiel jetzt, denn meine Neugier war geweckt, und sie unbefriedigt zu lassen, wäre ungefähr so grausam gewesen, wie einem Verdurstenden einen Schluck Wasser zu verwehren.

Als hätte sie meine Gedanken gelesen, fragte Marjorie: «Soll ich uns allen etwas Ale einschenken?»

Ihre Herrin nickte. «Und mach die Tür ruhig noch ein Stückchen weiter auf. Es ist stickig hier drinnen beim Feuer.»

Marjorie nahm meinen leeren Krug, zog zwei weitere aus einem Regal und füllte alle drei Krüge am Alefaß auf. Dann schob sie die Tür zum Garten auf, so daß die frische, würzige Luft in die Küche zog. Es war draußen sehr heiß geworden. Die Luft flimmerte und blitzte wie blankgeputztes Metall, und einen kurzen Augenblick lang war nur der ferne Schrei eines Vogels zu hören. Doch allmählich sickerte der Lärm der Stadt wieder zu uns durch, nahm stetig zu wie eine langsam steigende Flut.

Alison Weaver nippte an ihrem Ale und spielte mit den Perlen an ihrem Rosenkranz. «Ich weiß nicht, wo ich anfangen soll», sagte sie.

«Beginnt doch mit Eurer Reise nach London. Aus der Zeit davor gibt es nicht viel zu erzählen.»

Marjorie schien mir mit unnötiger Schärfe zu sprechen. Ein kurzer Seitenblick sagte mir, daß sie sehr aufgeregt war. Clement Weaver war vermutlich ihr Liebling gewesen; vielleicht hatte er sich weniger herrisch aufgeführt als seine spitzzüngige Schwester. Ich stellte mir Clement als einen sanften, zurückhaltenden Jungen vor, den der frühe Tod der Mutter tief getroffen hatte.

Alison nickte, trank etwas von ihrem Ale, stützte wieder die Ellenbogen auf den Tisch und legte das Kinn in die Hände. «Es war noch vor Weihnachten, im letzten Jahr», begann sie, «etwa um Allerheiligen...»

Alison hatte sich damals gerade mit William Burnett verlobt, dem Sohn eines angesehenen Bürgers und Mitglieds der Webergilde. Die Burnetts schienen noch wohlhabender zu sein als die Weavers, denn in Redcliffe arbeiteten fast hundert Weber für sie, und sie nahmen für sich in Anspruch, mit dem Adelshaus derer von Burnett, einem Dorf nur wenige Meilen außerhalb Bristols, verwandt zu sein. Es handelte sich also um eine Verbindung, aus der die eine Familie größeren Nutzen ziehen würde als die andere, und Ratsherr Weaver war entschlossen, bei der Ausrichtung der Hochzeit seiner Tochter keine Kosten zu scheuen. Vor allem ihre Brautgewänder sollten die schönsten und wertvollsten sein, die für Geld zu bekommen waren, und die Kaufleute in Bristol wurden für unwürdig erachtet, die notwendigen Stoffe zu beschaffen. Alison wurde daher – in Begleitung ihres Bruders Clement – in aller Eile nach London geschickt, wo sie bei ihrem Onkel, dem Bruder des Ratsherrn, und dessen Frau wohnen sollte. John Weaver, der ebenfalls im Tuchhandel tätig war, hatte anläßlich seiner eigenen Heirat vor etlichen Jahren beschlossen, sein Glück in der Hauptstadt zu versuchen, und war inzwischen fast so reich wie sein älterer Bruder. Er und seine Frau lebten im Bezirk Farringdon, der, wie Alison mir angesichts meiner Unkenntnis Londons und seiner Umgebung erklärte, den Viehmarkt von Smithfield, die Priorei von St. Bartholomäus und den Temple mit seinen Parks bis hinunter zum River Fleet umfaßte. Außerdem war er leicht vom Bezirk Portsoken aus zu erreichen, wo die Weber ihre Werkstätten hatten.

«Ihr solltet beide bei Eurem Onkel und Eurer Tante wohnen?» fragte ich, als Alison einen Augenblick lang innehielt. «Ihr und Euer Bruder?»

Es schienen jedoch andere Pläne bestanden zu haben. John Weaver und seine Frau Alice hatten zwei erwachsene Söhne, von denen der eine zwar bereits verheiratet war, aber noch keinen eigenen Hausstand gegründet hatte. Man konnte daher nur Alison ein Bett anbieten, für Clement gab es in der Wohnung keinen Platz. Er sollte, genau wie sein Vater, der Ratsherr, wenn er in der Hauptstadt war, im Baptist's Head übernachten, das in der Crooked Lane, in einer Seitengasse der Thames Street lag. Das Gasthaus wurde von einem alten Freund der Weavers aus Bristol, Thomas Prynne, betrieben.

«Erinnerst du dich?» fragte Marjorie und stieß mich leicht in die Rippen. «Ich habe dir erzählt, daß er der Wirt des Running Man war, ehe er nach London ging.»

Ich nickte. «Du wolltest mir das Gasthaus jetzt, wo es einen anderen Wirt hat, nur ungern empfehlen.»

«Prynne ist ein guter Mensch», sagte Marjorie. «Er war in Bristol beliebt, und wir vermissen ihn sehr. Er und der Ratsherr waren enge Freunde. Sie sind zusammen in Bedminster aufgewachsen.»

Ratsherr Weaver hatte seinen Jugendfreund überflügelt und war aus eigener Kraft zu Ansehen und Reichtum gelangt, nicht etwa durch Erbschaft wie später seine Kinder. Oder nur noch *ein* Kind? Ich schaute Alison an, die daraufhin ihren Faden wieder aufnahm.

«Wie ich schon sagte...» Sie warf ihrer Haushälterin einen mißbilligenden Blick zu, als hätte die Unterbrechung sie ärgerlich gemacht. «Clement sollte im Baptist's Head übernachten. Was Thomas Prynne betrifft, hat Marjorie recht», räumte sie ein. «Mein Vater kennt ihn von Kindesbeinen an. Als Clement und ich noch klein waren, nannten wir ihn immer Onkel Thomas, obwohl meine Mutter davon nicht so angetan war. Sie war eine de Courcy, mußt du wissen.» Sie sagte das so, als würde es alles erklären, und in gewisser Hinsicht tat es das auch. Der Name klang nach altem normannischem Adel, und der Ratsherr, der weiter aufsteigen wollte, hatte die Heirat mit einem Sproß dieser Familie zweifellos für sein Fortkommen als förderlich erachtet. Ich fragte mich, wieviel Mitgift Alisons Mutter ihm wohl gebracht hatte. Eher wenig, nahm ich an. Ich stellte mir eine glücklose, verarmte Adelsfamilie mit anmaßenden Ansprüchen vor, die gezwungen war, sich mit dem neureichen Bürgertum zu verbinden. Wie glücklich eine solche Verbindung wohl gewesen sein mochte? fragte ich mich. Aber Alison erzählte munter weiter und hielt mich davon ab, meine Gedanken weiter schweifen zu lassen: «Vater hätte Clement nirgendwo sonst in London wohnen lassen. Und schon gar nicht auf dieser Reise. Es war absolut notwendig, daß mein Bruder in die Obhut eines Menschen kam, dem mein Vater voll und ganz vertrauen konnte.»

Ich nahm einen Schluck von meinem Ale. «Warum?» fragte ich, obwohl ich die Antwort schon ahnte.

Alison Weaver drehte den schwarz-goldenen Ring an ihrem Finger. «Er trug eine Menge Geld bei sich. Geld, das für den Kauf meiner Brautgewänder bestimmt war.»

«Wieviel Geld?» fragte ich, denn in meinem Eifer hatte ich völlig vergessen, daß ich bloß ein kleiner Hausierer war und sie die Tochter eines Ratsherrn. Ich spürte, wie mir Marjorie unter dem Tisch gegen das Schienbein trat.

Alison war jedoch viel zu sehr in ihrer Geschichte gefangen, um meine Ungehörigkeit zu bemerken oder sich, falls sie sie doch bemerkt hatte, darum zu scheren. Die Geschehnisse müssen ihr in den letzten Monaten immer wieder durch den Kopf gegangen sein.

«Einhundert Pfund», sagte sie in ehrfürchtigem Ton. «Ein Teil davon war natürlich für die Hansekaufleute im Stalhof gedacht. Vater erzählte mir später, er habe ihnen, ohne es zu wollen, für eine Tuchlieferung zuviel berechnet und daher Clement angewiesen, ihnen den überschüssigen Betrag auszuzahlen.»

«Ziemlich viel Geld, um einfach so damit herumzuspazieren.»

«Es konnte nicht gutgehen», seufzte Marjorie.

«Dich hat niemand nach deiner Meinung gefragt!» wies ihre Herrin sie zurecht. «Außerdem wußte niemand, wieviel Geld Clement bei sich trug. Nicht einmal ich wußte Bescheid. Niemand hätte ahnen können, daß er eine so große Summe bei sich hatte.»

«Wegelagerer und Diebe», erinnerte ich sie sanft, «lassen keine Gelegenheit aus, sich zu bereichern. Sie haben für jede Summe Verwendung. Ein paar Kupfermünzen sind ihnen einen Überfall ebenso wert wie zwanzig Goldstücke. Und wenn ihnen durch Zufall ein größerer Fisch ins Netz geht, schätzen sie sich um so glücklicher.»

«Genau das habe ich auch gesagt!» warf Marjorie mit ernster Miene ein. «Ich wünschte bloß, ich hätte gewußt, wieviel Geld der Ratsherr seinem Sohn mitgeben wollte. Ich hätte versucht, es ihm auszureden oder ihn davon zu überzeugen, daß er selbst nach London reist. Ein junger Mann, ganz auf sich allein gestellt, die Börse voller Gold – das beschwört das Unheil geradezu herauf! Erst recht in einer so verderbten Stadt wie London!»

Alison sprang auf. Ihre braunen Augen sprühten wütende Funken. «Sei endlich still, Marjorie! Halt deinen Mund! Hinterher ist man immer schlauer als vorher.»

Dieser Schluß schien mir nicht ganz gerechtfertigt zu sein. Wäre Marjorie in die Pläne des Ratsherrn eingeweiht gewesen, wäre sie sicherlich auch schon vorher schlauer gewesen und hätte versucht, das drohende Unheil von Master Clement abzuwenden. Der Ratsherr hatte sich töricht verhalten. In diesem Punkt stimmte ich mit Marjorie überein, und ich fühlte mich verpflichtet, für sie Partei zu ergreifen.

«Ich habe auch gehört», begann ich vorsichtig, «daß die Straßen Londons ein sehr gefährliches Pflaster sind.»

Mir fiel auf, daß sich das Licht seit dem Beginn unseres Gesprächs verändert hatte. Durch die offene Küchentür waren die Bäume und, über der Gartenmauer, die Dächer der Nachbarhäuser zu sehen. Ihre Farben hatten vor dem plötzlich verdunkelten Himmel ein neues, tieferes Leuchten angenommen. Der Tag, der so schön begonnen hatte, würde mit Regen enden. Wie zur Bestätigung meines Eindrucks war in der Ferne ein leichtes Donnergrollen zu hören. Ich dachte wieder an Aufbruch. «Ich muß jetzt wirklich gehen. Ich muß meinen Lebensunterhalt verdienen und eine Herberge finden, ehe das Gewitter losbricht.»

Alison wandte ihren hübschen kleinen Kopf zu mir um. «Setz dich», befahl sie. «Du hast das Ende der Geschichte noch nicht gehört.» Verärgert fügte sie hinzu: «Oder interessiert sie dich nicht?»

«Doch, natürlich interessiert sie mich.» Es war die Wahrheit. «Ich habe bloß heute außer dem Stück Bordüre, für das Ihr Euch entschieden habt, noch nichts verkauft. Und ich brauche Geld, wenn ich heute nacht im Trockenen und nicht unter irgendeiner Hecke schlafen will.»

Ich wollte aufstehen, doch allein durch ihre Willenskraft zwang sie mich, wider besseres Wissen sitzenzubleiben.

«Du kannst heute nacht hier schlafen», sagte sie dann, worüber nicht nur ich, sondern auch Marjorie überrascht war. «Hier neben dem Feuer in der Küche ist genug Platz für dich. Ich werde es Vater sagen, wenn er nach Hause kommt.»

Als ich später an diesen Tag zurückdachte, wurde mir klar, daß das rätselhafte Verschwinden ihres Bruders Alison Weavers Gedanken völlig beherrschte. In diesem Haus wurde über nichts anderes gesprochen, aber die Gespräche drehten sich letztendlich im Kreis, so daß es bald nichts Neues mehr hinzuzufügen gab, denn jeder führte nur noch seine alten, oft wiederholten Meinungen an. Alison brauchte einen frischen Geist, brauchte frische Gedanken, wollte einfach nicht hinnehmen, daß es für dieses Rätsel keine Lösung geben und sie ihren Bruder nicht lebend wiedersehen sollte, obwohl ich dies nach allem, was ich bis dahin gehört hatte, für das weitaus wahrscheinlichste Ergebnis sämtlicher Erörterungen hielt. Ein wohlhabender junger Mann, der überfallen und ausgeraubt, anschließend ermordet und in den nächsten Fluß geworfen wurde – war das denn wirklich etwas so Außergewöhnliches? Es gehörte zu den üblichen Gefahren des täglichen Lebens. Lehrte uns außerdem nicht die Heilige Schrift, daß dem Menschen auf Erden nur eine kurze Spanne zugemessen ist? Mord, Plünderung, Hungersnot, Pest – all das waren doch nur Werkzeuge Gottes.

Nicht ohne Schrecken bemerkte ich, daß ich genauso dachte, wie es mir die Mönche, meine Lehrmeister, immer hatten eintrichtern wollen. Dabei hatte ich doch gerade ihrer bedingungslosen Unterwerfung unter den Göttlichen Willen entfliehen wollen und mich auch aus diesem Grund gegen das Mönchsgelübde entschieden. «Euer Vater wird niemals zulassen, daß der Hausierer hier schläft», wandte Marjorie ein. «Er sollte lieber verschwunden sein, wenn der Ratsherr zurückkommt.»

«Ich habe dir doch gesagt, ich werde mit Vater sprechen», setzte Alison sich über die Bedenken ihrer Haushälterin hinweg. Dann wandte sie sich wieder an mich. «Nun, was sagst du? Wirst du bleiben? Der Preis, den ich dir für die Bordüre bezahlt habe, müßte doch wohl ausreichen, um dich für die nächsten paar Tage zu verkösten.»

«Den *ich* bezahlt habe», murmelte Marjorie vor sich hin, aber nicht so leise, daß ihre Worte nicht doch hörbar gewesen wären. Ich fürchtete schon einen neuerlichen Wutausbruch ihrer Herrin, doch Alison schien gar nicht darauf eingehen zu wollen, sondern richtete ihre Augen fragend auf mich.

«Wenn Ihr sicher seid, daß es Eurem Vater nichts ausmacht, wäre ich für das warme Feuer und ein anständiges Essen dankbar.» Ich konnte draußen die ersten Regentropfen auf die Blätter der Bäume klatschen hören. Die Luft war schwer und windstill, doch das Rascheln der Zweige ließ darauf schließen, daß ein Sturm aufkommen würde. Eine kalte, nasse Nacht stand bevor.

«Die Sache mit meinem Vater kannst du getrost mir überlassen», sagte Alison bestimmt. «Also, wo waren wir stehengeblieben?» Ohne eine Antwort abzuwarten, fuhr sie fort: «Es war nicht so, wie du denkst, und auch nicht so, wie Marjorie dich gerne glauben lassen will. Mein Bruder ist nicht mit einem Haufen Geld in der Tasche durch die Straßen Londons spaziert. Wir sind zu Allerheiligen von Bristol abgereist. Zwei unserer Männer, Ned Stoner und Rob Short, begleiteten uns. Joan, mein Dienstmädchen, ist auf Neds Pferd mitgeritten. Wir mußten auf dem Weg dreimal übernachten, und mein Vater hat vier weitere Männer angeheuert, die uns bis Chippenham begleiteten. Als wir uns London näherten, sandte uns mein Onkel zwei seiner Diener entgegen. Sie sollten uns in Paddington treffen und anschließend in die Stadt begleiten.» Sie hielt inne, um Luft zu schöpfen, und wieder war draußen ein Donner zu hören. Das Gewitter schien näher zu kommen. Der Regen prasselte jetzt auf die Bäume.

«Dann wart Ihr also gut beschützt», sagte ich.

Sie nickte. «Jedenfalls die meiste Zeit. Und selbst als wir nur zu fünft waren, reisten wir mit einer Gruppe von Kaufleuten, die wir in einer der Herbergen kennengelernt hatten. Mein Vater hatte es uns empfohlen, und wir befolgten seinen Rat.»

«Und?» fragte ich, als sie sich in Tagträumen zu verlieren schien. «Was geschah, als Ihr schließlich in London eingetroffen seid?»

«Wie bitte? Ach, so. Es regnete ziemlich stark, deshalb hat mir mein Onkel seine Kutsche entgegengeschickt. Clements Stute Bess hatte ein Hufeisen verloren, und da wir Zeit sparen wollten – es war später Nachmittag und wurde schon langsam dunkel –, kamen wir überein, daß Clement mit Joan und mir in der Kutsche fahren und Ned am nächsten Morgen nach Paddington zurückreiten sollte, um Bess von der Schmiede abzuholen. Als erstes fuhren wir nach Dowgate, um meinen Bruder abzusetzen. Er stieg an der Ecke aus, an der die Thames Street auf die Crooked Lane trifft.»

«Allein? Warum sind Ned oder Rob nicht bei ihm geblieben?»

«Rob führte mein Pferd und sollte gemeinsam mit mir und Joan bei meinem Onkel übernachten. Ned sollte mit Clement im Baptist's Head absteigen, aber die beiden Männer meines Vaters wollten unbedingt, daß er bei uns blieb. Sie erzählten uns lauter schauerliche Geschichten über bewaffnete Räuberbanden, die nachts die Straßen der Stadt unsicher machten und es vor allem auf die Frauen abgesehen hätten. Mein Bruder drängte Ned, bei mir und Joan zu bleiben. Sobald ich sicher bei meinem Onkel angekommen sei, könne Ned zum Baptist's Head zurückkehren. Außerdem lag das Gasthaus nur ein kurzes Stück die Straße hinunter, in Sichtweite der Kreuzung, an der wir uns befanden.» Alison befeuchtete den Zeigefinger mit Ale und zeichnete einen groben Plan auf den Tisch. «Das hier ist die Thames Street», erklärte sie. «Und das...», sie zeichnete einen zweiten feuchten Strich im rechten Winkel zum ersten, «das ist die Crooked Lane, die zum Fluß und zu den Docks hinunterführt.

Hier, genau an der Ecke, wo wir Clement abgesetzt haben, liegt ein anderes Gasthaus, das Crossed Hands Inn. Das Baptist's Head liegt ein Stück die Straße hinunter auf der anderen Seite. Wir konnten das Wirtshausschild und die Lichter sehen. Clement mußte also wirklich nur ein paar Schritte gehen, deshalb warteten wir auch nicht. Die Männer meines Onkels waren ängstlich darauf bedacht, vor dem Abendläuten zu Hause zu sein, und ich glaube, wir freuten uns alle auf unsere Betten. Ich lehnte mich aus der Kutsche, um Clement zum Abschied zu winken. Er stand, in seinen Mantel eingehüllt, im Licht einer Fackel, die ganz oben, neben einem Fenster des Crossed Hands Inn, befestigt war. Er winkte zurück. Dann machte er eine ungeduldige Handbewegung, um uns fortzuschicken. Ich zog die Vorhänge der Kutsche zu und lehnte mich in meinem Sitz zurück. Ich weiß noch, wie ich Joan sagte, daß ich schrecklich müde sei und mich sehr darauf freue, endlich anzukommen. Es war eine stürmische Nacht, ich erinnere mich, wie die Lichter flackerten, als mein Onkel und meine Tante aus dem Haus kamen, um uns zu begrüßen. Ned kehrte sofort zum Baptist's Head zurück.» Ihr versagte fast die Stimme. «Aber er hat Clement nirgends finden können», stammelte sie. «Er war einfach nicht da. Und Thomas Prynne sagte, er sei niemals im Baptist's Head angekommen.»

4

In die Stille, die ihren Worten folgte, platzte ein lauter Donner.
Ich hatte den Blitz, der ihm vorangegangen war, gar nicht
wahrgenommen, so sehr hatte mich Alison Weavers Geschichte
gefesselt. Vor meinem geistigen Auge sah ich ganz deutlich die
Gestalt ihres Bruders in einen dicken Mantel eingehüllt im strömenden Regen stehen, nur wenige Schritte vom rettenden Baptist's Head entfernt. Thomas Prynne, der alte Freund seines
Vaters, erwartete ihn, ein heißes Posset stand für ihn auf dem
Feuer... Aber Clement Weaver kam niemals dort an.

Der laute Donner ließ uns erschrocken zusammenfahren.
Marjorie, die das Regenwasser durch die offene Tür dringen
sah, sprang auf, um die Tür zu schließen. Dann ging sie zum
Feuer und rührte in dem großen Eisentopf. «Vor lauter Ge-
rede», brummelte sie, «vergesse ich noch meine Pflichten. Ein
Wunder, daß das Fleisch nicht angebrannt ist.»

Weder Alison noch ich achteten sonderlich auf sie. «War es
denn wirklich notwendig», fragte ich, «daß Ned bei Euch blieb?
Auch ohne ihn gab es doch immer noch drei erwachsene Männer, die Euch und Euer Dienstmädchen im Notfall hätten be-
schützen können.»

«Du vergißt», erwiderte Alison geduldig, «daß es gerade damals in London sehr gefährlich war. Der Graf von Warwick
hatte König Heinrich aus dem Tower holen lassen und wieder
zum rechtmäßigen König erklärt. Die Anhänger König Eduards
hielten sich überall in der Stadt versteckt. Und seit der Hinrichtung des Grafen von Worcester waren erst wenige Wochen vergangen. Mein Onkel sagte mir, er habe die Londoner noch nie in

einem solchen Fieber erlebt. Die Anzahl der Verbrechen sei täglich gestiegen.»

Ich erinnerte mich, daß die Gerüchte über die schrecklichen Ausschreitungen anläßlich der Hinrichtung des Grafen von Worcester sogar bis in die Abgeschiedenheit Glastonburys vorgedrungen waren. Der Graf von Worcester wurde, nachdem er die Leiber und Köpfe seiner Widersacher auf Zaunpfähle hatte spießen lassen, im Volksmund «Schlächter von England» genannt. Das Volk haßte ihn. Doch selbst das, hatte unser Gewährsmann, ein durchreisender Bettelmönch, gesagt, habe die Grausamkeit der Londoner, die den Gefangenen auf dem Weg zum Schafott beinahe in Stücke gerissen hätten, nicht hinlänglich erklären können. Soweit er sich erinnern könne, sei es das erste Mal gewesen, daß eine Hinrichtung verschoben werden mußte, weil der Gefangene und seine Wärter im Gefängnis Zuflucht suchen mußten. John Weaver hatte wirklich allen Grund gehabt, um die Sicherheit seiner Nichte zu bangen, und seine Männer hatten einen berechtigten Anlaß, Ned zum Mitkommen zu drängen. Auf diese Art waren sie nicht allein für Alisons Sicherheit verantwortlich gewesen.

Marjorie machte sich daran, aus saurer Dickmilch eine Nachspeise fürs Abendessen zuzubereiten. «Euer Vater wird bald zurückkehren», sagte sie zu Alison. «Es ist fast Abendbrotzeit.»

Ich war überrascht. Die vier Stunden seit meinem Zusammentreffen mit Marjorie Dyer am High Cross waren so schnell vergangen, daß ich zuerst dachte, sie habe sich in der Zeit geirrt, doch da war auch schon das Abendläuten von der nahen Kirche zu hören. Drei Stunden noch bis zur Komplet, dachte ich. Das Klosterleben steckte mir noch in den Knochen. «Es wird noch ein Weilchen dauern, bis er hier ist.» Alison schaute mich an. «So, nun kennst du die ganze Geschichte.»

Ich runzelte die Stirn. «Ihr habt gesagt, außer Eurem Vater und Eurem Bruder habe niemand gewußt, wieviel Geld er bei sich hatte. Das mag stimmen, aber sicherlich wußte jeder, der an der Unternehmung beteiligt war, daß Euer Bruder Geld bei sich trug. Und daß es sich um ein hübsches Sümmchen handelte, muß ebenfalls auch jedem klar gewesen sein, denn bekanntlich wolltet Ihr nach London reisen, um Eure Brautgewänder zu erstehen.»

«Was willst du damit sagen?» fragte Alison scharf. «Daß jemand aus diesem Haushalt oder aus dem Haushalt meines Onkels für Clements Verschwinden verantwortlich ist?»

«Ja, worauf willst du hinaus?» rief Marjorie aus dem Hintergrund. Ihr Gesicht war rot vor Entrüstung.

Schuldbewußt mußte ich mir eingestehen, daß meine Gedanken tatsächlich in diese Richtung gegangen waren. Angenommen, Ned oder Rob oder einer von John Weavers Männern steckte mit einer der vielen Londoner Räuberbanden unter einer Decke und hatte ihr den entscheidenden Wink gegeben?... Aber wie hätte er die genauen Umstände von Clements Ankunft in der Stadt voraussagen sollen? Wer hätte ahnen können, daß sein Pferd ein Hufeisen verlieren würde und Clement deshalb nicht auf direktem Wege zum Baptist's Head reiten konnte? Wer hätte voraussehen können, daß Ned ihn nicht begleitete? Die beiden Frauen waren mit Recht böse auf mich. Ich hatte die Bedeutung meiner Worte nicht ausreichend überdacht.

«Tut mir leid», sagte ich. «Es war eine übereilte und törichte Schlußfolgerung.»

«Und eine falsche dazu!» Ich fragte mich, ob Alison ihr Angebot, mich hier im Haus übernachten zu lassen, zurückziehen würde, aber sie fuhr fort: «Mir gefiel der Anblick dieses Wirtshauses nicht.»

«Ihr meint... das Crossed Hands Inn könnte etwas mit dem Verschwinden Eures Bruders zu tun haben?»

Sie kaute auf ihrer Unterlippe. «Ich habe keinen Grund, so etwas zu vermuten», gab sie nach einer Weile zögernd zu. «Mein Vater und mein Onkel haben alle möglichen Erkundigungen eingezogen. Der Wirt und die Diener haben geschworen, nichts gesehen und auch nichts gehört zu haben. Es gibt keinen Anlaß, ihre Aussagen anzuzweifeln. Und es gibt auch

44

keinerlei Anhaltspunkte dafür, daß sie etwas mit Clements Verschwinden zu tun haben könnten.»

«Und dennoch meint ihr, sie hätten gelogen?»

Alison zuckte mit den Schultern. «Mir kam das Haus irgendwie unheimlich vor. Aber wahrscheinlich ist das dumm von mir.»

Insgeheim stimmte ich ihr zu. Sie hatte das Wirtshaus unter den denkbar schlechtesten Bedingungen gesehen, im Dunkeln und bei strömendem Regen, war selbst hungrig und von der Reise erschöpft gewesen. Sie hatte es unweigerlich mit dem Verschwinden ihres Bruders in Verbindung bringen müssen, denn zum letzten Mal hatte sie Clement im flackernden Licht des Crossed Hands Inn gesehen... Noch einmal stand mir das Bild plastisch vor Augen.

Ich zögerte, ehe ich meine letzte Frage stellte. Sie war heikel, und ich mußte befürchten, meine Einladung, im Haus übernachten zu dürfen, damit aufs Spiel zu setzen. Trotz dieser Befürchtung, und trotz allem, was Marjorie mir schon erzählt hatte, verspürte ich den unwiderstehlichen Drang, diese Frage zu stellen, wenn auch nur, um meine eigene Neugier zu befriedigen. Wo immer ich am Abend mein müdes Haupt betten würde – ich würde besser schlafen, wenn ich die offenen Fragen dieses vertrackten Falls wenigstens angesprochen hatte. Offene Fragen haben mich schon immer kribbelig gemacht.

«Gäbe es denn möglicherweise irgendeinen Grund», begann ich vorsichtig, «warum Euer Bruder... versucht haben könnte... den Plan gefaßt haben könnte... Ich meine...»

Alison Weaver unterbrach mich mit eisiger Stimme. «Du fragst mich, ob Clement seinen eigenen Vater beraubt hätte? Die Antwort ist nein.»

Ich wußte, ich hätte es dabei belassen sollen, aber ich bohrte weiter. Ich mußte mich davon überzeugen, daß sie die Wahrheit sprach. «Es war sehr viel Geld im Spiel. Man hat schon öfter von jungen Männern gehört, die einer plötzlichen Versuchung nicht widerstehen konnten.»

Ich machte mich schon auf einen Wutausbruch gefaßt, aber zu meinem Erstaunen antwortete sie ganz ruhig auf meine ungehörige Frage. Ruhig, aber auch sehr kühl. «Clement und ich lieben unseren Vater. Er hat nie etwas getan, das diese Liebe hätte schmälern können. Vor allem mein Bruder stand ihm sehr nahe. Clement sollte später einmal das Geschäft unseres Vaters übernehmen. Es hat zwischen den beiden nie auch nur den geringsten Zwist gegeben.»

«Das gleiche habe ich dir doch auch schon erzählt», sagte Marjorie vorwurfsvoll.

«Ich weiß», entgegnete ich beschämt. Ich sah, daß mein heimlicher Zweifel an ihren Worten sie verletzte, aber ich hatte sie mir von Alison bestätigen lassen müssen. Alison hatte sehr ernst gesprochen und mit ihrer Antwort nicht gezögert.

Die Stille um uns wurde immer größer, hielt uns gefangen, schloß uns ein. Es gab nichts mehr zu sagen. Wie Marjorie – und wie Alison, die von ihrem Bruder so gesprochen hatte, als sei er noch am Leben – war ich davon überzeugt, daß Clement Weaver das Opfer eines Mordanschlags geworden war. Ob seine Mörder nun mit dem Crossed Hands Inn in Verbindung standen oder nicht – er war an jenem nassen Novemberabend überfallen, ausgeraubt und getötet worden; anschließend hatten seine Mörder dann seine Leiche verschwinden lassen. In der Dunkelheit wäre es ein leichtes gewesen, ihm ein Messer zwischen die Rippen zu jagen. Kein Geräusch, kein Schrei wäre bis zu seinen Freunden im Baptist's Head gedrungen. Und selbst wenn es ihm möglich gewesen wäre, um Hilfe zu rufen, hätte man ihn bei dem strömenden Regen wohl kaum gehört. Auch wenn man alle Einzelheiten einbezog, die Antwort war immer dieselbe, lag sozusagen auf der Hand. Clement Weaver gehörte zu den vielen Männern und Frauen, die Jahr für Jahr aus reiner Habgier ermordet wurden. «Die Welt ist gewalttätig und gefährlich», hatte mich Abt Selwood gewarnt, als ich die schützenden Mauern des Klosters verließ. Schon nach wenigen Tagen hatte ich den Beweis bekommen.

Wir waren so in unsere Gedanken vertieft, daß wir nicht hörten, wie sich die Haustür öffnete und kurz darauf wieder schloß. Erst als wir die Stimme des Ratsherrn hörten, schreckten wir auf.

«Alison? Marjorie? Seid ihr da?»

«Um Himmels willen!» Marjorie drehte sich so schnell am Küchentisch um, daß ihre Röcke wirbelten. «Der Ratsherr ist zu Hause, und der Tisch ist noch nicht gedeckt.» Sie wedelte aufgeregt mit der Hand in der Luft. «Geh mir aus dem Weg, Hausierer! Du hast mich lang genug aufgehalten.» Dann drehte sie sich zu Alison um. «Am besten geht Ihr, um ihn zu begrüßen.»

Alison war schon auf dem Weg zur Tür. Sie rief: «Ich bin hier, Vater! Das Essen wird gleich aufgetragen.» Dann schloß sich die Küchentür hinter ihr.

«Gleich?» brummte Marjorie. «Es wird noch mindestens eine halbe Stunde dauern, bis ich soweit bin.»

Sie wirtschaftete wie wild in der Küche herum und bewegte sich dabei sehr viel schneller, als ich es bei ihrem Leibesumfang und ihren schmerzenden Beinen erwartet hätte. Sie türmte Teller, Zinnbecher und Messer auf ein Tablett aus geschlagenem Kupfer und trug es hinaus in das Zimmer, in dem die Familie Weaver ihre Mahlzeiten einzunehmen pflegte. Bemüht, Marjorie nicht im Weg zu stehen, blieb ich auf meinem Stuhl beim Feuer sitzen und wartete geduldig, bis sie wieder Zeit für mich hatte. Als sie in die Küche zurückkam, murmelte sie wütend vor sich hin.

«Master Burnett kommt einfach zusammen mit dem Ratsherrn nach Hause und wird gefragt, ob er mitessen will. Sagt mir mal vorher jemand Bescheid? Nein. Natürlich nicht. Für die bin ich ja nur eine ganz gewöhnliche Dienerin, mehr nicht.»

Sie nahm den Schöpflöffel und rührte aufgebracht in dem Eintopf. «Man sollte nicht meinen, daß ich die Base des Ratsherrn bin.»

Das war also der Grund für ihre außergewöhnliche Stellung im Haus. Sie war eine arme Verwandte der Familie Weaver. Diese Tatsache erklärte auch ihre sonderbare Beziehung zu Alison: Auf der einen Seite war sie eine Hausmagd und Bedienstete, auf der anderen Seite eine Tante des Mädchens.

Die Tür zur Küche ging auf, und zwei Männer traten herein. Sie waren beide klein und untersetzt und hatten grobe, hohlwangige Gesichter, dunkle Haut und dunkle Haare, wie es bei den Einwohnern Bristols keine Seltenheit ist. Sie haben sich über die Jahrhunderte mit den Südwalisern vermischt, und die keltischen Züge haben dabei allmählich Oberhand gewonnen. Der Kleinere der beiden war offensichtlich auch der Ältere; ich schätzte ihn auf etwas mehr als dreißig Lenze, während der Jüngere eher in meinem Alter war. Ich vermutete in ihnen Ned und Rob, die beiden Diener des Ratsherrn.

«Es hat keinen Zweck, jetzt schon zum Essen zu kommen», schimpfte Marjorie. «Ich bin spät dran, und jetzt ißt auch noch Master William mit. Geht mir aus dem Weg, ihr Einfaltspinsel! Hockt euch ans Feuer zu dem Hausierer.»

Der ältere Mann zuckte mit den Schultern, murmelte: «Dann komme ich eben später wieder» und trollte sich hinaus in den Garten. Das Gewitter hatte sich ausgetobt und so plötzlich aufgehört, wie es begonnen hatte. Die Abendsonne trat hinter den Wolken hervor, und ich roch die süßduftenden Gräser und Kräuter des Gartens. Der jüngere Mann holte sich einen Stuhl aus der anderen Ecke der Küche und ließ sich neben mir am Feuer nieder.

Er nickte kurz und schaute mich mißtrauisch an. «Ich heiße Roger», sagte ich und streckte ihm eine Hand entgegen.

«Ned Stoner», grunzte er und drückte meine Finger, daß sie krachten.

Das also war der junge Mann, der in die Crooked Lane zurückgekehrt war, um zu erfahren, daß Clement Weaver dort nicht angekommen war – verschwunden und verschollen, als wäre er nie auf dieser Erde gewandelt. Ich musterte ihn verstohlen, und ich muß sagen, mir gefiel, was ich sah. Zwar war er etwas nachlässig gekleidet, sein Lederwams hatte Flecke, seine dicke, wollene Hose war am linken Knie aufgerissen, und seine

Lederschuhe waren abgetragen und staubig. Aber er hatte ein ehrliches, offenes Gesicht und ein besonders freundliches Lächeln, das gelegentlich in ein verschmitztes Grinsen überging. Er war mit Leib und Seele dem Leben zugetan, und ich konnte mir nicht vorstellen, daß er in seinem Leben je irgendeinem Menschen ein Härchen gekrümmt hatte. Nein, Ned hatte mit dem Verschwinden seines jungen Herrn nichts zu tun, sagte ich mir.

Eine willkürliche Schlußfolgerung, mögt Ihr denken, und damit hättet Ihr sicherlich recht. Aber Ihr dürft nicht vergessen, daß ich damals noch naß hinter den Ohren war. Ich war ein grüner Junge, der im Grunde genommen nichts über die Welt wußte und dennoch von sich selbst so eingenommen war, daß er glaubte, allwissend zu sein. In all den Jahren, die seitdem vergangen sind, habe ich mehr als einmal lernen müssen, daß man einen Menschen niemals nach seinem Äußeren beurteilen darf.

Alison erschien in der Küchentür.

«Ihr braucht gar nicht erst nach dem Essen zu fragen», fuhr Marjorie sie an und schob eine Pfanne mit Kiebitzeiern aufs Feuer. «Zaubern kann ich nicht.»

Alison tat, als hätte sie nichts gehört, und zeigte statt dessen mit dem Finger auf mich. «Mein Vater will dich sehen.»

Auf diese Nachricht folgte ein überraschtes Schweigen. Marjorie, Ned und ich gafften sie ungläubig an. Marjorie war die erste, die ihre Stimme wiederfand. «Warum sollte der Ratsherr den Hausierer sehen wollen?»

Alison zog die Augenbrauen hoch, die sie, wie ich erst jetzt bemerkte, ungeschickt ausgezupft hatte, um die schmalen Augenbrauen der vornehmen Damen nachzuahmen. «Wenn dich das etwas anginge, Marjorie, würde ich es dir sagen.» Sie sah mich an. «Also, was ist?» fragte sie ungeduldig. «Kommst du jetzt mit?»

Ich stand auf, warf Marjorie einen entschuldigenden Blick zu und strich mit unbeholfenen Fingern mein schäbiges Wams glatt. Ich hatte damit gerechnet, daß der Ratsherr das Angebot seiner Tochter, unter seinem Dach nächtigen zu dürfen, zurückziehen könnte, aber daß er es mir höchstpersönlich mitteilen wollte, überraschte mich. Schließlich hatte nicht ich die Regeln des Hauses gebrochen.

Ich folgte Alison in die große Halle des Hauses, von der das Eßzimmer, die Küche und die Speisekammer abgingen. Trotz meiner Angst bemerkte ich, daß die untere Hälfte der Fenster, die auf die Broad Street hinausgingen, hölzerne Läden hatten, die obere Hälfte jedoch mit Glasscheiben ausgefüllt war. Heutzutage sind Glasfenster in Wohnhäusern längst nichts Außergewöhnliches mehr, damals waren sie in England äußerst selten, und sie waren sehr, sehr teuer. Ratsherr Weaver war unbestreitbar ein vermögender Mann. Die Türpfeiler und Deckenbalken waren mit geschnitzten Vögeln, Figuren und Blumen verziert und rot und golden angemalt. In einer Ecke stand ein großer, ebenfalls mit reichen Schnitzereien verzierter Schrank, in dem das Zinn und das Silber der Familie ausgebreitet lagen. Zu beiden Seiten des Feuers standen zwei prächtige Sessel. In einem saß der Ratsherr, im anderen sein zukünftiger Schwiegersohn.

Der Ratsherr war ein kräftiger, untersetzter Mann, hatte die gleichen haselnußbraunen, grüngefleckten Augen wie seine Tochter und dunkles, schütteres Haar. Über den Ohren war es kurz geschnitten, ein paar Strähnen waren sorgfältig über die kahlen Stellen frisiert. Sein langes, pelzbesetztes Gewand mit der großen Kapuze war selbst für damalige Verhältnisse schon recht altmodisch, was mir allerdings erst im nachhinein klar wurde, denn während meiner Jahre im Kloster hatte ich zwar alles mögliche gelernt, doch nicht, was bei vornehmen Leuten gerade Mode war.

Daß William Burnett, Alisons Verlobter, modisch gekleidet war, sah allerdings selbst ich auf den ersten Blick. Sein kastanienbraunes Haar hing ihm bis auf die Schultern, und die Stirnfransen verdeckten ihm fast die Augen. Seine feine Gesichtshaut war glattrasiert – eine Tatsache, die mich sofort an meine tagealten Bartstoppeln denken ließ –, und sein dick gefüttertes, pur-

purrotes, mit einem schmalen Lederband gegürtetes Wams war fast unanständig kurz und ließ darunter einen mit Troddeln verzierten Hosenbeutel erkennen. Das Auffälligste an ihm waren jedoch seine Schuhe aus feinem, scharlachrotem Leder, deren Spitzen so lang waren, daß sie mit kleinen Goldkettchen an seinen Knien befestigt werden mußten. Diese Schuhspitzen wurden im Volksmund «Spieße» genannt, und es war sehr schwierig, damit zu gehen. Wenige Jahre zuvor war ihre Länge durch eine päpstliche Bulle unter Androhung des päpstlichen Banns auf zwei Zoll beschränkt worden. Aber die englischen Schuhmacher behaupteten, ein päpstlicher Bann könne nicht einmal eine Fliege verschrecken, setzten sich einfach über das Edikt hinweg und fertigten auch weiterhin solche modischen Schuhe.

Als ich von der Küche in die große Diele trat, hörte ich den Ratsherrn sprechen.

«Wenn König Eduard den Kampf gewinnt, werden Strafgelder, und zwar sehr hohe Strafgelder erhoben. Ich habe den Rat davor gewarnt, die Französin in die Stadt zu lassen, aber die anderen wollten ja nicht auf mich hören. Einige Bürger haben schon immer auf der Seite des Hauses Lancaster gestanden. In meinen Augen ist es ein schwerer Fehler, so offen Partei zu ergreifen. Das Pendel hat in den letzten Jahren viel zu oft in die eine oder andere Richtung ausgeschlagen, als daß wir es uns erlauben könnten, mit unserer eigenen Meinung hausieren zu gehen. Abwarten, was passiert, das ist mein Wahlspruch, und ich glaube, es ist der gesündeste Wahlspruch, dem wir in einer so verworrenen Lage folgen können. Wir hätten irgendwelche Ausreden erfinden und unsere Tore schließen können. Pest in der Stadt – das ist immer ein guter Grund. In Gloucester wird man nicht so dumm sein wie wir. Denkt an meine Worte. Die Leute dort oben haben einen ausgeprägteren Überlebenswillen.»

William Burnett brummte beifällig. Er war viel zu sehr damit beschäftigt, den purpurroten Satin seines Ärmels zu glätten, um für die Sorgen des Ratsherrn echtes Interesse aufzubringen. Alison betrachtete ihn mit unverhohlener Bewunderung.

Plötzlich wurde sich der Ratsherr meiner Gegenwart bewußt, richtete seine Aufmerksamkeit auf mich und musterte mich mit klugen Augen. Ich wartete darauf, daß er mir befahl, sein Haus zu verlassen. Aber er hüllte sich in nachdenkliches Schweigen. Als die gespannte Stille unerträglich zu werden drohte, bemerkte er: «Du bist also der Hausierer, von dem mir meine Tochter erzählt hat. Sie meinte, du könntest lesen und schreiben.»

«Das stimmt», entgegnete ich.

Er nickte bedächtig. «Nun, das könnte von Nutzen sein.»

5

Ich konnte mir nicht vorstellen, wie meine Kenntnisse im Lesen und Schreiben für Ratsherr Weaver von Nutzen sein könnten, aber ich schwieg vorsichtshalber und machte mir insgeheim Hoffnungen, daß aus der warmen, trockenen Nacht unter seinem Dach doch noch etwas werden könnte. Er hatte nicht so gesprochen, als würde er mich auf die Straße setzen.

Nach einer Weile fuhr er fort: «Alison erzählte mir auch, daß du vom ... Verschwinden meines Sohnes weißt.» Tiefer Schmerz über den Verlust des geliebten Sohnes schwang in seiner Stimme mit. Ich nickte, zog es jedoch vor zu schweigen. Das Thema bereitete ihm offensichtlich großen Kummer. Er schluckte hart und spielte mit dem Lammfellbesatz an seinem Gewand. «Ich ... billige es nicht, daß Angelegenheiten, die unsere Familie betreffen, an Fremde ausgeplaudert werden und jeder dahergelaufene Bursche in unsere Lage eingeweiht wird. Aber es mag sein, daß meine Tochter recht daran tat, in deinem Fall eine Ausnahme zu machen.» Ich tappte noch immer im dunkeln und sah mich fragend nach Alison um, aber sie schien ebenso überrascht zu sein wie ich selbst. Der Ratsherr fuhr fort: «Führen dich deine Reisen öfter nach London?»

«Ich ... äh ...» Ich räusperte mich. «Ich bin noch nie in London gewesen.» Rasch fügte ich hinzu: «Aber ich habe vor, demnächst nach London zu ziehen. Ich bin noch nicht lange unterwegs, müßt Ihr wissen. Mistress Alison hat Euch sicherlich erzählt, daß ich bis vor kurzem Novize bei den Benediktinern in Glastonbury war. London ist mein nächstes Reiseziel. Es heißt, ein kluger Mann habe dort noch immer sein Glück gemacht.»

William Burnett riß sich von der verzückten Betrachtung der Troddeln an seinem Hosenbeutel los und schenkte mir ein hochmütiges Lächeln.

«Du siehst dich wohl schon als zweiten Dick Whittington, wie? So reich wie der wirst du aber nie, wenn du billige Nadeln, Garne und Bänder auf deinem Buckel herumschleppst. Und außerdem...» Seine Herablassung war nicht zu überbieten. «Whittington war immerhin der Sohn eines Gentleman.»

Mit einer ungeduldigen Handbewegung brachte ihn Ratsherr Weaver zum Schweigen. Dann wandte er sich wieder an mich. «Mein Junge, es geht mir darum, daß du, wenn du nach London kommst, deine Augen und Ohren offenhältst und jedem Anzeichen, jedem Gerücht, das auch nur im entferntesten mit dem Schicksal meines Sohnes zu tun haben könnte, nachgehst. Du kannst dich unter Leute mischen, mit denen ich aufgrund meiner Stellung nie zusammenkäme. Das heißt, natürlich könnte ich sie jederzeit befragen, aber erfahren würde ich nicht viel. Wenn diese Leute irgend etwas zu verbergen haben, lügen sie schneller, als ein Hund laufen kann. Du dagegen kannst Gespräche belauschen, die ich nie zu hören bekäme. Wenn dir also etwas zu Ohren kommt, irgend etwas, von dem du meinst, es könnte von Bedeutung sein, such meinen alten Freund Thomas Prynne, den Wirt vom Baptist's Head in der Crooked Lane, auf, und er wird dafür sorgen, daß ich die Nachricht erhalte. Was sagst du? Würdest du das für mich tun?»

«Aber ja, natürlich», beeilte ich mich zu versichern, fragte mich allerdings, ob der arme Mann nicht erkannte, daß er sich an einen Strohhalm klammerte. Aber woran hätte er sich sonst klammern sollen? Er konnte nicht untätig zu Hause sitzen und einfach davon ausgehen, daß sein Sohn ums Leben gekommen war.

«Daß du lesen und schreiben kannst», fuhr er fort, «ist für uns von großem Vorteil. Du könntest etwas sehen... etwas lesen...» Verzweifelt hielt er sich an jeder noch so unwahrscheinlichen Hoffnung fest.

«Wenn ich auf den geringsten Hinweis stoße», versprach ich ihm, «gehe ich sofort zu Eurem Freund Thomas Prynne. Aber es kann noch Monate dauern, bis ich in London bin. Ich kann mich nur auf meine Beine verlassen und muß mir unterwegs meinen Lebensunterhalt verdienen. Die kleinen Dörfer und Weiler abseits der großen Straßen sind meine beste Einnahmequelle – abgelegene Orte, die vom nächsten Markt weit entfernt sind.»

Der Ratsherr war enttäuscht. Er ließ die Schultern hängen und machte ein entmutigtes Gesicht. Offenbar hatte er gedacht, ich würde schon in ein paar Wochen in London sein.

«Nun...» Er trommelte mit den Fingern auf die Lehne seines Sessels. «Wann immer du dort bist – du würdest mir einen großen Gefallen tun, wenn du dich für mich umhören könntest.» Er gab sich große Mühe, zuversichtlich zu klingen, und ich begann, ihn ins Herz zu schließen. Er gehörte offenkundig nicht zu denen, die ihren Ärger an Untergebenen ausließen, auch wenn diese nichts für seinen Kummer konnten. Ich verstand jetzt, warum ihn seine Kinder liebten. Er hatte sie nicht bei fremden Menschen aufwachsen lassen, wie es in vielen Familien seines Standes üblich war. Nein, er hatte sie bei sich behalten und ihnen Liebe und Zuneigung geschenkt, was für damalige Verhältnisse, außer vielleicht bei sehr armen Leuten, höchst ungewöhnlich war. Er nickte freundlich, um mir zu bedeuten, daß unser Gespräch beendet war, fügte aber noch hinzu: «Meine Tochter sagte, sie habe dir für diese Nacht einen Platz am Küchenfeuer angeboten. Wenn du also bleiben möchtest, bist du herzlich willkommen.»

Ich murmelte ein Dankeschön und kehrte in die Küche zurück, wo Marjorie sich gerade anschickte, den Eintopf ins Eßzimmer zu tragen. Dazu gab es eine Fleischpastete, die Kiebitzeier, Pfannkuchen, Mandeln und Rosinen. Die Dickmilchspeise war immer noch nicht ganz fertig, aber Marjorie hatte zur Abrundung des Mahls einen Teller mit Obsttörtchen hergerichtet. Wenn dies das Abendessen war, wunderte ich mich, was mochte Familie Weaver dann wohl erst zu Mittag speisen?

Als Marjorie vom Eßzimmer zurückkam, setzten Ned Stoner,

sie und ich uns an den Küchentisch und wandten uns unserer Mahlzeit zu. Es gab noch etwas von dem Eintopf, Ziegenmilch, Schwarzbrot und Gartengemüse. Außerdem förderte Marjorie mit einem verschwörerischen Augenzwinkern von irgendwoher noch einen Teller mit herrlichem Blätterteiggebäck zutage, das mit Eigelb, Sahne, Safran und Honig gefüllt war. Von Rob, dem anderen Diener des Ratsherrn, war immer noch nichts zu sehen.

«Warum hat dich der Ratsherr rufen lassen?» fragte Marjorie, nachdem wir unseren größten Hunger gestillt hatten. Als ich es ihr erklärte, seufzte sie und wischte sich den Mund an ihrem Ärmel ab. «Der arme Mann», gab sie mit geradezu unheimlicher Treffsicherheit meine eigenen Gedanken wieder, «er klammert sich am letzten Strohhalm fest. Er kann sich einfach nicht in die Tatsache schicken, daß Master Clement nicht mehr am Leben ist.»

Ich wandte mich an Ned. «Als du in jener Nacht zum Crossed Hands Inn zurückgekehrt bist, waren da Spuren irgendeines Kampfes zu sehen?»

Ned nahm noch einen Löffel von dem Eintopf und antwortete mit vollem Mund: «Es hat geregnet.» Nachdem er eine Weile gekaut hatte, fügte er hinzu: «Und zwar in Strömen.»

«Du meinst, wenn es Spuren gegeben hätte, wären sie vom Regen weggewaschen worden?»

«Genau.» Er biß ein riesiges Stück vom Käse ab, was für einige Minuten jede weitere Unterhaltung unmöglich machte. Als er den Käse endlich heruntergeschluckt hatte, drang ich, ehe er noch den nächsten Bissen nehmen konnte, weiter in ihn: «Es gab überhaupt keinen Hinweis? Einen Knopf, der von den Gewändern des jungen Herrn abgerissen wurde? Eine Schnalle? Oder ein Stück Stoff vielleicht?»

Ned starrte mich stirnrunzelnd an. Offenbar dachte er, ich sei nicht ganz bei Sinnen. «Es hat geregnet», wiederholte er. «Ich bin nicht rumgelaufen und hab im Dreck gewühlt. Und außerdem...» Er zuckte mit den Schultern. «Ich hab ja gar nicht drauf geachtet, als ich kam. Ich dachte, der junge Herr ist längst im Baptist's Head angekommen. Erst als ich mit dem Wirt gesprochen habe, wurde mir klar, daß er verschwunden ist.»

Ein ganz anderer Gedanke schoß mir plötzlich durch den Kopf. «Und was war mit seinem Gepäck? Hat er Gepäck bei sich gehabt?»

Ned dachte über diese Frage so angestrengt nach, als hätte ich ihn nach der Lösung einer komplizierten Rechenaufgabe gefragt. Eine nicht allzu saubere Hand mit schwarzgeränderten Fingernägeln wartete ungeduldig mit einem vollen Löffel vor seinem Mund. Schließlich nickte er. «Seine Satteltaschen waren in der Kutsche bei Mistress Alison. Aber Rob und ich haben sie heruntergehievt und neben ihm auf die Straße gestellt. Ich erinnere mich noch, wie sie dastanden, als wir wegritten. Er mußte sie nur das kleine Stück die Straße runter tragen.» Offenbar hatte er das Gefühl, sich verteidigen zu müssen, fürchtete, wegen mangelnder Pflichterfüllung getadelt zu werden.

Der Löffel verschwand in seinem Mund. Zufrieden mampfte er vor sich hin.

«Und die Satteltaschen sind nie gefunden worden?» fragte ich.

«Nie. Bestimmt hat sie jemand ausgeleert und in die Themse geworfen.»

Marjorie schob den Teller mit dem Gebäck in meine Richtung. «Iß dich ordentlich satt und hör auf zu grübeln. Du hast ja schon eine ganz zerfurchte Stirn.» Dann senkte sie die Stimme, lehnte sich über den Tisch und ergriff meine Hände. «Hör zu, Junge, vergiß die ganze Sache. Master Clement ist verschwunden, und weder du noch sonst irgend jemand kann etwas daran ändern. Er ist unter die Räuber gefallen, wie der Mann in der Bibel. Es ist nur natürlich, daß der Ratsherr die Hoffnung nicht aufgeben will. Er glaubt immer noch, sein Sohn könnte eines Tages irgendwo wieder auftauchen, aber das wird nie geschehen, und im Grunde seines Herzens weiß er das auch. Um dein Gewissen zu beruhigen, kannst du ja, wenn du in London bist, im Crossed Hands Inn ein paar Erkundigungen einziehen, aber verschwende um Himmels willen nicht allzuviel Zeit mit der Sache. Es gibt nichts mehr herauszufinden, und früher oder später wird unser Herr sich in die Wahrheit schicken müssen.»

Ned nickte in wortloser Zustimmung, den Mund mit Blätterteig vollgestopft. Honig und Sahne rannen ihm übers Kinn. So sehr mich die ganze Angelegenheit fesselte, ich kam nicht umhin, Marjorie recht zu geben. Was sie sagte, machte Sinn. Dennoch blieb eine dumpfe, nicht näher bestimmbare Unruhe in mir zurück.

Als wir zu Ende gegessen und die Reste weggeräumt hatten, ging ich hinaus in den Garten. In der Stadt war es jetzt sehr viel ruhiger geworden, das Klappern der Pferdehufe und das Tröten der Trompeten waren verklungen. Vermutlich waren Margarete von Anjou und ihre Truppen schon auf dem Weg nach Norden. Bristol war von der Belagerung befreit, konnte wieder Atem schöpfen und ängstlich dem Zusammenstoß von Königin Margarete und König Eduard entgegensehen. Wo und wie es zu diesem Zusammenstoß kommen und wer von den beiden gewinnen würde, war noch ungewiß, und vielleicht wurde an diesem herrlichen Maiabend auch nicht allzuviel darüber nachgedacht. Das Leben mußte schließlich weitergehen.

Im Garten war es wunderschön. Gesprenkelte Schatten zogen sich über die Blumen- und Kräuterbeete, und in den Zweigen eines Birnbaums sang ein Vogel aus voller Kehle. Der Himmel war vom Regen reingewaschen, und sein klares, durchscheinendes Blau verhieß einen weiteren schönen Tag. An einem solchen Abend dachte man nicht an Gewalt und Tod. Marjorie hatte recht. Ich sollte Clement Weaver und sein schlimmes Schicksal möglichst schnell vergessen. Ich konnte ohnehin nichts für ihn tun, und was der Ratsherr von mir erwartete, war schlechterdings unmöglich. Es konnte nicht in meinem Sinne sein, in eine solche Geschichte verwickelt zu werden, und meine Vernunft gebot mir, mich nicht einzumischen. Ich suchte den Abtritt auf und schloß die Tür hinter mir.

Als ich wieder herauskam, stand Rob am Gartentor. Offenbar hatte er sein Abendbrot im nächsten Wirtshaus hauptsächlich in flüssiger Form zu sich genommen, jedenfalls schwankte er ziemlich und hielt sich am Pfosten des Tores fest. Er grinste dümmlich, als er mich sah, dann taumelte er an mir vorbei in Richtung Küche. Kurz darauf hörte ich Marjorie mit ihm schelten, doch als ich selbst zurück in die Küche kam, hatte sich Rob bereits neben dem Feuer zusammengerollt und schnarchte laut.

Robs Schnarchen war es auch, das mich mitten in der Nacht wieder weckte. Ich hob den Kopf vorsichtig von meinem Bündel, das mir als Kissen diente, und sah mich in der dunklen Küche um.

Das Feuer war heruntergebrannt, aber noch nicht völlig erloschen; durch die Ritzen der Fensterläden drang kein Licht zu uns herein. Ich sah Ned, der in der anderen Ecke der Küche schlief und außer seinem ruhigen, regelmäßigen Atem kein Geräusch von sich gab. Rob dagegen röhrte und pfiff und wälzte sich unruhig auf seinem Lager; aus seinem halbgeöffneten Mund drang mir stinkender Atem entgegen.

Ich setzte mich auf und streckte meine schmerzenden Glieder. Ich muß unglücklich gelegen haben, denn meine linke Wade tat weh, und in meinem linken Arm spürte ich ein unangenehmes Kribbeln. Ich war plötzlich hellwach, was zwei Stunden nach Mitternacht leider für mich nichts Ungewöhnliches war: Um diese Zeit hatte man uns im Schlafsaal des Klosters stets grausam aus dem Schlaf gerissen, damit wir rechtzeitig die Laudes singen konnten.

Ich versuchte, wieder einzuschlafen, doch die Augen wollten mir nicht zufallen. Ich starrte in das zusammengesunkene Feuer, dessen Ränder aus grauer Asche in der Zugluft zitterten. Eine Wunderwelt voll geheimnisvoller Höhlen und Grotten erstand vor meinen Augen, und jedesmal, wenn ein Harztropfen Feuer fing, schoß eine blau-gelbe Flamme empor. Ein Schatten bewegte sich. Die wohlgenährte Hauskatze kam schnurrend zu mir, um sich schlafen zu legen. Sie hatte offenbar gerade ein Festmahl hinter sich, denn sie leckte sich zufrieden die Lippen. Wieder eine Maus oder Ratte weniger, die sich an den Vorratssäkken mit Korn und Mehl zu schaffen machen konnte.

Allmählich wurden auch meine Augenlider schwerer, und ich sank in einen leichten Schlaf...

Im Traum stand ich vor dem Crossed Hands Inn, konnte das Wirtshausschild mit den beiden gekreuzten Händen ganz deutlich erkennen. Es regnete in Strömen, mein nasses Wams klebte an meinem Rücken. Über meinem Kopf, ganz oben an der Wand neben einem Fenster, flackerte und zischte eine Fackel im stürmischen Wind. Zu meinen Füßen lagen zwei Satteltaschen. Ich bückte mich, um sie aufzuheben. Jede Bewegung fiel mir so schwer, als stünde ich in tiefem Wasser. Als meine Hände die Satteltaschen schon fast berührten, ließ mich etwas innehalten. Ich richtete mich auf und spähte in die Dunkelheit. Irgend jemand, irgend etwas kam auf mich zu. Doch so sehr ich mich auch anstrengte, ich konnte nichts erkennen. Ich wußte nur: Wer auch immer es war, er führte Böses im Schilde...

Zitternd wachte ich auf, saß senkrecht auf meinem Lager, in Schweiß gebadet. Rob schnarchte lauter denn je, sonst war alles dunkel und still. Die Katze hatte sich auf den Binsen behaglich zusammengerollt. Die Binsen rochen schon ziemlich alt. Bestimmt würde Marjorie sie am Morgen erneuern. Ich versuchte, meine Gedanken auf praktische Dinge wie diese zu lenken und mich dadurch zu beruhigen. Mein Traum stand mir noch immer so lebhaft vor Augen, daß ich den eiskalten Hauch des Bösen am ganzen Körper spürte. Ich brauchte meine gesamte Willenskraft, um mich dazu zu zwingen, die anderen nicht aufzuwecken.

Nach einer Weile legte ich mich wieder hin, fand aber keinen Schlaf. Vielleicht lag es auch daran, daß ich mittlerweile Angst hatte, der Traum könnte weitergehen. Vom Feuer war nur noch ein schwaches Glimmen übriggeblieben, und in der Küche wurde es kühl. Bis zur Morgendämmerung würden noch etliche Stunden vergehen.

Plötzlich knarrte über meinem Kopf eine Diele, erst einmal, dann ein zweites Mal, schließlich ein drittes Mal. Zuerst dachte ich, das Holz würde von allein knacken. Dann wurde mir klar, daß sich jemand im Haus bewegte, unmittelbar über mir quer durchs Zimmer schlich. Zu jeder anderen Zeit, unter anderen Umständen, hätte ich mir nichts dabei gedacht. Schließlich kommt es häufig vor, daß Menschen nachts ihr Bett verlassen, und mich ging das, was in einem fremden Haus geschah, ohnehin nichts an. Doch weil meine Nerven ohnehin schon zum Zerreißen gespannt waren, weil ich im Grunde froh war, daß außer mir noch jemand nicht schlafen konnte, weil ich die Nachwirkungen des Alptraums abschütteln wollte, vor allem aber, weil ich unter einer unersättlichen Neugier litt – und bis heute leide –, erhob ich mich leise und schlich auf Zehenspitzen in Richtung Küchentür. Stets ein wachsames Auge auf meine Schlafgenossen haltend, drückte ich vorsichtig die Klinke herunter und trat in die dunkle Halle. Es war jetzt wieder ganz still im Haus, und als sich unmittelbar neben mir ein Vorhang in der Zugluft bauschte, fuhr ich erschrocken zusammen. Mühsam beherrschte ich mich, schlich zur Wendeltreppe, die in das obere Stockwerk führte, und setzte vorsichtig einen Fuß auf die unterste Stufe. Zu meiner Erleichterung knarrte sie nicht, und so kroch ich wie auf Katzenpfoten die Treppe hinauf, bis mein Kopf die Höhe des ersten Treppenabsatzes erreichte. Die Tür zu einem der Schlafzimmer war angelehnt, und da sich meine Augen inzwischen recht gut an die Dunkelheit gewöhnt hatten, konnte ich die Umrisse eines stattlichen Himmelbetts erkennen. Ich brauchte nicht lange zu überlegen, um zu dem Schluß zu kommen, daß es sich um das Schlafzimmer des Ratsherrn handelte. Vermutlich hatte er mit den Dielen geknarrt.

Erst in diesem Augenblick wurde mir bewußt, daß ich wie ein Dieb durch sein Haus schlich und mich damit, falls er mich ertappte, in eine recht peinliche Lage bringen konnte. Es hätte für mich äußerst schlecht ausgesehen. Der Ratsherr hatte mir in seinem Haus freundlich Obdach gewährt, und ich mißbrauchte

nun seine Gastfreundschaft, indem ich ihn und seine Familie aus-
spionierte. Und das auch noch, ohne dafür einen triftigen Grund
nennen zu können. Ich wußte selbst nicht, warum ich es tat.

Dennoch machte ich keine Anstalten, in die Küche zurückzukehren, im Gegenteil, ich ließ mich auf der Treppe nieder und
wartete. Wenige Minuten später waren flüsternde Stimmen zu
hören, dann ein Geräusch, das nach einem Kuß klang. Kurz darauf huschte Marjorie Dyer im wallenden, weißen Nachtgewand
auf den Flur und schloß die Tür zum Schlafgemach des Ratsherrn hinter sich. Auf Zehenspitzen schlich sie, nur wenige Zoll
von meinem Kopf entfernt, zu der schmalen Treppe, die hinauf
zu ihrer Dachstube führte.

Tiefe Schamesröte stieg mir ins Gesicht, und ich verfluchte
mich selbst für meine unbezähmbare Neugier. War es nicht ganz
natürlich, daß der verwitwete Ratsherr in den Armen seiner
Haushälterin Trost suchte, die zudem seine Base war? Ja, ich
schämte mich zutiefst für mein unrühmliches Benehmen und
zog mich vorsichtig wieder nach unten zurück. Wie hatte ich nur
so dumm sein und vermuten können, im Haus des Ratsherrn
könnte irgend etwas Finsteres vor sich gehen? Ich schob es auf
den Alptraum, obwohl ich im nachhinein nicht recht verstand,
wie er mich so hatte ängstigen können. Er schien mir jetzt nicht
mehr als ein unangenehmer Traum gewesen zu sein.

In der Küche war noch alles so, wie ich es zurückgelassen
hatte. Ned schlief fest in seiner Ecke, Rob schnarchte ungerührt
vor sich hin. Keiner der beiden war aufgewacht und hatte sich
gewundert, wo ich abgeblieben war. Leise nahm ich meinen
Platz neben dem nun fast völlig erloschenen Feuer ein. Ich bet-
tete den Kopf auf mein Bündel und wickelte mich fest in meinen
warmen Mantel ein. Jetzt hatte ich keine Angst mehr vor dem
bösen Traum und war schon fast eingedöst, als mir plötzlich
eine Frage, die schon die ganze Zeit über in mir gearbeitet hatte,
glasklar vor Augen stand. Falls Clement Weaver tatsächlich nur
wegen seines Geldes von Straßendieben ausgeraubt worden
war, warum hatten seine Angreifer sich dann die Mühe ge-

macht, seine Leiche verschwinden zu lassen? Warum hatten sie nicht einfach seine Taschen durchwühlt, sein Gepäck gestohlen und ihn auf der Straße liegenlassen? Warum hatten sie sich die eigene Flucht erschwert und seine Leiche mitgenommen?

Je länger ich darüber nachdachte, desto weniger Sinn machte das alles. Ein gewöhnlicher Straßenräuber hätte versucht, nach vollbrachter Tat so rasch wie möglich zu verschwinden. Er hätte sich nicht mit einer Leiche belastet, sondern hätte seine Beute an sich gerissen und wäre in dem undurchdringlichen Labyrinth aus Gassen, Schenken und Bordellen untergetaucht, aus dem er gekommen war.

Mir schwirrte der Kopf, und ich fühlte mich unendlich müde. Es schien eine Ewigkeit her zu sein, daß ich Whitchurch verlassen hatte, und doch war erst ein Tag vergangen. Mein Kopf schmerzte, und ich spürte, wie etwas von mir Besitz ergriff, das mein Leben im Grunde gar nicht berührte. Ich hatte mich für die Landstraße entschieden, weil sie mir Freiheit bot und ich meinen eigenen Neigungen nachgehen wollte. Warum ließ ich mich dann in die Schwierigkeiten anderer Menschen hineinziehen? Um wirklich unabhängig zu werden, mußte ich lernen, weniger neugierig zu sein. «Steck deine Nase nicht in die Angelegenheiten anderer Leute», hatte schon meine Mutter immer zu mir gesagt.

Sobald der Morgen dämmerte, würde ich aufbrechen, nahm ich mir vor, würde das Haus verlassen, ehe noch irgend jemand auf den Beinen war. Ich würde den Staub der Straßen von Bristol hinter mir lassen, und mit ein bißchen Glück würde ich bis zur Mittagszeit ins Dörfchen Keynsham gelangen.

ZWEITER TEIL

September 1471
Canterbury

6

Das Grabmal des heiligen Thomas erstrahlte im Glanz der Edelsteine, mit denen es so dicht besetzt war, daß man das Gold darunter kaum noch erkennen konnte. Über dem Grab hing das härene Gewand des Heiligen, und zu seiner Linken sprudelte eine kleine Quelle, von der es hieß, aus ihr seien einstmals Milch und Honig geflossen. In der Krypta hinter dem Grabmal wurde eines der Schwerter aufbewahrt, durch die der Erzbischof den Tod erlitten hatte, und im Chor stand ein mit noch prächtigeren Juwelen und Perlen geschmücktes Bildnis der Jungfrau Maria, von dem es hieß, es habe zu Lebzeiten des Heiligen zu ihm gesprochen. Der riesige Rubin, ein Geschenk König Ludwigs VII., glühte wie flüssiges Feuer, und das Kerzenlicht ließ die Saphire und Diamanten prächtig erstrahlen.

Doch in der großartigen Kathedrale, in der Thomas Becket drei Jahrhunderte zuvor zum Märtyrer geworden war, wurden noch andere Reliquien aufbewahrt: die Nägel und der rechte Arm des heiligen Georg, einer der heiligen Dornen, die sich einst in die Stirn Jesu bohrten, ein Zahn Johannes des Täufers, ein Finger des heiligen Urban und die Oberlippe eines der unschuldigen Opfer des Kindermords zu Bethlehem. Selbst ich, der doch so kürzlich erst von Glastonbury, dem ältesten Hort des Christentums in England, aufgebrochen war, fühlte mich von der Heiligkeit dieses Ortes und der gläubigen Hingabe der vielen Pilger überwältigt.

Auch ich war den letzten Teil der Strecke auf dem Pilgerpfad gewandert. Vorher hatte ich in Southampton meine Vorräte zu günstigen Preisen aufgestockt, um sie mit einem kleinen Ge-

winn an die Bewohner entlegener Dörfer und Weiler weiterver-
kaufen zu können. Das Leben eines Hausierers war sehr viel rauher, als ich es mir bei meinem Aufbruch aus dem Kloster vorgestellt hatte. Unter Hecken oder in zugigen Scheunen schläft es
sich auch nicht behaglicher als im spartanisch eingerichteten
Schlafsaal des Benediktinerklosters. Dennoch hätte ich mein
freies Leben nicht gegen die Sicherheit der Klostermauern einge-
tauscht, auch wenn ich wußte, daß ich bisher mit dem Wetter
großes Glück gehabt hatte und mir der kalte Winter noch bevor-
stand.

«Du wirst deine Meinung schon noch ändern, mein Junge»,
hatte ein Reisegefährte eines Abends zu mir gesagt. «Wenn die
Straßen erst einmal verschneit und vereist sind und die Frauen
nicht mehr vor die Tür kommen wollen, um deine Waren zu
prüfen, wirst du sehen, was es mit dem Leben auf der Landstraße
auf sich hat.» Er war Priester, hatte wegen einiger kleiner Vergehen jedoch sein Amt verloren und war deshalb gezwungen, von
Tür zu Tür zu gehen und seinen Lebensunterhalt zu erbetteln.

Die Nacht war ungemütlich, kalt und naß gewesen, und wir
hatten, um dem Regen zu entgehen, in einem Kuhstall Zuflucht
gesucht. Hätte der Besitzer uns entdeckt, hätte er uns zweifellos
hinausgejagt. Aber die Kühe waren bereits gemolken und ver-
rieten uns nicht. Sie lagen friedlich da, käuten wider und glotz-
ten uns mit ihren großen, dunklen Augen an.

Doch ich verspürte keine Reue. «Wenn der Winter erst einmal
da ist, wird mir schon etwas einfallen», sagte ich, nahm Brot
und Käse aus dem Beutel, der an meinem Gürtel hing, und teilte
beides mit meinem trübsinnigen Reisegefährten. In der Nacht,
in der wir nur wenig schliefen, heiterten wir einander mit zotigen Geschichten über die Kirche und ihre ehrwürdigen Vertreter auf.

Doch jetzt, wo ich auf dem heiligen Boden Canterburys
stand, schämte ich mich bei dem Gedanken an meine frechen
Zoten, und mich überkam eine schmerzliche Sehnsucht nach
meinem früheren Leben. Wie gern hätte ich mich mit meinen

Brüdern in Glastonbury einig gefühlt, wie gern wäre ich der Liebe Jesu sicher gewesen. Ängstlich schaute ich in das Gesicht der Jungfrau Maria und suchte nach irgendeinem Zeichen der göttlichen Billigung für meine Entscheidung, das Kloster zu verlassen.

«Heilige Mutter Gottes, bete für mich, jetzt und in der Stunde meines Todes.» Ich bekreuzigte mich und nahm im gleichen Moment eine kniende Gestalt zu meiner Rechten wahr. Sie war von Kopf bis Fuß in Schwarz gekleidet, und ihr Gesicht war von einem dichten Schleier verhüllt. Neben der demütigen Bittstellerin preßte ein junges Mädchen seine Knie auf die kalten Steine. Sein Kleid war ebenfalls schwarz, aber sehr schlicht, und anders als die verschleierte Frau trug das Mädchen weder ein Goldkreuz noch einen Rosenkranz. Offenbar handelte es sich um eine Herrin mit ihrer Dienerin.

Ein plötzlicher Luftzug hob den Schleier der Frau, und sofort fühlte ich mich nach Bristol zurückversetzt, wo ich an einem warmen Tag im Mai Margarete von Anjou mit ihrer Schwiegertochter durch die Corn Street hatte reiten sehen. Das Schicksal der beiden Frauen hatte sich inzwischen unwiderruflich gewendet. Der allseits erwartete Zusammenstoß der Truppen hatte wenige Tage später bei Tewkesbury stattgefunden, und König Eduard war daraus als Sieger hervorgegangen. Margaretes Sohn und Anne Nevilles junger Ehemann, Eduard von Lancaster, waren bei der Schlacht getötet worden, auch wenn manche sogenannten Historiker uns heute etwas anderes erzählen wollen. Weder er noch sein Vater wurden später von Richard von Gloucester umgebracht; ebenso wie Heinrich Plantagenet ohne jeden Zweifel auf Befehl des Königs im Tower von London zu Tode kam, auch wenn Eduard und sein Kronrat uns weismachen wollten, der arme Mann sei an Melancholie gestorben. Margarete von Anjou war eine Gefangene des Königs. Ihre Schwiegertochter hatte man zu ihrer Schwester Isabel gebracht; im Haushalt des Herzogs von Clarence lebte sie als hochverehrter Gast.

Ich möchte betonen, daß ich damals nicht so viel Kenntnis

darüber besaß, was in der Welt um mich herum vorging, wie dies in meiner Erzählung heute anklingt. Natürlich erfuhr ich einiges auf meiner Wanderschaft, vor allem über Geschehnisse mit solcher Tragweite wie die Schlacht bei Tewkesbury. Und wenn ich es vorher noch nicht gewußt haben sollte, hier hätte ich mit Sicherheit davon erfahren, denn in Canterbury schwärmte noch alle Welt von dem glanzvollen Besuch König Eduards im Sommer. Er war gekommen, um in der Kathedrale des heiligen Thomas nicht nur für seinen Sieg auf dem Schlachtfeld zu danken, sondern auch für die Geburt seines Sohnes, der während seines Exils in der Westminsterabtei zur Welt gekommen war.

Die Erinnerung an die Begegnung mit Margarete von Anjou rief auch die Geschichte der Familie Weaver in mir wach. Ich hatte, wie ich ehrlich zugeben muß, in den vergangenen Monaten recht wenig daran gedacht, und das gesamte Erlebnis erschien mir inzwischen so traumhaft und fern, als wäre es vor langer Zeit einem anderen Menschen geschehen. Schuldbewußt rief ich mir auch mein Versprechen an den Ratsherrn ins Gedächtnis. Bisher war ich noch immer nicht in der Hauptstadt gewesen. Ich hatte fest vor, von Canterbury nach London zu wandern; doch ob ich dort nach meiner Ankunft Wort halten und nach Clement Weaver suchen würde, stand auf einem anderen Blatt. Das Ganze erschien mir wenig erfolgversprechend – eine Zeitverschwendung, die ich mir angesichts meiner knappen Barschaft gar nicht leisten konnte. Zehn Monate waren vergangen, seit Clement Weaver verschwunden war. Könnte ich nach all dieser Zeit irgend etwas herausfinden, das nicht schon längst bekannt war? Je gründlicher ich darüber nachdachte, desto törichter erschien mir das Versprechen, das ich Clements Vater gegeben hatte. Ich war mir sicher, daß mich der Ratsherr nach dieser langen Zeit von meiner Pflicht entbinden würde.

Die Frau neben mir hatte sich erhoben und wandte sich zum Gehen. Das Mädchen fing meinen Blick auf und verzog mit einem Seitenblick auf seine Herrin leicht den Mund, wohl um mir heimlich mitzuteilen, daß diese nicht leicht zufriedenzustellen war. In der Tat zerrte sie gereizt an den Falten ihres Überwurfs und strich ihn mit unruhigen Händen glatt, ehe sie sich dem Strom der anderen Pilger anschloß und den Chor der Kathedrale verließ. Das Mädchen folgte ihr gehorsam, drehte sich aber noch einmal zu mir um und lächelte mir über die Schulter zu, ehe es in der Menschenmenge verschwand. Seine Stupsnase, seine hellen, von pechschwarzen Wimpern eingerahmten Augen und die dunklen Locken, die unter der Haube hervorschauten, prägten sich tief in mein Gedächtnis ein. Die blasse Haut des Mädchens wirkte durch die schwarze Kleidung wahrscheinlich noch ein wenig heller als sonst. Sein Benehmen verriet eine nur mühsam unterdrückte Lebenslust, und in seinem Lächeln lag mehr als die bloße Andeutung einer Einladung. Wie schade, dachte ich, daß ich wohl nie Gelegenheit hätte, auf diese Einladung zurückzukommen, denn es war äußerst unwahrscheinlich, daß wir uns jemals wiedersehen würden. Ich kannte weder den Namen des Mädchens noch den seiner Herrin und wußte auch nicht, wo die beiden wohnten. Außerdem mußte ich meinen Lebensunterhalt verdienen und an andere Türen klopfen.

Der stetige Zustrom von Pilgern aus allen Teilen des Landes bescherte den Bürgern Canterburys eine schier unerschöpfliche Einnahmequelle. Es gab hier mehr Schenken und Garküchen als in jeder anderen Stadt vergleichbarer Größe, aber auch mehr Scherereien. Die Straßen waren selten ruhig. Häufig kam es zum Streit zwischen den kirchlichen und weltlichen Machthabern in der Stadt, zwischen Bürgermeister und Erzbischof, zwischen Laien und Priestern. Sie stritten sich über die Wasserrechte, über den Fischmarkt und über die Frage, wessen Befugnis es unterlag, Missetäter in Haft zu nehmen; ein anderes Mal ging es um die Immunität der Geistlichen oder um Beschränkungen des freien Handels. An einem Tag in den Straßen Canterburys mehrere Raufereien mitzuerleben, war nichts Besonderes, und nicht immer wurden dabei nur Fäuste eingesetzt. Ich war noch nicht eine Woche in der Stadt und hatte schon mehrere gezückte Dolche gesehen. Aber die Engländer sind schon immer gegen den Klerus eingestellt gewesen, haben stets gegen die Macht in Rom aufbegehrt.

Ehe ich die Kathedrale verließ, kehrte ich noch einmal zum Schrein des heiligen Thomas zurück und kniete davor nieder, um zu beten. Ich wollte wegen meiner Abkehr vom religiösen Leben beim Himmlischen Vater seine Fürsprache gewinnen, doch irgendwie wollten mir die Worte nicht über die Lippen kommen. Ich empfand keine wirkliche Reue. Statt dessen ertappte ich mich in Gedanken bei der Frage, wie es wohl ist, wenn man seit Hunderten von Jahren tot ist und das Fleisch, die einzige Heimstatt, die meine Seele kannte, langsam verwest. Ich weiß noch, wie ich die Arme um meinen Leib schlang, um meine Haut und meine Glieder zu spüren. Ich stellte mir vor, in der kalten Erde zu liegen, während über mir das Leben pulsierte, doch diesmal versagte meine Vorstellungskraft; Jahre und Jahrhunderte, die vorüberziehen, das ewig gleiche, ewig sich wandelnde Muster des Lebens, das sich weiter entfaltet, während ich, der ich einst so warm und lebendig war, langsam zu Staub zerfalle... Wie ein Hund, der sich das Wasser vom Leib schüttelt, befreite ich mich von meinen düsteren Gedanken und trat auf die geschäftigen Straßen Canterburys hinaus. Die zarte, kristallene Schönheit eines sonnigen Herbsttags erwartete mich. Der Himmel war von einem feinen Blau, das an den Rändern in ein weiches, blasses Grün überging, und die Septembersonne wärmte meinen Rücken. Ich lebte, und ich war jung. Mein Leben erstreckte sich vor mir, und in diesem Augenblick zählte nichts anderes für mich.

Tags darauf traf ich das Mädchen wieder.

Ich hatte bereits einiges an Nadeln, Garn und Bändern verkauft und sogar ein Stück Sarsenett, das ich auf dem Markt in Southampton sehr günstig erstanden hatte, für den doppelten Preis losschlagen können. Die Mittagszeit war schon fast vorüber, und da ich großen Hunger hatte, kaufte ich mir in einer

Garküche zwei Fleischpasteten und wanderte damit zum Ufer des Stour hinunter. Ich aß die Pasteten mit großem Appetit und bedauerte, mir nicht gleich noch eine dritte gekauft zu haben. Anschließend füllte ich meine Lederflasche am Fluß und spülte das Essen mit dem klaren Wasser hinunter. Nichts ist erfrischender als so ein kühler Gänsewein!

Außerhalb der Stadtmauern ging es sehr viel ruhiger zu. Ich hatte mir ein abgeschiedenes Plätzchen unter einer großen Weide ausgesucht. Das Sonnenlicht tanzte auf der Wasseroberfläche, und von den Wiesen und Feldern wehte mir der würzige, feuchte Duft des Frühherbsts in die Nase. Ein leichter Wind kräuselte das silbrige Gras, und von meinem Platz aus konnte ich den Pfad, der zum Westtor führte, leicht überblicken. Zwei berittene Männer kamen heran. Die Pferde schnaubten und blähten die Nüstern, und ihre Flanken glänzten vor Schweiß, während die Reiter an ihren Zügeln rissen, um die Tiere im Schritt durchs Stadttor zu führen. Doch dies war auch schon das einzige Lebenszeichen, das ich zu sehen bekam. Behaglich streckte ich mich ins Gras. Im Schlafsaal des Eastbridge Hospitals, in dem ich seit meiner Ankunft in Canterbury übernachtet hatte, hatten meine Saalgenossen so laut geächzt und geschnarcht, daß ich kaum ein Auge zugemacht hatte. Am schlimmsten war ein Mann mit einem schrecklichen Husten gewesen. Kaum war ich eingeschlafen, begann er loszubellen, und zwar so ausdauernd und laut, daß er alle anderen damit zum Wahnsinn trieb. Letzte Nacht war der arme Kerl nur durch mein Eingreifen einer Tracht Prügel entkommen. In Anbetracht all dieser Dinge war ich rechtschaffen müde, und ehe ich mich's versah, war ich auch schon eingeschlafen...

Als sich mir plötzlich eine Hand auf die Schulter legte, fuhr ich erschrocken auf. Als ich sah, wer mich geweckt hatte, kam ich mir ziemlich dumm vor. Es war das junge Mädchen, das ich in der Kathedrale gesehen hatte. Schon bei unserer ersten Begegnung hatte ich sie für hübsch gehalten, doch jetzt, ohne die schwarzen Trauergewänder, in einem vorteilhaften blauen

Kleid, kamen ihre Reize erst richtig zum Tragen. Die Farbe des Kleides ließ ihre Augen noch blauer erscheinen, und da sie die Haube abgenommen hatte, konnte ich ihre volle Haarpracht sehen, die noch dunkler und lockiger war, als ich sie mir vorgestellt hatte.

Die Haube lag im Korb neben den Blumen, die das Mädchen gesammelt hatte. Ich konnte die fedrigen, flachen Köpfe des Flohkrauts und ein großes Büschel Labkraut erkennen, dessen gebauschte, gelbe Blüten sich fest an die langen, blassen Stiele schmiegten. Ich erinnerte mich, daß meine Mutter früher die gleichen Pflanzen gesammelt hatte. Das Flohkraut erzeugte, wenn man es verbrannte, einen so beißenden Rauch, daß sich damit alle Flöhe vertreiben ließen. Das Labkraut hatte meine Mutter in heißem Wasser gekocht, um aus den Blüten Farbstoff zu gewinnen; die Stiele und Blätter wurden als Ersatz für echtes Lab verwendet.

Das Mädchen ließ sich neben mir nieder, zog Schuhe und Strümpfe aus und hielt die Zehen ins Wasser. «Hm, das tut gut», hauchte sie und schenkte mir ein herausforderndes Lächeln. «Meine Füße brennen so.»

«Ja, es ist sehr warm heute», sagte ich verlegen, denn ich wußte nicht, was ich sonst hätte antworten sollen. Ich war es nicht gewohnt, daß sich junge Mädchen vor mir entkleideten, und zu meiner Bestürzung stellte ich fest, daß ich errötete.

Sie bemerkte es und stieß einen kleinen, verzückten Schrei aus. «Ich glaube fast, du bist verlegen! Ein großer, gutaussehender Junge wie du! Hast du denn noch keinen Schatz gehabt?» Sie neigte den Kopf und schien zu überlegen. «Nein, ich glaube nicht.» Und mit einer Offenheit, die mir den Atem stocken ließ, fügte sie hinzu: «Du gehörst doch nicht etwa zu denen, die sich nur in Männer verlieben? Ich meine, in Männer und nicht in Frauen?»

«N-nein, bestimmt nicht!» stammelte ich. Natürlich wußte ich, daß es so etwas gab, auch unter den Mönchen in Glastonbury, obwohl der kirchliche Bann drohte und auf Sodomie sogar die Todesstrafe stand. (Über vieles wurde jedoch von den Äbten abgeschiedener Klöster großzügig hinweggesehen; ob zu recht oder unrecht, wer will das sagen? Ich jedenfalls möchte mich nicht zum Richter aufschwingen.) Nein, es war nicht die Tatsache selbst, die mich schockierte, sondern die Enthüllung, daß eine Frau, und noch dazu eine so junge, über solche Dinge Bescheid wußte und auch durchaus bereit war, ganz offen darüber zu sprechen.

«Dann ist ja alles in Ordnung», sagte sie und rückte näher an mich heran. «Küß mich», befahl sie und lachte laut über mein entgeistertes Gesicht. «Nun mach schon! Oder traust du dich nicht?»

Wie sollte ich einer solchen Herausforderung widerstehen? Ich beugte mich zu ihr und tat, was sie mir befohlen hatte. Ihre Lippen waren unendlich weich und schmeckten ein wenig nach Salz. Sie schlang sofort die Arme um meinen Nacken und erwiderte meinen Kuß mit großer Leidenschaft. Vor lauter Überraschung plumpste ich nach hinten ins Gras, ihr schlanker, geschmeidiger Körper fiel über mich, und es dauerte eine ganze Weile, bis ich mich, völlig zerzaust und atemlos, wieder aufrichten konnte.

Und so verlor ich im fortgeschrittenen Alter von neunzehn Jahren, in dem sich vieler meiner Geschlechtsgenossen schon der Zeugung etlicher Kinder rühmen konnten, meine Unschuld. Was meine Gefährtin betraf, so hatte sie, wie mir allerdings erst im nachhinein klar wurde, nicht mehr viel zu verlieren.

Rasch brachte ich meine Kleider wieder in Ordnung und sagte entsetzt: «Ich kenne nicht einmal deinen Namen!»

Sie kicherte. «Ich heiße Elisabeth, aber die meisten Leute nennen mich Bess.»

Wieder mußte ich an die Familie Weaver denken. Clement Weavers Pferd hatte Bess geheißen, das Tier, das in Paddington ein Hufeisen verloren hatte. Mein schlechtes Gewissen regte sich wieder.

«Und du?» fragte Bess. Als ich nur gedankenverloren vor

mich hinstarrte, wiederholte sie ungeduldig: «Und du? Ich will wissen, wie du heißt, du Dummkopf!»

«Entschuldige... Ich heiße Roger.»

«Roger der Hausierer, wie?» Sie lehnte sich zurück und stützte sich so lässig auf ihre Ellenbogen, als sei das, was gerade zwischen uns geschehen war, für sie etwas ganz Alltägliches, und vermutlich war es das auch. Nein, nicht alltäglich, das ist vielleicht eine Untertreibung; aber ich habe seitdem viele Frauen wie sie gesehen, mit dem gleichen Gesichtsausdruck, hungrig und voller Sehnsucht, stets auf der Suche nach Erfüllung. Einige von ihnen waren eher traurige Geschöpfe, aber bei Bess war das völlig anders: Sie war lebhaft und aufgeweckt und vor allem wißbegierig.

Sie begann, mir mit Fragen zuzusetzen: wie alt ich sei, aus welcher Familie ich stammte, woher ich käme. Und ehe ich mich's versah, erzählte ich mal wieder die Geschichte meines kurzen Lebens. Als ich damit zu Ende war, sagte ich: «Und was ist mit dir? Oder bist du eine Frau, die sich lieber in Geheimnisse hüllt?»

Sie schüttelte bedauernd den Kopf und ließ ihre schwarzen Locken tanzen. «Ich wünschte, ich wäre es. Ich wünschte, ich wäre schön und reich und würde in London leben. Dann würde der König mich sehen und zu seiner Geliebten machen.»

«Wenn man den Berichten glauben kann, wärst du nur eine von vielen», entgegnete ich trocken – und war in Gedanken wieder in der Küche der Weavers und hörte Marjorie Dyers Stimme: «Er ist ein großer Frauenheld. Während seines Besuchs gab es bestimmt jede Menge gehörnter Ehemänner.»

Bess schüttelte den Kopf. «Eine Nacht mit mir, und er würde alle anderen vergessen.» Aus ihr sprach die Überheblichkeit der Jugend. «Aber was soll's?» Sie zuckte mit den Schultern. «Mein Wunsch wird sowieso nicht in Erfüllung gehen.» Sie streckte das Kinn vor. «Zumindest nicht in nächster Zeit. Vorerst muß ich mich mit den hiesigen Männern begnügen...» Sie schenkte mir einen verschmitzten Seitenblick. «...und gelegentlich mit einem gutaussehenden Fremden.» Sie seufzte. «Nein, bis auf weiteres muß ich meiner Herrin dienen und Ergebenheit heucheln.»

«Wer ist deine Herrin?» fragte ich. «Und warum trägt sie Trauer?»

Bess beantwortete die zweite Frage zuerst. «Ihr Vater ist letzten Monat gestorben. Sir Gregory Bullivant, ein entfernter Verwandter von Erzbischof Bourchier. Deshalb hat die Familie in Canterbury einen so herausragenden Stand. Ich muß mich glücklich schätzen, eine Anstellung in ihrem Haushalt gefunden zu haben. Das sagt mir jedenfalls meine Mutter immer.»

«Und ihr Ehemann? Oder ist deine Herrin nicht verheiratet?»

Zum ersten Mal seit dem Beginn unserer kurzen Bekanntschaft zögerte Bess. Ihr Blick ruhte auf dem goldenen Dunst, der über der Uferböschung und den Bäumen lag, ein erster herbstlicher Schimmer über der grünen Sommerlandschaft. Erst nach einer ganzen Weile wandte sie sich wieder zu mir um.

«Doch, doch, sie ist verheiratet. Jedenfalls...» Wieder zögerte sie, ehe sie weitersprach: «Der Mann meiner Herrin ist Sir Richard Mallory, ein Landedelmann. Kommende Weihnachten werden sie vier Jahre verheiratet sein, und sie haben immer eine sehr glückliche Ehe geführt. Das macht das Ganze um so verwunderlicher.»

«Was?» fragte ich, als sie sich in ihre eigenen Gedanken zu verlieren schien.

«Wie bitte? Ach so...» Bess setzte sich auf und umschlang ihre Knie. «Daß er so urplötzlich verschwunden ist.»

7

Die Stille war so tief, daß ein Teichhuhn, das zu unseren Füßen an der Uferböschung nistete, wagte, sein Nest zu verlassen und sich aufs Wasser zu begeben. Seine Brust schimmerte in einem herrlichen Blaugrün, als es in aller Gemütsruhe davonschwamm.

«Was willst du damit sagen?» fragte ich Bess. «Hat Sir Richard deine Herrin einfach verlassen?»

Bess hatte die geschlossenen Augen der Sonne zugewandt, doch jetzt hob sie ihre schweren, mandelförmigen Lider und schaute mich an. «So könnte man es wohl auch ausdrücken. Er ist vor zwei Monaten nach London gereist und wurde seitdem nicht wieder gesehen. Meine Herrin und ihr Vater – Sir Gregory lebte damals noch – sandten Männer aus, um ihn zu suchen, doch alle ihre Bemühungen waren vergeblich. Er hatte das Crossed Hands Inn, in dem er abgestiegen war, verlassen, um nach Hause zu fahren, und das war das letzte, was je irgend jemand von ihm gehört oder gesehen hat.»

Sie schaute mich mit großen Augen an. «Was ist los? Du siehst ja aus, als hättest du einen Geist gesehen.»

Ja, mir war ein Geist erschienen. Der Geist von Clement Weaver.

Man mag es für Zufall halten oder für göttliche Vorsehung, daß ich von allen Mädchen, die ich in Canterbury hätte treffen können, ausgerechnet Bess kennenlernte. Schon vor ihrer Enthüllung hatte ich in ihrer Gegenwart zweimal an die Weavers denken müssen, und so schwer es mir auch fiel, dies zuzugeben, so stark ich auch dagegen ankämpfte – die Geschichte bestärkte mich in der Überzeugung, daß die hübsche Bess mir nicht nur geschickt worden war, um meine Männlichkeit auf die Probe zu stellen. Hätte ich nur meinen eigenen Neigungen folgen können, hätte ich nicht weiter nachgefragt, sondern lieber ein zweites Mal von Bess' süßer Liebe gekostet. Doch hier, im duftenden Gras vor den Toren Canterburys, spürte ich, daß Gott mir dafür, daß er mir meine Abkehr vom religiösen Leben verzieh, etwas anderes abverlangte. Ich würde meine natürliche Neugier für den Kampf gegen das Böse einsetzen müssen. Daraus gab es kein Entrinnen.

«Warum ist Sir Richard nach London gereist?»

Bess planschte wieder mit den Füßen im Wasser. Ihre dicken schwarzen Locken fielen über ihre Schultern und ihren Rücken. «Um König Eduard seine Aufwartung zu machen und ihm zum Sieg bei Tewkesbury zu gratulieren. Als der König und sein Bruder im Frühsommer in Canterbury waren, hatte Sir Richard krank im Bett gelegen.»

«Dein Herr war also für York, für König Eduard?»

«Natürlich. Ich habe dir doch erzählt, daß die Familie meiner Herrin entfernt mit Kardinal Bourchier verwandt ist. Und da der Erzbischof selbst ein Verwandter von König Eduards Mutter, der Herzogin von York, ist, hat es in unserem Hause nie die geringsten Zweifel darüber gegeben, wie die Fronten verliefen. Einen Mann, der zu Lancaster hielt, hätte meine Herrin nie geheiratet.»

«Und wer hat Sir Richard nach London begleitet?»

Bess drehte sich um und schaute mich belustigt an. «Du bist ganz schön neugierig.»

«Du hast mein Interesse geweckt. Ein Mann, der glücklich verheiratet ist, verläßt doch nicht einfach so mir nichts dir nichts seine Ehefrau.»

«Also gut. Er hatte nur einen Begleiter, seinen Diener, Jacob Pender. Er ist zusammen mit meinem Herrn verschwunden.»

Ich runzelte die Stirn. «Und dieser Jacob Pender, war der auch verheiratet?»

Sie lachte. «Nein. Er hatte sich geschworen, Junggeselle zu bleiben.» Sie zwinkerte mir schelmisch zu. «Er war ein guter Liebhaber. Erfahrener als du.»

Ich merkte, daß ich wieder errötete. Sie war unverbesserlich. Wenn sie nicht vorsichtiger war, würde sie sich irgendwann durch ihre Leichtfertigkeit noch in Gefahr bringen. Aber ihr Vorhaltungen zu machen hatte gar keinen Zweck. Sie hätte doch nicht auf mich gehört. Und warum hätte sie auch auf mich hören sollen?

«Und die beiden haben tatsächlich im Crossed Hands Inn gewohnt?»

«Das hat mir jedenfalls meine Herrin erzählt. Der Wirt ist der Vetter eines Vetters des Herzogs von Clarence, und angesichts der königlichen Beziehungen der Bullivants...» Sie hielt inne, um mit mir über den Dünkel ihrer Herrschaft zu lachen.

Aber ich war zu sehr mit meinen eigenen Gedanken beschäftigt. «Weißt du, ob dieses Gasthaus in der Crooked Lane, einer Seitengasse der Thames Street, liegt?»

Bess legte sich auf die Seite, um mich besser anschauen zu können, und steckte die nassen Füße unter ihr Kleid. Daß sie den Stoff dabei schmutzig machte, beachtete sie nicht.

«Genau. Ich habe es meine Herrin seit dem Verschwinden ihres Mannes oft genug sagen hören. Sir Gregory machte sich schließlich höchstpersönlich auf die Suche nach seinem Schwiegersohn – wahrscheinlich hat das seinen Tod noch beschleunigt. In der Nacht, ehe er aufbrach, haben die beiden noch einmal ausführlich über alles gesprochen. Ich erinnere mich deutlich, wie meine Herrin sagte: ‹In der Crooked Lane, einer Seitengasse der Thames Street.› Warum fragst du? Kennst du diese Gegend?»

«Ich habe davon gehört», erwiderte ich zögernd. «Und auch vom Crossed Hands Inn hat man mir schon erzählt. Sir Gregorys Suche war also nicht erfolgreich?»

Bess schüttelte den Kopf.

«Meinst du, du könntest deine Herrin dazu überreden, mich zu empfangen?»

«Wozu? Was hat das Ganze mit dir zu tun?»

«Könnte sein, daß ich ihr etwas zu sagen habe, das sie sehr interessiert. Was aus Sir Richard geworden ist, weiß ich natürlich ebensowenig wie du, aber ich würde die Geschichte gern aus ihrem eigenen Mund hören.»

Bess lachte ungläubig, doch mein ernstes Gesicht muß sie überzeugt haben, denn sie sah mich einen Augenblick lang nachdenklich an. «Vielleicht könnte ich sie tatsächlich überreden», willigte sie schließlich ein. «Aber ich werde es nur versuchen, wenn ich die ganze Geschichte erfahre und du mir erzählst, was du ihr sagen willst.»

Ich zögerte, allerdings nur eine Sekunde. Es gab keinen Grund, ihr irgend etwas zu verschweigen. Im Gegenteil, mir war klar, daß sie mir nur helfen würde, wenn ich ihre Neugier befriedigte. Außerdem schuldete ich ihr etwas.

«Also gut», sagte ich. «Komm ein bißchen näher, dann erzähle ich es dir.»

Das Herrenhaus, in dem Sir Richard mit seiner Frau gelebt hatte, lag etwas außerhalb der Stadtmauern, und zwar in südlicher Richtung, an der Straße nach Dover. Ich fand mich dort am nächsten Abend ein.

Ein Diener Lady Mallorys hatte mir am frühen Morgen im Eastbridge Hospital eine Nachricht überbracht – eine Tatsache, die meine Schlafgenossen gründlich beeindruckt hatte.

«Meine Herrin läßt dir ausrichten, daß du heute abend nach dem Abendessen zu ihr kommen sollst.»

Dann beschrieb er mir den Weg nach Tuffnel Manor, obwohl mir, wie er mehrmals betonte, jedermann den Weg zeigen könnte. Tuffnel Manor sei in dieser Gegend ein Begriff.

Es war ein herrlicher Tag gewesen, selbst für diese Jahreszeit ungewöhnlich warm. Nur die gelben Blätter und die beißend kalte Nachtluft deuteten auf den nahen Winter hin. Die Sonne stand recht hoch am Himmel und hatte auf ihrem Weg zum Horizont noch eine hübsche Strecke zurückzulegen. Ich hatte ordentlich Ware verkauft und mußte bereits an eine neuerliche Aufstockung meiner Vorräte denken. Ich hatte Geld in der Tasche, einen vollen Magen und fühlte mich wohl in meiner Haut – so wohl, daß ich mich, als ich zu Sir Richards Herrensitz hinauswanderte, ernstlich fragte, warum ich mich schon wieder in diese Geschichte hineinziehen ließ. Aber ich kannte die Antwort auf diese Frage. Gott hatte zu mir gesprochen.

Obgleich ich Gottes Willen gespürt hatte, konnte ich nicht umhin, seine Ratschlüsse und seine Weisheit von Zeit zu Zeit in Zweifel zu ziehen – ein weiterer Grund dafür, warum ich es für notwendig erachtet hatte, Glastonbury zu verlassen – und warum Abt Selwood mich nicht zurückgehalten hatte.

«Der Glaube», hatte er mir mit ernster Stimme auseinandergesetzt, «muß absolut sein.»

Für mich war er das aber nie gewesen. Ich hatte mich immer gezwungen gesehen, mit Gott zu streiten – auch wenn Er am Ende jeden Streit gewann.

Tuffnel Manor war an drei Seiten von offenen Feldern umgeben. Leibeigene und Bauern zogen mit Pflügen über die von Grünstreifen unterteilten Äcker. Als ich durch die kleine Ansammlung von Bauernkaten schritt, kamen mir zwei Männer mit einem Schwein entgegen. Sie brachten es aus dem Wald zurück, wo es offenbar nach Lust und Laune im Dreck wühlen und nach Bucheckern hatte suchen können. Das zweistöckige Herrenhaus war von einem Wassergraben umgeben, so daß ich über eine Zugbrücke gehen mußte. Die Außenmauern waren nicht von Türmen und Zinnen gekrönt, doch ließ sich der Wassergraben von einer Reihe kleiner Schießscharten gut überblicken. Im Innenhof wartete Bess schon ungeduldig auf mich.

«Du bist spät dran», sagte sie. «Ich hatte schon Angst, du würdest nicht mehr kommen. Es war nicht einfach, meine Herrin zu überreden, dich zu empfangen, und ich hätte ziemlich dumm dagestanden, wenn du nicht aufgetaucht wärst.»

Vom Torbogen, der zum Wohnhaus führte, kam der Haushofmeister auf uns zugelaufen.

«Es hat alles seine Ordnung, Robert», versuchte Bess ihn zu besänftigen. «Die Herrin weiß vom Besuch des Hausierers und erwartet ihn.»

Robert rümpfte verächtlich die Nase und musterte mich mißtrauisch vom Scheitel bis zur Sohle. «Mir hat niemand etwas davon gesagt.»

«Die Herrin sagt Euch eben nicht alles», erwiderte Bess und schenkte ihm ihr strahlendstes Lächeln, doch bei diesem Mann verfingen ihre Schliche nicht.

«Also gut, wenn du dir deiner Sache so sicher bist, solltet ihr mir jetzt folgen. Die Herrin weilt in ihrer Kemenate.»

«Ich weiß, wo sie ist», entgegnete Bess. «Sie ist schon seit dem Essen dort. Ihr braucht uns nicht hinzuführen. Ich habe Befehl, den Hausierer selbst zur Herrin zu bringen.»

Robert machte ein beleidigtes Gesicht, hatte aber offenbar wenig Lust, einen Streit anzufangen. Mit einem Schulterzucken trat er zur Seite und ließ uns ins Haus.

Bess nahm mich kichernd bei der Hand. «Er ist sehr von sich eingenommen. Hat ein Auge auf unsere Herrin geworfen. Seitdem Sir Richard verschwunden ist, sind seine Hoffnungen noch gestiegen.»

Sie führte mich in die große Eingangshalle, von der aus eine schmale, gewundene Treppe hinauf zu Lady Mallorys Gemächern führte. Obgleich es ein warmer Tag gewesen und die Abendsonne noch nicht untergegangen war, brannte im Kamin ein gemütliches Feuer, und die Binsen, die man auf dem Boden ausgestreut hatte, waren mit duftenden Blumen vermischt. Ein alter Wolfshund, der vor dem Fenster lag, hob den Kopf und schnupperte hoffnungsvoll; als er merkte, daß es wieder einmal nicht sein Herr war, der da ins Zimmer trat, ließ er den Kopf bekümmert auf die Pfoten sinken.

Auch Lady Mallory drehte sich zu mir um, doch in ihrem Blick lag weniger Hoffnung als Feindseligkeit. Sie machte keinen Hehl daraus, daß es eigentlich nicht ihrer Würde entsprach, in ihren Räumen einen Hausierer zu empfangen.

Ihr Gesicht, das ich zwei Tage zuvor unter dem Schleier kaum hatte erkennen können, wirkte dünn und verhärmt. Ihre erschreckende Blässe bildete einen unheimlichen Gegensatz zu ihrer schwarzen Kleidung. Ich vermutete jedoch, daß es nicht nur die Trauer um ihren Vater war, die sie so aschfahl aussehen ließ. Wahrscheinlich war ihre Haut von Natur aus sehr hell, und sie bleichte sie zusätzlich noch mit kosmetischen Mitteln. Von ihren sorgfältig gezupften Augenbrauen war nur eine winzig schmale Linie übriggeblieben, und das Haar über ihrer Stirn war so glatt rasiert, daß unter der steifen Brokathaube keine Strähne zu sehen war. Ihr Gesicht wirkte wie eine Maske auf mich, doch so war es bei den hochgestellten Damen Mode, und gerade darin unterschieden sie sich von den vielen Frauen, die niedriger gestellt waren als sie. Lady Mallory verkörperte das Vorbild, dem Alison Weaver nachzueifern versuchte.

Während ich noch wartend dastand und mit den Füßen verlegen in den Binsen scharrte, bemerkte ich, daß Lady Mallorys Kleid aus reiner Seide und ihr mit Rubinen und Saphiren besetzter Gürtel vergoldet war. Ihr übriger Schmuck – Broschen, Ringe, Armbänder und ein Rosenkranz – war aus schwarz schimmerndem Jett gearbeitet, wie es sich in ihrer Lage geziemte. Der Versuchung, auch in der Trauerzeit Schmuck zu tragen, hatte sie offenbar nicht widerstehen können.

Lady Mallory wirkte auf mich wie eine stolze, herrische Frau, die auf ihre guten Beziehungen zum Königshaus großen Wert legte und ihren Wohlstand bei jeder sich bietenden Gelegenheit zur Schau stellte. Zweifellos hatte ihr Ehemann diese Haltung geteilt, denn er war nach London geeilt, um seine Glückwünsche einem König zu überbringen, der aller Wahrscheinlichkeit nach gar nicht wußte, wer er überhaupt war. Sir Richard mochte aus Gründen der Schnelligkeit und Bequemlichkeit mit nur einem Diener gereist sein, aber er hatte mit Sicherheit keinen Zweifel daran gelassen, daß es sich bei ihm um einen wohlhabenden und – wenigstens seiner eigenen Meinung nach – äußerst wichtigen Mann handelte.

Wieder dachte ich an Clement Weaver, der zwar seinem Stand nach weniger bedeutend war als Sir Richard Mallory, aber einen ebenso wohlhabenden Vater besaß und eine große Geldsumme bei sich getragen hatte. Beide Männer waren kurz vor ihrem rätselhaften Verschwinden in der Nähe des Crossed Hands Inn gewesen. Clement war vor dem Wirtshaus aus der Kutsche gestiegen, Sir Richard hatte sogar dort übernachtet. Da war sicherlich mehr als bloßer Zufall im Spiel.

«Nun», sagte Lady Mallory mit scharfer Stimme und riß mich damit aus meinen Gedanken. «Um Himmels willen, setz dich bitte. Es macht mich ganz nervös, wenn du so auf mich hinunterschaust. Wie groß bist du eigentlich?» Ohne auf meine Antwort zu warten, befahl sie Bess: «Rasch! Bring einen Stuhl für deinen Freund.» Dem letzten Wort gab sie einen spöttischen Unterton, der mir das Blut in die Wangen trieb, doch ich dankte bescheiden und ließ mich auf dem niedrigen, dreifüßigen Schemel nieder, den Bess eilfertig herangeschleppt hatte.

«Es ist sehr gütig von Eurer Ladyschaft, mich zu empfangen», begann ich. Eines hatte ich in den letzten Monaten gelernt: Wenn man schon vor jemandem kriechen muß, dann sollte man sich bemühen, es wenigstens gut zu machen. Wer auf Macht und Schmeichelei aus ist, gibt sich nicht mit halben Sachen zufrieden. «Ich weiß es sehr zu schätzen, daß Ihr gewillt seid, Euch mit meiner Wenigkeit zu befassen.»

Lady Mallorys eisige Haltung schien zu schmelzen, und zum ersten Mal seit meinem Erscheinen in ihrer Kemenate schien sie zu bemerken, daß ich nicht nur ordentlich gekleidet, sondern auch von angenehmer Erscheinung war. Ihr Alter war schwer zu schätzen. Wahrscheinlich ging sie auf die dreißig Lenze zu, war aber noch nicht zu alt, um für die Reize ansehnlicher Männer unempfänglich zu sein.

«Meine Dienerin Bess erzählte mir, du würdest noch jemanden kennen, der kürzlich in London in der Nähe des Crossed Hands Inn verschwunden ist. Ich möchte die Geschichte gern aus deinem Munde hören.»

Ich erzählte ihr alles, was ich über das Verschwinden von Clement Weaver wußte, und erklärte ihr auch, wie ich zu meinem Wissen gekommen war. Dazu mußte ich notwendigerweise auch einige Einzelheiten aus meiner Lebensgeschichte einflechten, und der Umstand, daß ich lesen und schreiben konnte, milderte ihre strenge Haltung erheblich. Die Tatsache, daß ich um ein Haar die Priesterweihe empfangen hatte, schien sie von meiner Redlichkeit zu überzeugen – ein ziemlich übereilter Vertrauensvorschuß, wenn ich an so manche Priester und kirchlichen Würdenträger denke.

Als ich mit meiner Geschichte zu Ende war, blieb sie eine ganze Weile stumm und starrte in die Flammen des Feuers, deren Widerschein in einem wilden Tanz über die Wände flackerte. Draußen war es dunkel geworden, und durch die Fenster sah man bereits die ersten Sterne am dunstigen Himmel. Gefolgt von Robert, dem Haushofmeister, traten zwei junge Diener ins Zimmer. Sie trugen dicke Wachskerzen, die sie in die Kerzenhalter an den Wänden steckten und mit dünnen Fackeln anzündeten. Danach schlossen sie die Fensterläden, verbeugten sich vor Lady Mallory und gingen hinaus. Robert, der die ganze Zeit über geschäftig hinter ihnen hergelaufen war, hob den Blick traurig zur rauchgeschwärzten Decke. Offenbar betrachtete er sich als unentbehrlich für den reibungslosen Ablauf des gesamten Haushalts, und es kränkte ihn, daß seine Herrin ein Gespräch führte, dessen Inhalt er nicht kannte.

Erst als sich die Tür hinter dem Haushofmeister und den beiden Dienern geschlossen hatte und das Echo ihrer Schritte verhallt war, löste Lady Mallory den Blick von der Feuerstelle und wandte sich wieder an mich.

«Was du soeben erzählt hast, ist höchst beunruhigend. Mein Mann ist vor zwei Monaten in London im Crossed Hands Inn abgestiegen. Aber er hat auch schon früher mehrmals dort übernachtet, ohne daß ihm je irgend etwas zugestoßen wäre. Warum dann jetzt? In deiner Geschichte gibt es keine wirkliche Verbindung zwischen dem Verschwinden dieses... dieses...»

«Clement Weaver», warf ich ein, und sie nickte gnädig.

«...dieses Clement Weaver und dem Crossed Hands Inn. Und du sagtest ja auch, der Vater und der Onkel des Jungen hätten dort Erkundigungen eingezogen.»

«Wenn Eure Ladyschaft mir verzeihen wollen... Von dem Wirt ist wohl kaum zu erwarten, daß er ihre Fragen wahrheitsgemäß beantwortet, falls er tatsächlich etwas zu verbergen hat, und das wäre unter den gegebenen Umständen keine allzu weit hergeholte Unterstellung. Bis mir Bess erzählte, daß auch Sir Richard auf rätselhafte Weise verschwunden ist, war ich davon überzeugt, daß Clement Weaver von Dieben überfallen und ausgeraubt wurde und daß die Täter seine Leiche anschließend irgendwo verscharrten, obwohl ich zugeben muß, daß mich die Sorgfalt, mit der gewöhnliche Straßendiebe von ihrem Opfer jede Spur beseitigt haben, schon recht verwundert hat... Darf ich fragen, was aus Sir Richards Pferden und seinem Diener geworden ist?»

«Die Pferde sind im Hof des Wirtshauses geblieben. Sie waren schon für die Abreise gesattelt. Mein Mann hatte gleich nach dem Aufstehen die Rechnung beglichen. Er wollte nach dem Frühstück so früh wie möglich aufbrechen.»

«Und dabei hat ihn der Wirt dann zum letzten Mal gesehen? Oder behauptet zumindest, ihn das letzte Mal gesehen zu haben?»

«Ja, beim Frühstück.»

«Und Jacob Pender?»

«Er hat im Stall geschlafen und in der Küche zusammen mit den anderen Dienern gegessen.»

«Und der Wirt... Kennt Ihr den Namen des Mannes?»

Lady Mallory schüttelte den Kopf.

«Der Wirt hat Euch alle diese Angaben beschworen?»

«Natürlich.»

«Hat sonst noch jemand Euren Mann und Jacob Pender an jenem Morgen gesehen?» Im eifrigen Bestreben, alle verfügbaren Fakten zu sammeln, hatte ich, genau wie vor vielen Monaten bei den Weavers, meinen niedrigen Stand vergessen. Ein scharfer Blick traf mich aus ihren hochmütigen Augen, und ich versuchte sofort, meinen Fehler wiedergutzumachen.

«Ich meine, falls Eure Ladyschaft so gütig sein wollen, es mir anzuvertrauen.»

«Das Küchenmädchen hat aus dem Fenster geschaut und sie im Hof gesehen. Das Mädchen sagte, mein Mann und Jacob hätten bei den Pferden gestanden und miteinander geredet. Zuerst habe es gedacht, die beiden Männer würden sich streiten, sei sich aber nicht sicher gewesen. Dann habe der Koch das Mädchen gerufen und ihm befohlen, Wasser aus dem Brunnen zu holen und das Gemüse für das Mittagessen zu putzen. Es habe eine Weile gedauert, bis es wieder zum Fenster hinausschauen konnte, und da seien mein Mann und Jacob Pender bereits verschwunden gewesen. Nur die Pferde hätten noch im Hof gestanden.»

Lady Mallorys Stimme zitterte. «Das war das letzte Mal, daß jemand die beiden gesehen hat.»

«Vorausgesetzt, das Mädchen hat die Wahrheit gesagt», erwiderte ich ruhig. «Ihr habt die Geschichte sicherlich von Eurem Vater oder einem Eurer Männer gehört?»

«Ja. Als Richard am verabredeten Tag nicht nach Hause kam, schickte ich zuerst meine Diener aus, um ihn zu suchen. Als sie endlich zurückkehrten und berichteten, sie hätten ihn nirgendwo entdeckt und auch nicht mehr herausbekommen können als das, was das Küchenmädchen gesehen hatte, bestand mein Vater darauf, selbst nach London zu reiten. Zu der Zeit ging es ihm gesundheitlich schon sehr schlecht, aber ich konnte es ihm nicht ausreden. Auch er hat keine Spur von meinem Mann oder Jacob finden können, und als er sich im Wirtshaus nach den beiden erkundigte, wurde das Mädchen gerufen, das ihm die gleiche Geschichte erzählte.»

«Und er hat dem Mädchen geglaubt?»

Diesmal schien Lady Mallory mein ungehöriges Verhalten entgangen zu sein. Sie hob eine Hand vors Gesicht, als wolle sie es vor der Hitze des Feuers schützen.

«Er hatte keinen Grund, ihr nicht zu glauben. Es gab keinerlei Hinweis darauf, daß Richard und Jacob Pender irgendein Leid geschehen war. Niemand hat je ihre Leichen gefunden.» Plötzlich hob sie ihren Blick und sah mir direkt in die Augen. «Es war genau wie bei deinem Clement Weaver: Sie waren wie vom Erdboden verschluckt.»

———

8

Tiefes Schweigen folgte auf Lady Mallorys Worte. Bess rutschte unruhig auf ihrem Stuhl hin und her. Es schien, als habe zum ersten Mal das Gefühl einer drohenden Katastrophe oder ein Hauch des Bösen ihr Bewußtsein berührt. Sir Richards rätselhaftes Verschwinden war für sie bisher vermutlich so etwas wie ein lustiger Streich gewesen, eine Quelle für schlüpfrige Mutmaßungen und phantasievolle Tratschgeschichten. Jetzt lastete der Ernst der Lage, die Möglichkeit, daß ihrem Herrn tatsächlich etwas zugestoßen sein könnte, mit einem Mal schwer auf ihr, und sie begann sich zu fürchten.

Ihre Angst schien sich auf Lady Mallory zu übertragen, deren Finger sich krampfhaft um die Armlehnen ihres Sessels klammerten. Vielleicht hatte auch sie mit dem Gedanken gespielt, ihr Ehemann habe sie wegen einer anderen Frau verlassen. Vielleicht war sie nicht vollständig davon überzeugt gewesen, daß ihm etwas zugestoßen sein könnte. Bess hatte mir versichert, Sir Richard und seine Frau wären zusammen recht glücklich gewesen, doch wer weiß schon, was hinter der Fassade einer scheinbar glücklichen Ehe vor sich geht, was der eine für den anderen wirklich empfindet? Vielleicht hatte Lady Mallory gute Gründe dafür, sich von ihrem Ehemann betrogen zu fühlen. Auf jeden Fall hatte sie ihre Nachforschungen nach erstaunlich kurzer Zeit wieder eingestellt. Andererseits hatte der Tod ihres Vaters in den letzten Wochen sicherlich ihre Gedanken und ihre Zeit voll in Anspruch genommen.

Als das lange Schweigen allmählich unerträglich wurde, räusperte ich mich und sagte: «Wie ich Euch erzählte, habe ich dem

Ratsherrn versprochen, bei meiner Ankunft in London über das Verschwinden seines Sohnes Erkundigungen einzuziehen. Damals erschien es mir recht aussichtslos, dieses Versprechen jemals einlösen zu können. Jetzt glaube ich, daß zwischen seinem Verschwinden und dem Verschwinden Eures Ehemanns eine Verbindung besteht und daß beides irgendwie mit dem Crossed Hands Inn zusammenhängt. Grund genug, mir dieses Wirtshaus einmal näher anzusehen. Wenn ich etwas herausfinden sollte, werde ich Euch selbstverständlich sofort darüber in Kenntnis setzen.»

Mit sichtlicher Anstrengung rang Lady Mallory um ihre Selbstbeherrschung und faltete die Hände im Schoß. Der Widerschein des Feuers verlieh ihrem schwarzen Seidenkleid einen warmen, rötlichen Schimmer.

«Ich wäre dir für jede Nachricht dankbar», sagte sie steif, und ich konnte deutlich erkennen, daß die Vorstellung, einem gewöhnlichen Hausierer in irgendeiner Weise zu Dank verpflichtet zu sein, ihr ganz und gar nicht behagte. Doch genau wie Ratsherr Weaver mußte sie einsehen, daß ich für die Aufgabe sehr viel besser geeignet war als einer ihrer Diener oder gar ein Wachsoldat. Bei mir würde man weder übermäßigen Scharfsinn noch irgendein Interesse an Sir Richard oder Clement Weaver vermuten. Ich würde Erkundigungen einziehen können, ohne meine Absicht zu erkennen geben zu müssen, könnte sogar zufällig einen Hinweis auf das Schicksal der beiden aufschnappen.

Ich stand auf und verbeugte mich tief. «Ich muß nun gehen. Es ist schon dunkel, und ich habe noch einen weiten Weg zurück nach Canterbury.»

Zögernd sagte sie: «Du mußt etwas essen und trinken, ehe du gehst. Bess! Führe deinen Freund zu Robert und sag ihm, er soll ihm ein Abendessen vorsetzen. Dann komm gleich zu mir zurück. Ich möchte, daß du mir noch die Haare bürstest, ehe ich mich zu Bett begebe. Und sorge dafür, daß Matthew zu mir kommt. Er soll mir vor dem Einschlafen etwas vorsingen.»

Lady Mallory erschauerte plötzlich, als hätte sie einen Geist gesehen. «Ich habe Angst, daß ich sonst wieder meine Alpträume bekomme.»

Bess kam zu uns und knickste gehorsam vor ihrer Herrin, doch an ihrem Gesichtsausdruck war deutlich zu erkennen, daß sie der Befehl, sofort zurückzukehren, enttäuschte. Sie hatte sich, genau wie ich, Hoffnungen auf einen etwas ausführlicheren, zärtlicheren Abschied gemacht. Doch es sollte nicht sein. Schmollend wandte sie sich zu mir um und sagte: «Komm mit mir.»

Das Zimmer des Haushofmeisters befand sich an der Rückseite des Hauses, neben der Speisekammer, und gemäß der besonderen Stellung seines Bewohners in der Dienerschaft war es recht freundlich ausgestattet. Ein Feuer flackerte im Kamin, und die Binsen, die den Boden bedeckten, waren sauber und frisch. In der Mitte des Zimmers stand ein großer Tisch, außer zwei langen Bänken gab es noch einen breiten Sessel, der zwar alt und dunkel, aber aus guter, solider Eiche gefertigt war. Talgkerzen brannten in den eisernen Kerzenhaltern und ließen fröhliche Schatten über die weiß und dunkelrot gestrichenen Wände tanzen. Ein sehr bequemes Zimmer für einen Haushofmeister, dachte ich; vielleicht ein bißchen zu bequem. Ich erinnerte mich daran, was mir Bess über seine Hoffnungen erzählt hatte. Vielleicht hatten sie eine solidere Grundlage, als Bess ahnen konnte; vielleicht hatte Lady Mallory ihm zu diesen Hoffnungen berechtigten Anlaß gegeben.

Robert war nicht gerade begeistert, als er erfuhr, daß er für mein leibliches Wohl sorgen sollte. Als Bess ihm die Befehle ihrer Herrin überbrachte, wirkte er verärgert und schenkte mir einen hochmütigen Blick, den er offenbar bei Lady Mallory abgeschaut hatte.

«Aber dieser... dieser Mensch kann doch sicherlich auch in der Küche essen», begehrte er auf. Mit einem aufreizenden Hüftschwung machte Bess auf dem Absatz kehrt. «Ich habe Euch gesagt, wie die Befehle der Herrin lauten. Ich bin nur die

Überbringerin dieser Befehle. Aber ich glaube, es wäre unklug von Euch, sie nicht zu befolgen.»

Zum Abschied warf sie mir einen zärtlichen Blick über die Schulter zu, klimperte mit den langen, dunklen Wimpern und war verschwunden. Robert und ich blieben allein zurück.

«Setz dich», sagte er schließlich und zeigte auf eine der Bänke am großen Tisch. Dann ging er zur offenen Tür und rief einen Namen in den zugigen Flur. Wenig später erschien ein Junge und rieb sich den Schlaf aus den Augen, was ihm eine saftige Ohrfeige einbrachte. «Wieder vor dem Küchenherd eingeschlafen, wie? Sag dem Koch, er soll für den Hausierer etwas zu essen machen und einen Krug Ale einschenken. Auf Befehl der Herrin. Und jetzt los mit dir. Daß du mir nicht wieder den ganzen Abend dafür brauchst!»

Der Junge war sichtlich froh, dem Haushofmeister zu entkommen, und verschwand rasch in Richtung Küche. Robert setzte sich in den Sessel und tat, als sei ich überhaupt nicht da. Er schien ebenfalls um die dreißig Lenze zu zählen, war höchstens geringfügig älter als seine Herrin. Er hatte rotblondes Haar und war nicht unansehnlich, wenn man die beginnende Glatze übersah. Die elegant gebogene Nase war das herausragendste Merkmal seines hageren, nahezu leichenblassen Gesichts und verlieh ihm irreführenderweise den Anschein von innerer Kraft und Charakterstärke. Doch in seinen blassen blauen Augen lauerten Ehrgeiz und Eitelkeit.

Zwischen uns herrschte feindseliges Schweigen, bis der Junge zurückkehrte, einen vollen Teller und einen Krug mit Ale vor mich auf den Tisch stellte und schnell aus dem Zimmer schlüpfte, ehe Robert erneut seine schlechte Laune an ihm auslassen konnte. Ich wandte mich meinem Essen zu. Es war schon einige Stunden her, seit ich das letzte Mal richtig gegessen hatte, und ich hatte gar nicht bemerkt, wie hungrig ich war.

Mehrere Scheiben dickes Schwarzbrot, in Ampferblätter eingewickelter Käse und Butter lagen auf meinem Teller. Eine kleine Schüssel mit Brombeeren und ein Stück Quarkkuchen, das köstlich nach Ingwer und Safran roch, rundeten die Mahlzeit ab, die ich mit großem Genuß verzehrte. Der Koch hatte mich verwöhnt, wenn man bedachte, daß ich nur ein gemeiner Hausierer war und keine Sonderbehandlung erwarten konnte. Robert starrte verbissen ins Feuer, während ich aß. Erst als ich schließlich den Krug mit Ale an die Lippen setzte, ließ er sich herab, das Wort an mich zu richten.

«Was hattest du mit der Herrin zu besprechen?»

Einen Augenblick lang spielte ich mit dem Gedanken, ihn in die Irre zu führen und glauben zu lassen, Lady Mallory sei an meiner Ware interessiert gewesen. Gerade rechtzeitig fiel mir noch ein, daß ich mein Bündel gar nicht bei mir, sondern in den, wie ich hoffte, treuen Händen des Hospitalaufsehers gelassen hatte. Nach einigem Zögern entschloß ich mich daher, dem Haushofmeister die Wahrheit zu sagen. Früher oder später würde er sie ohnehin von Bess oder gar von Lady Mallory selbst erfahren.

Ich erzählte also meine ganze Geschichte noch einmal, von meiner ersten Begegnung mit Marjorie Dyer in Bristol bis zu meiner Unterredung mit Lady Mallory. Manchmal hatte ich schon das Gefühl, die Geschichte im Schlaf hersagen zu können.

Als ich fertig war, kräuselte Robert die Lippen und runzelte die Stirn. «Die Herrin möchte, daß Sir Richard wiedergefunden wird?» fragte er.

«Überrascht Euch das?»

Er zuckte mit den Schultern, als sei ihm bewußt geworden, daß er entweder zuviel verraten oder den falschen Eindruck erweckt hatte, und beeilte sich, die Dinge richtigzustellen.

«Ich dachte, nach all den Wochen könnte als erwiesen gelten, daß Sir Richard nicht mehr am Leben ist. Deshalb war ich überrascht, daß die Herrin von dir verlangte, in London deine Zeit zu vergeuden.»

Ich schaute ihn prüfend an und kam zu dem Schluß, daß aus ihm eher Hoffnung sprach als wirkliche Überzeugung. Dennoch war die Vermutung, daß Sir Richard längst tot war, durchaus berechtigt – es sei denn, der Haushofmeister kannte triftige Gründe, die dagegen sprachen. Vorsichtig fragte ich: «Ist es denn möglich, daß Sir Richard in London eine Geliebte hatte und seine Frau verlassen wollte?»

Doch der Haushofmeister wies diese Vorstellung weit von sich, und das, wie ich fand, mit Recht. «Um gleichzeitig auch alles andere zu verlassen, was ihm so wichtig war? Sein Haus, seine Kleider, seinen Besitz? Wer so etwas denkt, muß verrückt sein! Welche Geliebte wäre ein solches Opfer wert? Und außerdem hätte Sir Richard so viele Geliebte haben können und seinem Haus so lange fern bleiben können, wie er wollte. Nein, es muß ihm auf dem Heimweg etwas zugestoßen sein. Es gibt keine andere Erklärung.»

Kopfschüttelnd trank ich den Rest meines Ales. «Ihr vergeßt, daß die Pferde im Hof des Crossed Hands Inn geblieben sind. Was auch immer Sir Richard und seinem Diener zugestoßen ist, es ist in London geschehen, genau wie bei Clement Weaver.»

Aber der Haushofmeister interessierte sich nicht für das Schicksal von Clement Weaver, sondern nahm seinen eigenen Faden wieder auf.

«Außerdem war Sir Richard an Frauen nie sonderlich interessiert. Ich bezweifle, daß er der Herrin jemals untreu war.» Sein Tonfall schien zu sagen, daß er noch so manch anderes bezweifelte, doch ich hielt mich zurück und schwieg, bis er fortfuhr: «Seine Leidenschaft galt dem Wein. Keine Reise war ihm zu weit oder zu unbequem, wenn sie mit der Aussicht verbunden war, eine neue Rebsorte probieren zu können. Seine Vorfahren waren vermögende Weinhändler, die in den Adel eingeheiratet hatten. Aber das ist ja in unseren Zeiten nichts Neues. Auch der Vater Geoffrey Chaucers war Weinhändler, und Chaucers Enkelin hat den Herzog von Suffolk geheiratet. Und der jetzige Herzog von Suffolk, Chaucers Urenkel, ist mit niemand geringerem verehelicht als mit der Schwester unseres Königs.»

In seinen Augen lag ein gieriges Funkeln. Wenn andere durch Heirat aufsteigen konnten, warum dann nicht auch er? Falls seine Herrin *tatsächlich* Witwe war, gab es Hoffnung für ihn.

Widerstrebend erhob ich mich von meinem Stuhl. Die Wärme des Feuers war angenehm, und ich hatte wenig Lust, auf die Straße hinauszugehen. In den Träumen über seine rosige Zukunft gestört, hob der Haushofmeister erschrocken den Kopf. Er schien völlig vergessen zu haben, daß ich noch da war.

«Du willst gehen? Dann richte dich lieber gleich auf eine Nacht im Straßengraben ein», sagte er und fügte, nicht ohne Schadenfreude, hinzu: «Das Abendläuten ist längst vorüber. Die Stadttore sind bestimmt schon geschlossen.»

Ich lächelte verschmitzt: «Ach, wißt Ihr, wenn man sich ein bißchen auskennt, gibt es viele Mittel und Wege, im Dunkeln in eine Stadt zu gelangen. Man braucht nur die Wachen zu umgehen...» Ich zwinkerte verschwörerisch.

Sein hageres Gesicht nahm einen überheblichen Ausdruck an. Offensichtlich war er der Ansicht, jemand, der dem Mönchsgelübde so nah gewesen war wie ich, sollte über jeden Gesetzesbruch erhaben sein. Er kam wieder auf das eigentliche Thema zurück: «Und? Wie hat die Herrin dich beschieden?»

«Sie hat mir das Versprechen abgenommen, für sie Erkundigungen einzuziehen und sie in Kenntnis zu setzen, sobald ich etwas darüber herausgefunden habe, was ihrem Mann in London zugestoßen ist.»

«Und wie schätzt du selbst deine Aussichten ein?»

«Ihr meint, die Wahrheit herauszufinden?» Ich dachte nach. «Jedenfalls besser als damals, als ich dem Ratsherrn Weaver versprach, etwas über das Verschwinden seines Sohnes herauszufinden. Inzwischen bin ich zumindest davon überzeugt, daß das Crossed Hands Inn den Schlüssel zur Lösung des Rätsels birgt. Auf jeden Fall werde ich dort mit meinen Erkundigungen beginnen.»

Der Haushofmeister nickte. «Und wie groß, meinst du, ist die Wahrscheinlichkeit, daß Sir Richard noch am Leben ist?»

Der scharfe Geruch einer Kerze, die flackerte und erlosch, verbreitete sich im Raum. Die weit geöffneten Fensterläden ließen die laue Nachtluft herein, und über den Bäumen konnte ich die schmale Mondsichel sehen. «Wenn Ihr meine ehrliche Meinung wissen wollt... Ich halte es für sehr, sehr unwahrscheinlich», erwiderte ich und versuchte, das erleichterte und zugleich gierige Aufleuchten der blassen, blauen Augen zu übersehen. «Ich glaube, Clement Weaver, Sir Richard und Jacob Pender sind tot. Doch wie sie starben und wer sie umgebracht hat, das vermag ich bisher nicht zu sagen.»

«Und das Motiv?» fragte Robert. «Was glaubst du, warum man ihnen nach dem Leben getrachtet hat?»

Ich zögerte, denn ich wollte mich nur ungern festlegen, aber der Sachverhalt ließ wenig Zweifel zu, und so sagte ich: «Habgier. Raub und Plünderei. Sir Richard war ein wohlhabender Mann, und Clement Weaver trug sehr viel Geld bei sich.»

Robert runzelte die Stirn. «Aber du hast mir doch vorhin erzählt, daß außer seinem Vater niemand von dieser Tatsache wußte. Nicht einmal seine Schwester.»

Ich war plötzlich sehr müde. Mein Kopf war leer. Ich wollte die ganze Sache für eine Weile vergessen, mich ausschlafen und dann weitersehen. Hier in Canterbury konnte ich ohnehin nichts weiter unternehmen. Ich nahm mir vor, am nächsten Morgen so früh wie möglich nach London aufzubrechen, doch bis dahin brauchte ich Ruhe und die geistige Erfrischung der Einsamkeit. Ich hob meinen kräftigen Eschenstab vom Boden auf, wo ich ihn hingelegt hatte.

«Ich muß jetzt wirklich gehen», sagte ich. «Ich kenne die Lösung des Rätsels noch nicht, und vielleicht werde ich sie niemals kennen. Vielleicht wären Eure Herrin und Ratsherr Weaver besser beraten, wenn sie sich ganz auf die Soldaten des Königs verlassen würden. Trotzdem werde ich mein Bestes geben, und wer weiß, vielleicht wird der liebe Gott meine Bemühungen mit Erfolg belohnen.»

Ich streckte ihm meine Hand entgegen, um ihm Lebewohl zu

sagen, bemerkte aber sofort, daß ich damit seine Würde verletzt hatte. Er war Haushofmeister, und ein Mann in einer so gehobenen Stellung reicht einem gemeinen Hausierer nicht die Hand. Ihm dämmerte wohl, daß er in der letzten halben Stunde mit mir wie mit seinesgleichen gesprochen hatte. Er zuckte vor meiner Hand zurück, als litte ich an einer ansteckenden Krankheit. Ich ließ langsam den Arm sinken, bemühte mich aber nicht, meine Verachtung zu verbergen. Robert rief den Jungen und befahl ihm, mich zum Tor zu geleiten. Er wollte sichergehen, daß das Haus, nachdem ich es verlassen hatte, ordentlich verschlossen und verriegelt war.

Auf der Straße, die in der Dunkelheit kaum zu erkennen war, wanderte ich in die Stadt zurück. Dabei schwenkte ich meinen Stock, um rauflustige Diebe und anderes Gesindel abzuschrekken. Ich war froh, Tuffnel Manor hinter mir zu lassen. Abgesehen von Bess hatten die Bewohner keinen allzu glücklichen Eindruck auf mich gemacht, dennoch war ich entschlossen, das Schicksal von Sir Richard und Jacob Pender zu erhellen.

Sehr viel später erfuhr ich, daß ich, hätte ich nur einen weiteren Tag in der Stadt verbracht, König Eduard mit Königin Elisabeth und vielen seiner Höflinge bei einer weiteren Pilgerfahrt nach Canterbury hätte sehen können. Wahrscheinlich plagte den König wegen des Todes von König Heinrich, seinem Vetter, das schlechte Gewissen. Unter den Pilgern, die auf dem Rückweg nach London waren, wurde jedenfalls viel über die königliche Familie geredet. Und wieder hörte ich den Namen von Lady Anne Neville.

Die meisten Pilger waren arm und gingen zu Fuß, genau wie ich. Sechs oder sieben Meilen vor der Hauptstadt schloß ich mich einer kleinen Gruppe an. Am Morgen hatte ich ein angeregtes Gespräch mit einem Priester aus Southwark über Ockhams Behauptung geführt, Glaube und Logik seien grundsätzlich nicht miteinander vereinbar, weshalb der Kirche in allen religiösen Fragen die alleinige Autorität zukomme.

«Wenn Glaube und Vernunft nichts miteinander gemein haben», sagte ich zu ihm, «kann Gott buchstäblich Berge versetzen. Mein Verstand sagt mir, daß das unmöglich ist, aber Wilhelm von Ockham behauptet, der Glaube sei keine Sache des Verstandes. Die Religion übersteigt also unsere Logik, unterliegt nicht den Gesetzen, die die Natur beherrschen. Damit kann ich mich nur schwerlich zufriedengeben.»

«Aber, mein Sohn, du mußt an die Wunder Christi glauben», wandte mein entsetzter Reisegefährte ein. «An die Wunder Christi ebenso wie an die absolute Autorität der Kirche.»

Ich grinste. «Das hat man mir schon oft gesagt, Pater, aber irgendwie kommen mir jedesmal zu viele Fragen dazwischen, auf die ich keine befriedigende Antwort finden kann.»

Es folgte ein kurzes Schweigen, das der Priester dazu nutzte, seine Gedanken zum nächsten Gegenangriff zu sammeln, mit dem er einen Ungläubigen wie mich überzeugen könnte. In dieser Stille schnappte ich Teile einer Unterhaltung auf, die zwei Frauen neben uns, vermutlich Mutter und Tochter, miteinander führten.

«. . . Lady Anne Neville», sagte die jüngere gerade, und dieser Name rief sofort meine Aufmerksamkeit wach. Ich dachte daran, wie ich das unglückliche Mädchen in Bristol durch die Corn Street hatte reiten sehen. «Alle Welt weiß, daß der Herzog von Clarence nicht will, daß sein Bruder sie ehelicht, denn dann würden die Ländereien des verstorbenen Grafen unweigerlich aufgeteilt. Als Ehemann der älteren Tochter hofft er natürlich, alles zu bekommen, und er hat wenig Lust, mit seinem Bruder zu teilen.»

«Es ist wirklich eine Schande», erwiderte die ältere Frau. «Schließlich war es nicht der Herzog von Gloucester, der König Eduard in seiner schlimmsten Stunde im Stich gelassen hat.»

«Der König will natürlich, daß sich Lady Anne mit Herzog Richard verehelicht, da kannst du dir ganz sicher sein. Aber mit dem Herzog von Clarence und Herzogin Isabel will er es sich auch nicht verderben.»

Das Mädchen, das da über die persönlichen Angelegenheiten der Königsfamilie sprach, schien sich seiner Sache völlig sicher zu sein. Genauso habe ich es bei armen Leuten später immer wieder beobachtet. Wahrscheinlich ist ihr eigenes Leben so uninteressant und eintönig, daß sie sich in ihrer Phantasie in das Leben anderer, berühmterer Menschen einfühlen. Sie sperren stets Augen und Ohren auf, horten Hinweise, Andeutungen und Neuigkeiten wie reiche Leute Geld und bilden dann ihre eigenen Deutungen, Urteile und Theorien. Oft genug gibt ihnen die Entwicklung recht.

«Sie wären ein schönes Paar», nickte die ältere Frau. «Das Volk wäre zufrieden und das Brautpaar vermutlich auch, denn die beiden sind ja seit ihrer Kindheit befreundet, sind zusammen in Nordengland aufgewachsen, und Lady Annes Vater hatte schon immer an ihre Verbindung gedacht...»

Mehr konnte ich nicht belauschen. Der Priester hatte wieder angefangen, auf mich einzureden, und sogar zu den Lehren des heiligen Augustinus Zuflucht genommen, um mich zum religiösen Gehorsam zu bekehren. Ich antwortete beiläufig und ließ ihn in dem Glauben, er habe bei unserem Streitgespräch den Sieg davongetragen, denn ich war viel zu aufgeregt, um an irgend etwas anderes zu denken als an meine bevorstehende Ankunft in London, der sagenumwobenen Stadt, deren Straßen angeblich mit Gold gepflastert waren und die den Aufstieg und Niedergang so vieler großer Leute gesehen hatte. Nach allem, was mir die Menschen erzählt hatten, die schon einmal in London gewesen waren, war dort alles größer, dreckiger, lauter, böser, wunderbarer, aufregender und interessanter als irgendwo sonst in England – oder, wie einige meinten, sogar sonst in ganz Europa. Mein Herz pochte wild, und ich konnte es kaum erwarten. Doch ich mußte mich noch so manche Stunde gedulden. Erst gegen Abend, als der Himmel schon wie ein Banner mit blutroten und amethystfarbenen Streifen zu leuchten begann und die Bäume in der Ferne die letzten Sonnenstrahlen einfingen, daß es aussah, als würden sie Feuer fangen, sah ich London zum ersten Mal. Wie ein verschmierter Daumenabdruck hob es sich vom Horizont ab. Irgendwo innerhalb dieser Mauern lag die Antwort auf die Frage verborgen, wieso Clement Weaver und Sir Richard Mallory so plötzlich verschwunden waren. Ob es jemals gelingen würde, dieses Rätsel zu lösen, hing nun ganz allein von meiner Geschicklichkeit und meinem Scharfsinn ab.

DRITTER TEIL

Oktober 1471
London

9

Das Altwerden hat nicht einfach nur mit schmerzenden Gelenken, nachlassender Sehkraft und zunehmender Schwerhörigkeit zu tun; eines Morgens wacht man auf und stellt fest, daß man keine Zukunft mehr hat. Das ist die bittere Pille, die zu schlucken ich in den letzten Jahren gelernt habe und deren Wirkung für junge Leute so schwer zu begreifen ist. Das Leben und die Liebe mit all ihren Abenteuern liegen vor ihnen, und noch deutet nichts auf ihre eigene Sterblichkeit hin.

Die gleiche jugendliche Unbeschwertheit leitete auch mich, als ich an einem frühen Oktobermorgen im Jahre des Herrn 1471 die London Bridge erreichte und zum ersten Mal in meinem Leben die Stadtgrenzen Londons überschritt. Es hatte Frost gegeben, und kristallklares Sonnenlicht tauchte die Stadt in helle Farben. Von den mit Rauhreif überzogenen Bäumen und Dächern glitzerte es, die Sonne spiegelte sich in den blankgeputzten Geschirren der Pferde. Ich war jung und stark, und ich war bereit, es mit der ganzen Welt aufzunehmen. Daß die vor mir liegende Aufgabe für mich in irgendeiner Weise gefährlich sein könnte, kam mir nicht in den Sinn.

Die Nacht hatte ich bei einem Reisegefährten in Southwark verbracht. Ihm verdankte ich auch meine ersten Einblicke in das Londoner Leben. In der warmen Backstube seines Meisters war ich vor der Kälte der Nacht geschützt und konnte doch nicht schlafen, weil aus dem Nachbarhaus seltsame Geräusche drangen. Als mein Freund in aller Herrgottsfrühe aufstand, um das Feuer in den Backöfen zu schüren, lag ich noch immer wach. Ich erzählte ihm von meinen schlaflosen Stunden, doch er lachte nur.

«Ich hätte dich warnen sollen», sagte er. «Das Haus nebenan ist ein Bordell. In Southwark gibt es Dutzende von Bordellen, die alle dem Bischof von Winchester gehören. Die Huren werden deshalb hier auch ‹Winchester-Gänschen› genannt. Du kannst sie an ihren gestreiften Häubchen erkennen.»

Damals war ich noch so arglos, daß mich seine Worte bestürzten. Unerfahren, wie ich war, hatte ich bis dahin geglaubt, unsere Kirchenmänner seien zwar wie alle Menschen fehlbar, fühlten sich aber ihrem Keuschheitsgelübde verpflichtet und hielten auch ihre Mitmenschen zu einem keuschen Leben an. Aus dem Munde meines Freundes zu hören, daß der Bischof von Winchester höchstpersönlich solche Häuser besaß, versetzte mir einen Schock, von dem ich mich so rasch nicht wieder erholte.

Doch als ich mich später der bereits heruntergelassenen London Bridge näherte, den Magen mit einer guten Portion Porridge und reichlich Ale gefüllt, mein Bündel auf dem Rücken und meinen Wanderstab in der Hand, konnte ich an nichts anderes denken als den überwältigenden Anblick der riesigen Stadt, die nun vor mir lag. Am südlichen Ende der Brücke standen drei Steintürme mit Fallgattern. Auf den ersten beiden steckten die gepfählten Köpfe von Verrätern – leblose, grinsende Masken im Zustand fortgeschrittener Verwesung.

Ich konnte das Tor ohne Schwierigkeiten passieren, doch die Wachen hatten keine Zeit, mir Antwort auf meine Frage nach dem richtigen Weg zu geben. «Geh erst mal über die Brücke, drüben kannst du immer noch fragen», grunzte der Wachsoldat. Er war tatsächlich sehr beschäftigt. Noch nie im Leben hatte ich so viele Menschen auf einem Fleck gesehen. Einer der Pilger, mit denen ich von Canterbury nach London gewandert war, hatte mir erzählt, in der Hauptstadt würden mittlerweile vierzig- oder fünfzigtausend Menschen leben, aber ich hatte mir eine so unermeßlich große Zahl von Menschen an einem Ort nicht vorstellen können.

Doch bald war ich schon mittendrin im Menschengetümmel. Wagen, Fuhrwerke und Fußgänger rempelten mich an, und ein unbeschreiblicher Lärm betäubte meine Ohren. Um mich herum herrschte ein völlig unübersichtliches, buntes Treiben. Der zu beiden Seiten von Häusern und Geschäften gesäumte Weg über die Brücke war so schlecht, daß ich mindestens dreimal stolperte und mir den Knöchel verstauchte. Doch jedesmal griff eine freundliche Hand nach meinem Ellenbogen und verhinderte, daß ich zu Boden fiel. London mochte überfüllt und laut sein, aber seine Einwohner waren freundlich. Als ich das Ende der neunzehnbögigen Brücke erreichte, war mir schon etwas fröhlicher zumute, und die neue Umgebung schüchterte mich nicht mehr ganz so ein.

Der Bäckergeselle, bei dem ich über Nacht untergekommen war, hatte mir geraten, die Kais östlich der London Bridge aufzusuchen, da dort die Schiffe anlegten, die von der Themsemündung heraufkamen und ihre Waren gleich an Bord verkauften. Nach meinen geschäftlichen Erfolgen in Canterbury bedurfte mein Warenvorrat dringend einer Aufstockung.

Als ich das Ende der Brücke erreicht hatte, bot sich mir ein herrlicher Blick über den Fluß. Schon jetzt, am frühen Morgen, war er mit Booten und Kähnen übersät. Ein paar Schwäne zogen, vom übrigen Trubel ungerührt, anmutig ihre Bahnen. An der Ufermauer und der Brücke sah ich Männer nach Barben, Hechten, Lachsen und Schleien fischen, von denen es im Fluß offenbar nur so wimmelte. Später hörte ich, daß man die Fischer «Petrusmänner» nannte, da sie, wie der heilige Petrus, mit Netzen auf Fischfang gingen.

Am Marlowe's Quay hatte gerade ein Schiff mit Aalen angedockt. Zahllose Frauen mit Tragekörben drängten sich um den Steg. Ein großer, gegen die kühle Morgenluft in einen dicken Wollmantel eingehüllter Mann ging geradewegs an Bord, während die Frauen ungeduldig mit den Füßen auf den Boden stampften und die steifgefrorenen, blauen Finger mit ihrer Atemluft wärmten.

«Wer ist das?» fragte ich die Frau, die neben mir stand.

Sie schaute mich mitleidig an. Wer eine so törichte Frage stellte, konnte kein Londoner sein.

«Das ist der Fischerei-Aufseher. Er prüft den Fang und wirft alle roten und zu kleinen Aale über Bord. Anschließend überwacht er das Wiegen, damit wir nicht übers Ohr gehauen werden.» Sie beäugte mich neugierig. «Möchtest du Aale kaufen?»

Ich schüttelte den Kopf. «Nein, ich bin Hausierer. Ich suche Bänder, Borten und Seidenstoffe, damit ihr Frauen bei mir euer Geld ausgeben könnt.»

Meine Begleiterin schnaubte verächtlich. «Wenn die Preise weiter so steigen, wird niemand mehr Geld für deine Ware übrighaben. Ein Segen, daß König Eduard wieder auf dem Thron sitzt, jetzt werden sich die Dinge bald zum Besseren wenden. Gott schütze ihn!»

Immer wieder stellte ich fest, daß die Londoner Eduard von Rouen vor allem als *ihren* König betrachteten. Er war groß, stark und gutaussehend, gab kräftig Geld aus, förderte damit den Handel und mehrte den Wohlstand der Stadt. Und im letzten Frühjahr hatte er das Wunder vollbracht, die Hauptstadt von Norden her zu erreichen, ohne dabei einen einzigen Mann zu verlieren.

Ich ging weiter und schlängelte mich durch Ufergäßchen und enge Straßen, deren Namen mir noch völlig unbekannt waren. Beim Galley Quay in der Nähe des Towers stieß ich auf eine venezianische Galeere, die gerade ihre Ladung löschte: Tuchballen aus Samt und Seide, Fässer mit Gewürzen und Zuckerwerk, eisenbeschlagene Truhen mit Broschen und Ringen. Vieles war viel zu kostbar für mich, doch ich erstand ein paar Reste Damast, einfache Schmuckstücke und Fläschchen mit Duftölen und Parfümen. Während ich für meine Einkäufe bezahlte, stieg mir vom Fluß her ein unangenehmer Geruch nach verwestem Fleisch in die Nase. Ich erfuhr, daß er von den Leichen hingerichteter Piraten stammte. Sie wurden zwischen Wapping und St. Katherine's Wharf so lange liegengelassen, bis die Flut sie dreimal überspült hatte.

Ich ging den gleichen Weg zurück, den ich gekommen war. Von dem Getümmel um mich herum fühlte ich mich wie benommen. Riesige Kräne luden Apfelsinen aus Genua, Äpfel aus der Normandie und Gewürze aus Venedig aus. Auf den verstopften Straßen bahnten sich zahllose Fuhrwerke, Karren und Fußgänger mühsam ihren Weg. Es wimmelte nur so von wandernden Mönchen, Matrosen, Laufburschen und Hausierern wie mir. Der Lärm war unbeschreiblich. Die Menschen fluchten und schrien. Und überall hörte man Marktschreier, die der vorüberflutenden Menge ihre Waren anpriesen: «Feine Rippchen! Dampfend heiß!» «Saubere Binsen!» «Gutes Schafshirn!» «Äpfel und Birnen!» Bootsvermieter, die in London offenbar zu den rauhesten Burschen gehörten, rauften sich um ihre Kundschaft, und von überall her war das Gebimmel von Glocken zu hören.

Nach wenigen Stunden schmerzte mir der Kopf, und meine Augen brannten. Die Sonne hatte den gefrorenen Tau geschmolzen, und die Wege unter den überhängenden Dachtraufen waren naß und glitschig geworden. Mein Bündel lastete schwer auf meinen Schultern, und ich mußte höllisch aufpassen, um nicht in einen der vielen Kot- und Abfallhaufen zu treten. Meine anfängliche Erregung begann zu schwinden, und da ich mich nach Ruhe sehnte, beschloß ich, in eine der vielen Kirchen zu gehen.

Natürlich sollte es nicht irgendeine Kirche sein. Selbst ein Bauerntölpel wie ich hatte von der einzigartigen Pracht der Londoner Paulskathedrale gehört, und so ließ ich mir von einem freundlichen Ladenbesitzer den Weg zum Ludgate und zur Kathedrale erklären. Schon von weitem konnte ich die hoch in den Himmel ragende, von einem goldenen Wetterhahn gekrönte Kuppel erkennen.

Ich weiß nicht, was ich erwartet hatte. Eine heilige Stille vielleicht, eine friedliche Zuflucht im geschäftigen Treiben. Auf das, was ich tatsächlich zu sehen bekam, war ich jedenfalls nicht gefaßt. Bei dem großen Kreuz, in der nordöstlichen Ecke des Kirchhofs, fand ich nicht etwa einen Priester, der göttliche Wei-

sungen erteilte, sondern einen Mann in einem schmutzigen Lederwams und abgetragenen Fellschuhen, der sich lautstark über
seine politischen Ansichten verbreitete. Im Chorgang wimmelte
es von Menschen, und ich brauchte nicht lange, um festzustellen,
daß die meisten von ihnen Advokaten waren, die sich auf Kun-
denfang befanden oder mit bereits gewonnenen Kunden dring-
liche Fälle besprachen. Auch im Hauptschiff standen schwat-
zende Advokaten zwischen den Buden, an denen die Pilger, die
wie ich in die Paulskathedrale gekommen waren, um die heiligen
Reliquien zu sehen, etwas zu essen und zu trinken kaufen konnten. Zu den berühmten Reliquien gehörten ein Arm des heiligen
Mellitus, ein Kristallfläschchen mit der Milch der Jungfrau Maria, eine Strähne von Maria Magdalenas Haar und das Messer, das
Jesus zum Schnitzen benutzte, als er noch ein kleiner Junge war.
Es gab noch andere Heiligtümer, doch ich wollte nicht länger
warten, um sie mir anschauen zu können. Der Lärm und das
Durcheinander waren kaum geringer als draußen auf der Straße.
Mühsam kämpfte ich mich bis zum Ausgang durch.

Als ich wieder in den Kirchhof trat, sah ich, daß die Menschenmenge von einem berittenen Wachsoldaten zur Seite ge-
drängt wurde. Kurz darauf kam auch schon eine Gruppe Reiter
durchs Ludgate gesprengt. Als ich den weißen Eber auf dem
Banner des Soldaten sah, wurde mir sofort klar, daß der junge
Mann an der Spitze des Zuges Richard, der Herzog von Gloucester, des Königs jüngerer Bruder, war.

«Du und Herzog Richard, ihr wurdet am selben Tag geboren», hatte meine Mutter immer gesagt. Wie sie zu dieser genauen Kenntnis gelangt war, hatte sie allerdings nie preisgege-
ben. Ich ging also davon aus, daß wir gleichaltrig waren, auch
wenn es das einzige war, was uns verband. In jeder anderen Hinsicht war unser Leben so unterschiedlich, wie man es sich nur
vorstellen konnte. Richard war Admiral von England, Irland
und Aquitanien gewesen, hatte die Truppen seines Bruders
durch den gesamten Südwesten geführt und war schon mit elf
Jahren zum Stellvertreter des Königs ernannt worden. In den

acht Jahren, die seitdem vergangen waren, hatte er geistig und politisch weiter an Statur gewonnen und, im Gegensatz zu Georg von Clarence, seinem Bruder Eduard durch alle Wechselfälle seiner Regentschaft hindurch stets die Treue gehalten. Inzwischen war er nicht nur Admiral, sondern auch oberster Befehlshaber des englischen Heers und stand als Großkämmerer dem königlichen Hofstaat vor. Erst kürzlich war er aus dem Norden zurückgekehrt, wo er den letzten Widerstand gegen Eduards erneute Thronbesteigung erfolgreich niedergeschlagen hatte. Ich dagegen war ein gescheiterter Mönch und ein gewöhnlicher Hausierer. Welch größeren Gegensatz hätte es zwischen zwei Männern gleichen Alters geben können?

Aufgrund meiner Körpergröße konnte ich die Reiter über die Köpfe der anderen Zuschauer hinweg gut beobachten. Herzog Richard entsprach überhaupt nicht der Vorstellung, die ich mir von ihm gemacht hatte. Ich hatte immer gedacht, er sei groß und blond – so, wie man mir seinen Bruder beschrieben hatte. Statt dessen sah ich jetzt einen schmächtigen Jungen mit einem ernsten Gesicht und langen, dunklen Haaren. Der Jubel und die Begeisterung der Leute, die laute Hochrufe anstimmten und ihre schmutzigen Hüte in die Luft warfen, hätte ausgereicht, um einem wesentlich älteren Mann den Kopf zu verdrehen. Doch dieser schlanke, junge Mann von gerade neunzehn Jahren zeigte keinerlei Zeichen von Eitelkeit. Im Gegenteil, er schien sich eher unbehaglich zu fühlen, schaute verlegen um sich und war ängstlich darauf bedacht, dem allgemeinen Aufruhr zu entkommen. Was für ein Griesgram, dachte ich, sah mich jedoch genötigt, diesen Eindruck gleich darauf zu widerrufen, denn als er in der Menge jemanden entdeckte, den er kannte, verwandelte sich seine düstere Miene in ein strahlendes Lächeln. Es war, als sei die Sonne hinter einer dunklen Wolke hervorgekommen und habe den Blick auf einen ganz anderen Mann freigegeben. Während die Truppe weiterzog und die Menge sich allmählich zerstreute, konnte ich mich des Eindrucks nicht erwehren, daß der Herzog von Gloucester in London nicht besonders glücklich war.

Als die Aufregung vorüber war, spürte ich wieder, wie müde ich war. Außerdem fühlte ich mich schmutzig und staubig und hatte das dringende Bedürfnis, ein Bad zu nehmen. Ich wandte mich an einen Laufburschen in einer strahlend grün-goldenen Livree, und dieser wies mir den Weg zu einem öffentlichen Badehaus, wo ich einen Grot bezahlen mußte, um in eine Wanne mit dampfend heißem Wasser steigen zu dürfen. Ich hatte Glück, daß ich gerade zu der für Männer vorgesehenen Stunde ins Badehaus kam. Daß Frauen und Männer zusammen badeten, war selbstverständlich nicht erlaubt, auch wenn ich schon bald erfahren sollte, daß dies in fremden Ländern durchaus üblich war. Ein kleiner, pockennarbiger Mann, der sich in der Wanne neben mir mit einer langstieligen Bürste kräftig den Rücken schrubbte, fragte mich mit rauher Stimme: «Schon mal in Brügge gewesen?»

Ich schüttelte den Kopf und versuchte, der groben grauen Seife etwas Schaum abzugewinnen. «Ich habe England noch nie verlassen.»

«Ich schon», erwiderte der Mann. «Ich war Soldat. Aber dann wurde ich im Kampf verwundet. Bauchverletzung. Danach war ich zu nichts mehr zu gebrauchen. Aber vorher, da war ich eine ganze Weile in den Niederlanden.»

Seine Augen leuchteten bei der Erinnerung. «Wenn du mal nach Brügge kommst, mußt du unbedingt in die Wasserhallen gehen. Da ist was los, sag ich dir! In den Wasserhallen baden Männer und Frauen gemeinsam, und zwar splitterfasernackt, ganz so, wie der liebe Gott sie geschaffen hat. Die Frauen müssen allerdings eine Maske tragen und dürfen ihren Namen nicht verraten. Und das alles mit dem Segen des Herzogs von Burgund – Gott segne ihn! Wir Engländer wissen einfach nicht, wie man das Leben richtig genießt.»

Ich lachte, wußte aber nicht, was ich ihm antworten sollte. London war für mich fast schon mehr, als ich verkraften konnte, und seine wilden Geschichten über das, was jenseits des Kanals geschah, verwirrten mich nur noch mehr. Als wir uns abgetrocknet und angezogen hatten, lud ich meinen neuen Freund zum Essen ein. Nach seinen Kleidern zu urteilen, die noch schäbiger waren als meine, hatte er gegen eine kostenlose Mahlzeit sicher nichts einzuwenden. Er nahm meine Einladung mit Freuden an und führte mich zur Fish Street, die nördlich der London Bridge verlief. Dort gab es zwei Wirtshäuser, das Bull und den King's Head, und mein Begleiter, der sich mir inzwischen als Philip Lamprey vorgestellt hatte, wählte das erstere. «Da verkehren nicht so viele feine Leute wie im King's Head», erklärte er etwas wehmütig. «Mit denen komme ich nämlich nicht so gut aus. Den Dreckskerlen ist einfach nicht über den Weg zu trauen.»

Doch auch im Bull gaben sich viele Gäste durch ihre prächtige Kleidung als wohlhabende Kaufleute und Bürger zu erkennen. Arme Leute wie wir wurden in ein kleines, nicht gerade reinliches Zimmer im hinteren Teil des Hauses geführt, das nicht mit Binsen, sondern mit Stroh ausgelegt war und wo die Suppe nicht in Schüsseln aus Zinn, sondern aus Holz aufgetragen wurde. Der Schankgehilfe, der unser Essen und unser Ale brachte, behandelte uns mit unverhohlener Herablassung. Mehr als deutlich gab er uns zu verstehen, daß er viel lieber die vornehmen Leute im Vorderraum bedient hätte.

Während wir aßen, erfuhr ich noch mehr über Philip Lampreys Vergangenheit. Seine Frau war, während er als Soldat im Ausland war, mit einem Fleischer davongelaufen und hatte auch die beiden Kinder mitgenommen. Seine Eltern und seine vier Schwestern waren tot, sein letzter Verwandter, ein Vetter, war bei der Pestwelle ums Leben gekommen. Seinen Lebensunterhalt verdiente er sich durch Betteln, was ihm an manchen Tagen eine stattliche Summe, an anderen Tagen so gut wie gar nichts einbrachte. In letzter Zeit habe er es ganz besonders schwer, erzählte er mir, denn die Menschen seien längst nicht mehr so freigebig wie früher. Vermutlich lag es daran, daß die Preise in den unruhigen Zeiten so stark in die Höhe geschnellt waren. Doch jetzt, wo König Heinrich und sein Sohn tot waren, Margarete von Anjou in Haft saß und König Eduard, der gute Freund aller Londoner, wieder den Thron bestiegen hatte, würde sich ganz bestimmt alles zum Besseren wenden.

«Und dann», grinste er und wischte sich den Mund mit seinem Ärmel ab, «lade ich dich zum Essen ein. Wie lange bleibst du noch in London? Und wo schläfst du?»

«Ich hatte gehofft, im Baptist's Head in der Crooked Lane Quartier machen zu können», antwortete ich. «Ein Mann in Bristol, ein Freund des Wirts, hat mir das Wirtshaus empfohlen.»

«Ja, das kenne ich.» Philip Lamprey trank den Rest seines Ales aus. «Thames Street, Ecke Crooked Lane, das Baptist's Head... Laß mich mal überlegen...» Er starrte nachdenklich in die Tiefe seines leeren Krugs. Ich verstand seinen Wink, rief den Schankgehilfen heran und sagte ihm, er solle uns noch etwas Ale einschenken.

«Wenn du in Richtung Fluß gehst, liegt es auf der linken Seite. Ziemlich nahe am Wasser. Wenn ich mich recht erinnere, kann man von einigen Fenstern aus sogar auf die Themse blicken.» Er kratzte seinen kahlen Kopf und stocherte zwischen seinen Zahnstümpfen nach ein paar hängengebliebenen Fleischbrocken. «Kein besonders großes Haus. Viel kleiner als das Wirtshaus vorn an der Ecke, aber bekannt für seine guten Weine. Na ja, die kann sich unsereins sowieso nicht leisten.»

Der Schankkellner kam und füllte mürrisch unsere Holzkrüge auf.

«Dieses andere Wirtshaus, das du erwähnt hast...», sagte ich, nachdem ich einen kräftigen Schluck getrunken hatte, «...das ist wohl das Crossed Hands Inn?»

Philip Lamprey nickte und keuchte. Er hatte in seiner Gier zuviel auf einmal getrunken. «Genau.» Er rieb sich die tränenden Augen und schneuzte sich in die Finger. «Das Haus ist viel stattlicher als das andere. Würde dir nicht raten, dort nach Quartier zu fragen.»

«Das habe ich auch nicht vor», gab ich zurück, aber mein grimmiges Lächeln konnte Philip sich natürlich nicht erklären.

«Dann ist es ja gut. Der Wirt würde dich sowieso abweisen. Nach allem, was ich gehört habe, gibt er sich nur mit feinen Leuten ab.»

«Und was hast du sonst noch so gehört?» fragte ich. Als ich sein erstauntes Gesicht sah, fügte ich ungeduldig hinzu: «Über das Crossed Hands Inn, meine ich?»

Philip Lamprey zuckte mit den Schultern. «Nicht viel. Jedenfalls nichts Schlechtes. Der Wirt heißt Martin Trollope, glaube ich, aber weiter weiß ich nichts über ihn.» Er zögerte. «Na ja... einmal habe ich jemanden sagen hören, er sei ein ganz gieriger Hund. Würde für Geld alles tun. Aber wer würde das nicht?»

Mein Herz schlug schneller. Es war noch kein Beweis, aber es bestärkte mich in der Vermutung, daß im Crossed Hands Inn irgend etwas nicht stimmte.

«Ist die Crooked Lane weit von hier?» fragte ich.

Philip lachte heiser. «Bei Gott, nein! Wenn du willst, bring ich dich hin, sobald wir ausgetrunken haben.»

Ich nahm sein Angebot dankbar an, doch als wir schließlich in die Thames Street bogen, stellte ich fest, daß sie zu den Straßen gehörte, die ich schon vom Morgen kannte. Sie führte vom Tower aus an den Fischmärkten von Billingsgate vorbei bis zur London Bridge und war eine der geschäftigsten Straßen der Stadt, von Karren und Fuhrwerken so verstopft, daß sogar Edelleute und ihr Gefolge warten mußten. Das Schimpfen und Fluchen, das hier von früh bis spät die Ohren beleidigte, muß man selbst gehört haben, denn es ist unmöglich, es zu beschreiben.

Endlich erreichten wir die Crooked Lane, ein kleines Gäßchen, in das nur wenig Sonnenlicht drang, weil die oberen Stockwerke der Häuser zu beiden Seiten überhingen. Und dort, an der rechten Ecke, schaukelte auch das Schild mit den zwei gekreuzten Händen in seinen Angeln. Es wies auf ein Wirtshaus hin, das, wie ich erleichtert feststellte, ganz und gar nicht dem düsteren Schreckensbild glich, das ich mir in den letzten Monaten ausgemalt hatte: das Crossed Hands Inn.

10

Gleich neben dem Schild war der Eisenhalter für die Fackel angebracht, die nachts das Wirtshausschild beleuchtete – und die auch Clement Weavers Gesicht beleuchtet hatte, als seine Schwester an jenem regnerischen Abend im November mit der Kutsche davongefahren war.

Die untere Hälfte des Hauses war aus Stein gemauert, die obere Hälfte aus Fachwerk erbaut. Die Fenster, die zu ebener Erde lagen, hatten altmodische Fensterläden, die oberen waren mit geölter Leinwand oder Pergament verschlossen. Das große Eingangstor befand sich in der Crooked Lane, und in der Mitte des Hauses lag ein großer Innenhof. Durch das offene Tor konnte ich einen Blick auf das geschäftige Treiben werfen, Gäste an- und abreisen und die Schankgehilfen und Serviermädchen zwischen Küche und Wirtsstube hin- und herlaufen sehen. Ein großer, grauer Wallach stand in der Mitte des Hofs, kaute auf seiner Trense und wartete ungeduldig auf seinen Besitzer.

«Willst du nicht hineingehen?» fragte Philip Lamprey, erstaunt über mein Zögern.

Ich zuckte erschrocken zusammen. Die neugierige Betrachtung des Wirtshauses hatte mich meinen Begleiter, der mir immer noch an den Fersen hing und jetzt über meine Schulter hinweg in den Hof des Wirtshauses spähte, völlig vergessen lassen.

Ich fragte mich, wie ich ihn abschütteln könnte. Es kam mir undankbar vor, ihn einfach so stehenzulassen, aber ich beschwichtigte mein Gewissen, indem ich mir ins Gedächtnis rief, daß ich ihm immerhin ein Essen spendiert hatte. Jetzt jedoch war mir ein neugieriger Fremder im Schlepptau nur hinderlich. Allerdings gab es doch noch einen Dienst, den er mir vielleicht erweisen konnte.

«Kennst du diesen Martin Trollope vom Sehen?» fragte ich ihn.

Er schüttelte den Kopf. «Nein, nein, nur vom Hörensagen.»

Um ihm unmißverständlich klarzumachen, daß ich mich von ihm verabschieden wollte, streckte ich ihm meine Hand entgegen.

«Ich muß jetzt gehen. Gott sei mit dir.»

Er nahm es gutgelaunt auf und drückte meine Hand so fest, daß die Abdrücke seiner Finger noch eine ganze Weile auf meiner Haut zu sehen waren.

«Und mit dir, mein guter Freund», krächzte er mit seiner rauhen Stimme. «Wenn du noch ein Weilchen in London bleibst, sehen wir uns vielleicht mal wieder. Falls du mich suchst, ich schlafe nachts im Hof der Paulskathedrale – das heißt, wenn es nicht gerade in Strömen gießt. Und wenn ich ordentlich Geld eingenommen habe, bin ich in einem der Bordelle in Southwark zu finden.» Er zwinkerte mir zu. «Macht Spaß dort – jedenfalls solange man sich nicht die Pocken holt.»

Vielleicht gab er deshalb einen Teil seiner mageren Einnahmen für das Baden aus, dachte ich. Sich in den Hurenhäusern in Southwark aufzuhalten, war vermutlich nicht gerade der gesündeste Zeitvertreib, und er hatte Angst, sich anzustecken. Dabei hielten längst nicht alle Leute das Waschen für eine gute Sache; manche glaubten sogar, den Körper in Wasser einzutauchen müsse gefährlich sein. Meine Mutter allerdings war nie dieser Überzeugung gewesen und hatte von meiner frühesten Kindheit an darauf bestanden, daß ich mich regelmäßig wusch, auch wenn ich dazu zum Fluß hinuntergehen oder sie mich morgens mit einem Eimer eiskalten Wassers übergießen mußte.

«Gut», sagte ich. «Und wo bettelst du immer?»

Er zuckte mit den Schultern. «Ich habe keine feste Stelle, bin mal hier, mal dort. Aber London ist nicht so groß. Du wirst mich schon irgendwo finden.»

«Mir kommt es riesengroß vor», erwiderte ich, und er lachte. Dann drehte er sich mit einem formvollendeten Schwung, der noch etwas von seiner militärischen Vergangenheit ahnen ließ, in Richtung Thames Street um und war kurz darauf in der Menschenmenge verschwunden. Ich blieb allein vor dem Wirtshaus zurück und wußte nicht recht, wie ich mit meinen Erkundigungen, zu denen ich mich so eilfertig verpflichtet hatte, beginnen sollte. Außerdem mußte ich mir ja auch noch meinen Lebensunterhalt verdienen.

Die Sonne stand hoch am Himmel, aber die kalte Luft erinnerte noch an den Frost am Morgen. Vielleicht sollte ich mir erst eine warme Unterkunft für die Nacht suchen, ehe ich mit meinen Nachforschungen begann. Überdies war mir noch gar nicht klar, wie ich die Sache am besten angehen sollte. Ein Hausierer konnte schließlich nicht einfach so in ein Wirtshaus spazieren und alle möglichen Fragen stellen, ohne Verdacht zu erregen. Und hätten die Leute erst einmal Verdacht geschöpft, hätte ich gar keine Möglichkeit mehr gehabt, die rätselhaften Umstände, unter denen Clement Weaver und Sir Mallory verschwunden waren, aufzuklären. Nach reiflicher Überlegung erschien es mir am klügsten, mich zuerst ins Baptist's Head zu begeben und mich vertrauensvoll an Thomas Prynne zu wenden. Wenn ich ihm erzählte, daß ich Marjorie Dyer aus Bristol kannte, würde er mir vielleicht Gastfreundschaft gewähren und in irgendeiner Ecke, in der ich seinen Gästen nicht im Wege war, ein Nachtlager anbieten. Also schulterte ich mein Bündel, nahm entschlossen meinen Stock in die Hand und wollte gerade die Crooked Lane hinuntergehen, als ich zufällig an einem der leicht geöffneten Fenster rechts vom Torbogen eine Gestalt sah – ob Mann oder Frau, vermochte ich nicht zu sagen. Die Gestalt machte eine rasche Bewegung nach vorn, wohl um das Fenster weiter zu öffnen, doch eine strenge Stimme rief aus dem Hintergrund: «Weg da!» Kurz darauf wurde das Fenster geschlossen.

Alison Weaver und Philip Lamprey hatten recht gehabt: Von der Straßenkreuzung aus war das Schild des Baptist's Head gut zu erkennen, und von der einen Seite des Hauses konnte man bis zur Themse blicken. Die Crooked Lane war recht kurz und so eng, daß sich die oberen Stockwerke der Häuser in der Mitte fast berührten. Nur wenige Sonnenstrahlen drangen zwischen den Dachvorsprüngen bis auf die Straße. Bei trübem Wetter mußte es hier wirklich düster sein.

Vor den Haustoren lagen die üblichen Abfallhaufen, und die Rinnsale, die zu beiden Seiten der Straße das Kopfsteinpflaster durchschnitten, waren mit Regenwasser und verfaulenden Lebensmitteln gefüllt. Auf einer Türschwelle lag der Kadaver eines Hundes. Ein totes Tier auf der Straße liegenzulassen galt in London, wie auch in vielen anderen Städten, als schweres Vergehen, und der Besitzer des Tieres konnte dafür eine hohe Geldstrafe bekommen.

Das Baptist's Head betrat man direkt von der Straße aus. Es war sehr viel kleiner als das Crossed Hands Inn und aufgrund seiner Lage weniger geeignet, Laufkundschaft anzuziehen. Leute, die hier übernachteten, hatten das Wirtshaus von anderen zufriedenen Reisegefährten, die im Baptist's Head Quartier gemacht hatten, empfohlen bekommen. Die Holzfassade wirkte sauber und ordentlich gestrichen, und aus der offenen Eingangstür strömten die herrlichsten Düfte. Rindfleisch mit Klößen, dachte ich. Mir lief das Wasser im Munde zusammen. Wer das Glück hatte, hier zu Abend zu essen, würde das Wirtshaus bestimmt nicht hungrig wieder verlassen müssen. Hoffnungsfroh trat ich ein.

Der mit Steinplatten ausgelegte Flur schien durchs ganze Haus zu führen. Zu beiden Seiten gingen mehrere Türen ab, und eine schmale, gewundene Stiege führte ins obere Stockwerk hinauf. Ich fragte mich gerade, wo hier wohl die Pferde der Reisenden untergebracht wurden, als ich vom Ende des Flurs ein Wiehern und das Scharren von Pferdehufen hörte. Ich ging den langen Flur entlang, und tatsächlich, am Ende eines gepflasterten Innenhofs gab es drei kleine Verschläge für die Pferde und einen Schuppen für Heu und Pferdefutter. Der kleine Hof ließ sich durch ein schmales Gäßchen an der Seite des Hauses, die vom Fluß abgewandt lag, direkt von der Straße aus erreichen. Ein großer Rotschimmel stand in einem der Verschläge, die anderen beiden waren leer. Thomas Prynnes Geschäft schien, jedenfalls zur Zeit, nicht sonderlich gut zu gehen.

Ich ging wieder ins Haus, wo noch immer niemand zu sehen war. Der Schankraum war leer, doch es mußte kürzlich Essen serviert worden sein, denn auf den Tischen standen benutzte Teller und Krüge. Die Tatsache, daß auf den Tellern keine Reste lagen, bestätigte meinen Eindruck, daß das Essen hier sehr gut war, und obgleich ich erst vor kurzem gegessen hatte, regte sich mein Appetit. Ich ging in den Flur zurück und rief: «Ist jemand zu Hause? Thomas Prynne! Seid Ihr da?»

Eine gedämpfte Stimme antwortete mir. Dann wurde eine Falltür im Fußboden des Schankraums aufgestoßen, Holzschuhe klapperten auf den Steinstufen, und ein Mann kam die Treppe vom Keller herauf.

«Sir, ich muß mich entschuldigen...», begann er, hielt jedoch inne, als er mich in der offenen Tür zum Flur stehen sah.

«Wer bist du?» fragte er und hob abwehrend die Hand. «Tut mir leid, aber es gibt hier keine Frauen, die deinen Krimskrams gebrauchen könnten.»

Er war ein kleiner, kräftiger Mann mit breiter Brust, muskulösen Armen, grauem Haar und einem feinen Netz kleiner Fältchen in der wettergegerbten Haut. Seine blauen Augen funkelten verschmitzt, ja, sein ganzes Wesen strahlte Zufriedenheit aus. Vor dir steht ein glücklicher Mann, dachte ich.

«Thomas Prynne?» fragte ich, obwohl ich mir inzwischen schon fast sicher war, wen ich vor mir hatte.

«Ja. Aber ich habe doch schon erklärt...»

«Ich bin nicht hergekommen, um Euch etwas zu verkaufen», schnitt ich ihm rasch das Wort ab. «Marjorie Dyer hat mir gesagt, ich solle Euch aufsuchen, wenn ich nach London komme.»

«Marjorie Dyer aus Bristol?»

«Genau die. Und auch Ratsherr Weaver meinte, Ihr würdet mir vielleicht ein Eckchen zum Schlafen anbieten, solange ich in der Stadt bin.»

«Alfred Weaver?» fragte er ungläubig. «Was um alles in der Welt hat einer der führenden Ratsherren Bristols mit einem Hausierer zu schaffen?»

Ich grinste. Es lag auf der Hand, daß Thomas Prynne seinen alten Jugendfreund unterschätzte.

«Das ist eine lange Geschichte, die man nicht so auf die Schnelle erzählen kann», erwiderte ich. «Vielleicht später, wenn wir beide etwas mehr Zeit haben. Ich muß heute noch zur Cheapside, um meine Ware zu verkaufen. Ich wüßte bloß vorher gern, ob ich bei Euch übernachten kann. Wenn die Unterkunft nicht allzu fein ist, kann ich natürlich auch dafür bezahlen.»

Thomas Prynne zuckte mit den Schultern. «Marjories Freunde sind mir immer willkommen. Du kannst umsonst hier übernachten. Wir haben zur Zeit ohnehin nur einen Gast, ein zweiter wird für heute abend erwartet. Du kannst das dritte freie Zimmer haben, bis wir es anderweitig benötigen, und wenn du dann noch hier sein solltest, kannst du in der Küche schlafen.» Er lächelte, und die Fältchen um seine Augen vertieften sich. «Ich gehe allerdings davon aus, daß du deine Mahlzeiten hier einnimmst und auch dein Ale bei uns trinkst.»

«Dem Duft nach zu urteilen, der aus Eurer Küche dringt, dürfte das keine allzu schlimme Strafe sein», antwortete ich fröhlich. «Aber Marjorie Dyer und ich kennen uns nur flüchtig. Ich möchte Eure Großzügigkeit nicht ausnutzen und lieber gleich von Anfang an ehrlich sein.»

Thomas sah mich unverwandt an. «Du hast mich neugierig gemacht. Warum sollte eine flüchtige Bekanntschaft Marjorie veranlaßt haben, dir meinen Namen zu nennen?» Er zeigte auf eines der an der Wand aufgereihten Fässer. «Ich habe hier ein ausgezeichnetes Ale, das ganz besonderen Gästen vorbehalten ist. Sicherlich kannst du deinen Aufbruch zur Cheapside noch ein wenig verschieben, mit mir eine kleine Kostprobe nehmen und dabei meine Neugier befriedigen. Anschließend bleibt dir noch genügend Zeit, um deine Ware loszuwerden, ehe es dunkel wird.»

Ich zögerte, denn ich befürchtete, schon zu viele kostbare Stunden vergeudet zu haben. Doch bei einem so freundlichen Angebot blieb mir nichts anderes übrig, als es höflich anzunehmen.

Ich setzte mich an einen der langen Holztische neben dem alten Steinherd in der Mitte des Zimmers und schaute mich um. Der Schankraum des Baptist's Head war außergewöhnlich sauber, die Tische waren mit Sand gescheuert, Sägespäne und Binsen frisch auf dem Boden ausgestreut.

«Ich will Euch gern Rede und Antwort stehen», sagte ich.

Als ich noch ein Kind war, hatte mir meine Mutter an den langen Winterabenden, wenn wir, in unserem kleinen Häuschen gegen die Kälte geschützt, im Dunkeln zusammensaßen, häufig Lieder vorgesungen. Bei einem dieser Lieder, an das ich mich besonders gern erinnere, wurden die Zeilen, die man schon gesungen hatte, ständig wiederholt und um jeweils eine neue Zeile ergänzt. Meine Geschichte kam mir mittlerweile ganz ähnlich vor, denn jedesmal, wenn ich sie erzählte, wurde sie länger, so daß ich jetzt fast eine halbe Stunde brauchte, bis ich bei meiner Ankunft in London angekommen war. Zum Glück war Thomas Prynne ein guter Zuhörer, der meinen Worten aufmerksam lauschte und mich weder mit unnötigen Fragen noch mit verwunderten Ausrufen unterbrach. Erst als ich fertig war, schüttelte er den Kopf.

«Eine sehr merkwürdige Geschichte! Du hast also vor, das Versprechen, das du dem Ratsherrn gegeben hast, auch einzuhalten?»

Ich drehte verlegen meinen Krug mit Ale hin und her. «Ich muß zugeben, als ich nach Canterbury kam, hatte ich mein Versprechen schon fast vergessen. Die Vorstellung des Ratsherrn, ich könnte ihm in irgendeiner Weise behilflich sein, kam mir, um ganz ehrlich zu sein, fast lächerlich vor. Ich ging davon aus – und halte das noch immer für die wahrscheinlichste Antwort auf alle Fragen –, daß Clement Weaver irgendwelchen Straßenräubern zum Opfer gefallen ist.» An Thomas Prynnes heftigem Kopfnicken konnte ich erkennen, daß dies auch seiner eigenen Meinung entsprach. «Doch was ich in Canterbury erfahren habe, hat mich nachdenklich gemacht. Außerdem habe ich den Eindruck gewonnen, daß Gott mich dazu berufen hat, den Dingen auf den Grund zu gehen.»

Thomas Prynne schaute mich zweifelnd an. «Zufälle gibt es immer wieder im Leben. Viel häufiger, als man dies wahrhaben will. Das Verschwinden des jungen Clement hat uns alle bestürzt, aber Raub und Totschlag sind in London leider keine Seltenheit.»

Stirnrunzelnd sah ich zu, wie er mir noch etwas Ale nachgoß. «Ja, aber wir wissen nicht mit Sicherheit, daß Clement tot ist. Mir will irgendwie nicht in den Sinn, daß sich ganz gewöhnliche Straßendiebe die Mühe machten, seine Leiche verschwinden zu lassen.»

Thomas Prynne verzog das Gesicht. «Auf den ersten Blick wirkt das wenig einleuchtend, das gebe ich zu. Aber die Diebe hatten vielleicht gute Gründe dafür. Der Winter stand vor der Tür, möglicherweise hatten sie es auf seine kostbare Kleidung abgesehen und wollten ihn ungestört entkleiden. Für eine ganze Bande von Dieben ist es keine Schwierigkeit, eine Leiche fortzuschaffen. Und diese Kerle schließen sich oft zu Banden zusammen.»

An Clements Kleidung hatte ich bis dahin noch gar nicht gedacht. Doch selbst wenn sie es ursprünglich auf seine Kleidung abgesehen hatten – von dem Geld, das er bei sich trug, hätten sie sich Kleider im Überfluß kaufen können. Und dann war da ja auch immer noch das rätselhafte Verschwinden von Sir Richard Mallory. Ich schüttelte den Kopf.

«Ich bin davon überzeugt, daß mit dem Crossed Hands Inn

irgend etwas nicht stimmt. Was wißt Ihr über den Besitzer, diesen Martin Trollope?»

«Ich kenne ihn vom Sehen. Wenn wir uns auf der Straße treffen, grüßen wir uns. Abgesehen davon haben wir wenig miteinander zu schaffen. Schließlich sind wir auf die gleiche Kundschaft aus.» Thomas lächelte traurig. «Wobei er übrigens alle Vorteile auf seiner Seite hat: die Lage, die Größe, dazu noch die königliche Protektion und gute Verbindungen...»

«Ziemlich dürftige Verbindungen, falls das, was ich gehört habe, zutrifft.» Wie hatte Bess es noch ausgedrückt? ‹Trollope ist der Vetter eines Vetters des Herzogs von Clarence.›

Thomas lachte laut. «Roger Chapman, man merkt sofort, daß du noch nicht lange in London bist. Solche ‹dürftigen› Verbindungen darf man nicht unterschätzen. Ein großer Teil von Trollopes Geschäft geht direkt auf die Empfehlung des Herzogs zurück. Ich wünschte, ich könnte mich auch einer solchen Verbindung rühmen.» Er nippte an seinem Ale und betrachtete mich nachdenklich über den Rand seines Kruges hinweg. «Also, was hast du vor, um dein Versprechen einzulösen?»

«Ich weiß es noch nicht», gab ich zu. «Ich habe noch keinen Plan. Aber es wird mir schon irgend etwas einfallen.»

«Da bin ich sicher», stimmte mir Thomas zu. «Du scheinst ein einfallsreicher und fähiger junger Mann zu sein. Ein Hausierer, der lesen und schreiben kann! Es geschehen doch noch Zeichen und Wunder. Lesen kann ich selbst auch ein wenig, doch mit Feder und Papier umzugehen, das habe ich nie gelernt. In allen diesen Dingen muß ich mich auf meinen Teilhaber, Abel Sampson, verlassen.»

Ich muß ein ziemlich überraschtes Gesicht gemacht haben, denn er lachte: «Oder dachtest du, ich würde das Wirtshaus ganz allein betreiben?»

«Nein, natürlich nicht. Ich hatte nur bisher nicht darüber nachgedacht. Wie ich Euch schon sagte, Marjorie Dyer und ich sind uns nur kurz begegnet, und wir haben nicht ausführlich über Euch gesprochen. Ihr seid nicht verheiratet?»

Thomas schüttelte den Kopf. «Ich habe nie heiraten wollen. Eine Ehefrau wäre mir nur hinderlich gewesen. Und in einer großen Stadt, vor allem in London, gibt es jede Menge Frauen, die man auch so haben kann. Das Kochen habe ich gelernt, als ich noch Wirt im Running Man in Bristol war, und da wir nur drei Zimmer haben, die selten alle gleichzeitig belegt sind, kommen wir auch gut ohne Frauen zurecht. Abel und ich sind Kellermeister, Servierer und Zimmermädchen zugleich. Da wir außer uns niemanden auszahlen müssen, haben wir gerade so unser Auskommen. Es ist nicht immer ganz einfach, aber zumindest gehört uns das Haus. In Bristol war ich ja bloß Pächter der Augustinerabtei. Während ich mich abrackerte, wurde die Kirche immer reicher. Ich sah keinen Penny von meinem Gewinn.»

«Ihr habt Euch Euren Erfolg verdient», erwiderte ich. «Dieses Ale ist das beste, das ich jemals getrunken habe, und wie ich schon vorhin bemerkte: Aus Eurer Küche duftet es ganz vorzüglich.»

«Du sollst eine reichliche Kostprobe von unserer Kochkunst erhalten, wenn du von deinen Verkäufen zurückkommst.» Er stand auf und räumte unsere leeren Krüge vom Tisch. «Das Ale und den Wein kaufen Abel und ich immer selbst. Die Schiffe aus Bordeaux legen westlich des Stalhofs an, an der Three Crane Wharf. Wir müssen früh aufstehen, um vor den Weinhändlern da zu sein, aber das macht uns nichts aus. Wir wollen, daß es eines Tages überall heißt: Im Baptist's Head gibt es den besten Wein von ganz London.»

Ich begann, diesen Mann grenzenlos zu bewundern. Er war entschlossen, sein Geschäft trotz aller Widrigkeiten zum Erfolg zu führen, und wie die meisten Leute aus Bristol legte er in allen Geldangelegenheiten eine bemerkenswerte Umsicht an den Tag. Doch er war nicht nur auf gute Geschäfte bedacht, sondern besaß auch Menschlichkeit und Humor, und so wünschte ich Thomas Prynne von Herzen nur das Allerbeste.

«Wenn ich heute abend zurückkehre», sagte ich, «würde ich gern mit Euch über die Nacht sprechen, in der Clement Weaver verschwunden ist. Das heißt, falls Ihr dann noch etwas Zeit für mich habt.»

Er lächelte freundlich. «Wie ich dir schon sagte, erwarten wir noch einen anderen Gast. Er ist seit einigen Tagen von Northampton nach London unterwegs, und sein Bote sagte, er würde kaum vor dem späten Abend eintreffen. Wenn sich also die Gelegenheit ergibt...» Er zuckte mit den Schultern und hielt inne. «Unseren anderen Gast wirst du übrigens beim Abendessen kennenlernen. Ein verarmter Edelmann, der durch all die Gerichtsverfahren, in die er verwickelt ist, in absehbarer Zeit noch ärmer sein wird. Er ist in diesem Jahr schon zum zweiten Mal nach London gekommen, um beim König Bittschriften einzureichen. Es geht um irgendein Stück Land und ein angefochtenes Testament.» Er seufzte so tief, als wolle er die Ignoranz der gesamten Menschheit beklagen. «London ist voll von Leuten wie ihm, die ihr Geld den Rechtsverdrehern in den Rachen schmeißen.»

Ich nickte, denn ich erinnerte mich daran, wie die Advokaten im Chorgang der Paulskathedrale auf ihre Opfer eingeredet hatten.

Vom Flur waren Schritte zu hören. Wenig später erschien ein großer, schlanker Mann in der offenen Tür. Thomas Prynne deutete mit dem Kopf in seine Richtung und sagte: «Das ist mein Teilhaber, Abel Sampson.»

II

Auf den zweiten Blick sah ich, daß Abel Sampson zwar hoch-
gewachsen, doch nicht so groß war wie ich – mit dem Alter
ist mein Rücken krumm geworden, als junger Mann maß ich
aber fast sechs Fuß. Es war seine schlanke Gestalt, die ihn größer
erscheinen ließ, als er es in Wirklichkeit war. Nicht, daß er aus-
gezehrt gewirkt hätte, aber er war schon außergewöhnlich
dünn. Thomas Prynne und er bildeten einen recht ulkigen Gegensatz, und ich mußte mich sehr beherrschen, um nicht breit zu
grinsen.

Abel Sampson war außerdem sehr viel jünger, als ich erwartet
hatte – höchstens vierundzwanzig oder fünfundzwanzig Lenze
alt. Er hatte rotblondes Haar und ebensolche Augenbrauen,
blasse blaue Augen und blutleere, fast unsichtbare Lippen, die
aussahen, als würden sie nur selten lächeln. Ein humorloser
Mann, urteilte ich und ließ mich, wie so oft, von meinem ersten
Eindruck täuschen. Meine Menschenkenntnis ließ damals wirklich sehr zu wünschen übrig; ich gelangte viel zu rasch zu falschen Schlüssen. Ein Lächeln huschte plötzlich über Abel Sampsons Gesicht, und ähnlich wie bei Richard von Gloucester, den
ich am Morgen im Hof der Paulskathedrale gesehen hatte,
schien sein Gesicht von innen aufzuleuchten und ihn in einen
völlig anderen Menschen zu verwandeln.

«Ist das der Mann, den wir erwartet haben?» fragte er Thomas
Prynne.

Thomas schüttelte den Kopf. «Nein, nein! Ich habe dir doch
erzählt, daß Master Farmer nicht vor dem späten Abend eintreffen wird», sagte er in vorwurfsvollem Ton.

Abel machte ein dummes Gesicht. «Ach so, ja, da hast du recht», sagte er dann und fügte, an mich gerichtet, hinzu: «Mein Gedächtnis wird immer schlechter.»

Ich lachte, stand auf und griff nach meinem Bündel. «Dann bin ich ja in guter Gesellschaft», antwortete ich, «mein Gedächtnis ist nämlich auch nicht das beste.» Ich wandte mich an Thomas Prynne. «Leider kann ich es mir nicht länger leisten, untätig herumzusitzen. Aber zum Abendessen bin ich zurück, und ich hoffe, ich habe bis dahin ein wenig Geld verdient. Bereitet also ruhig eine große Portion für mich vor.»

«Du sollst soviel bekommen, wie du essen kannst», versprach er. «Du kannst mit uns in der Küche essen oder hier im Schankraum mit Gilbert Parsons, unserem Gast.»

Doch noch ehe ich darauf antworten konnte, traf Abel die Entscheidung für mich. «Iß lieber mit uns, Roger», riet er mir grinsend. «Der schwermütige Gilbert wird nach einem weiteren fruchtlosen Tag beim Gerichtshof keine vergnügliche Gesellschaft abgeben.»

Ich wuchtete mein Bündel auf den Rücken. «Das gleiche wollte ich Euch auch vorschlagen.» Und während ich zur Tür ging, fügte ich hinzu: «Außerdem habe ich noch etwas mit Meister Prynne zu besprechen.»

«Das wird sich alles fügen», sagte Thomas Prynne. «Einstweilen viel Glück bei deinen Geschäften.»

Ich dankte ihm, ließ mir den Weg zur Cheapside erklären, und wenig später wanderte ich auch schon die Crooked Lane in Richtung Thames Street hinauf. Vor dem Crossed Hands Inn blieb ich stehen und schaute gedankenverloren zu dem Fenster hinauf, das erst vor wenigen Stunden so unsanft geschlossen worden war. Ich war mir ganz sicher, daß ich eine Gestalt am Fenster gesehen hatte, und daß sie am Fenster stand, mußte jemanden so verärgert haben, daß er wütend das Fenster schloß. Ich versuchte, mich an die Stimme zu erinnern, die «Weg da!» gerufen hatte. Je länger ich darüber nachdachte, desto überzeugter war ich, daß es die Stimme eines Mannes gewesen war.

Offenbar stand ich länger vor dem Haus, als es mir selbst bewußt geworden war, denn plötzlich hörte ich, wie mir jemand ärgerlich zurief: «Geh weiter, Hausierer! Ich will nicht, daß einer von deinem Schlag vor meinem Haus herumlungert.»

Erschrocken drehte ich mich um und sah einen Mann vor mir stehen, der ebenso groß wie ich, aber ein gutes Stück breiter war. Sein Körperumfang war wirklich bemerkenswert. Er hatte einen dicken, buschigen Bart, der einen großen Teil seines Gesichts verdeckte und von der gleichen dunkelbraunen Farbe war wie sein lockiges Haar. Seine Augen waren ebenfalls braun, und was von seiner Gesichtshaut zu sehen war, wirkte so dunkel und wettergegerbt, daß er mich an eine Walnuß erinnerte. Der Mann war das, was man eine stattliche Erscheinung nannte. Wäre er nicht so gut gekleidet gewesen – er trug ein feines Leinenhemd, einen weichen Wollmantel und Schuhe aus gutem Leder –, hätte ich ihn für einen ungehobelten Soldaten gehalten. Sein Benehmen und die Art, wie er seine Befehle herausschrie, hatten etwas Militärisches. Doch die Tatsache, daß er in der ersten Person sprach, und die Bestimmtheit, mit der er mich vertreiben wollte, sprachen dafür, daß es sich bei diesem Mann um Martin Trollope handelte.

«Es tut mir leid», sagte ich, bezwang meinen Groll und versuchte, mich so bescheiden wie möglich zu geben. «Aber ich bin zum ersten Mal in London und komme aus dem Staunen gar nicht heraus. Als Ihr mich anspracht, bewunderte ich gerade Eure Fenster.»

«Was soll der Blödsinn?» erwiderte er barsch. «Hast du in deinem Leben noch keine Fenster gesehen? Also, hau jetzt ab hier! Ich sagte dir schon, ich möchte nicht, daß Leute wie du hier herumlungern.»

Der Mann war eindeutig gereizt, und ich hatte nicht übel Lust, ihn ruhig noch ein wenig mehr zu reizen.

«Seid Ihr der Wirt Martin Trollope?»

Er blickte mich finster an, doch ich bemerkte, wie seine rechte Hand unruhig mit der Schnalle seines roten Ledergürtels spielte.

« Und wenn es so wäre, was ginge dich das an?»

«Nichts, nichts», antwortete ich beschwichtigend. «Ich habe nur von Euch gehört. Ich war im letzten Monat in Canterbury und hatte das Glück, einige meiner Waren an Lady Mallory zu verkaufen.» Das entsprach zwar nicht ganz der Wahrheit, aber ich log für einen guten Zweck. «Anschließend hat mir dann die Dienerin der Lady erzählt, Sir Richard sei in Eurem Wirtshaus auf rätselhafte Weise verschwunden. Und sein Diener, Jacob Pender, ebenfalls.»

Die Wirkung meiner Worte war ganz anders, als ich es erwartet hatte. «Ach, der!» grunzte Martin Trollope mürrisch. «Er ist abgehauen, ohne seine Rechnung zu begleichen.» Ich verkniff mir, darauf hinzuweisen, daß dies nicht Lady Mallorys Lesart der Geschichte entsprach, und er fuhr fort: «Und sein Schwiegervater, Sir Gregory Bullivant – möge Gott ihm die Pest an den Hals schicken –, hat sich schlichtweg geweigert, die Rechnung zu übernehmen. Er meinte, ich hätte keinen stichhaltigen Beweis dafür, daß sich Sir Richard ohne zu bezahlen aus dem Staub gemacht hätte.»

«Aber Sir Richard hatte doch sicherlich vorgehabt, ins Wirtshaus zurückzukehren», sagte ich. «Schließlich hat er seine Pferde hiergelassen.»

«Ja, und Sir Gregory hat sie mitgenommen», erwiderte er zornig. «Die Pocken sollen ihn holen!»

«Er ist tot», warf ich ein.

Martin Trollope sah mich mit zusammengekniffenen Augen an. «Du scheinst eine Menge zu wissen.»

«Lady Mallorys Dienerin war sehr redselig.»

«Redselig?» spottete er. «Ein verdammt vornehmes Wort für einen dahergelaufenen Hausierer.»

Zeit zu gehen, dachte ich. Ich wollte kein Mißtrauen erregen, ehe ich nicht mehr Hinweise gesammelt hatte. Und ich mußte mir eingestehen, daß ich seine Haltung recht enttäuschend fand. Er hatte kein schlechtes Gewissen gezeigt, als ich Sir Richard Mallorys Namen ausgesprochen hatte. Auf der anderen Seite konnte ich mich des Eindrucks nicht erwehren, daß dieser Mann irgend etwas zu verbergen hatte. Ich konnte nicht genau sagen, was mich zu dieser Annahme verleitete, aber seine allgemeine Ausstrahlung und seine Abneigung gegen Fremde, die sich seinem Wirtshaus näherten, schienen dafür zu sprechen. Hausierer, die sich vor Haustüren herumdrückten, waren in London schließlich keine Seltenheit. Nein, nicht mein Beruf hatte seine Aufmerksamkeit erregt, sondern die Tatsache, daß ich zu einem ganz bestimmten Fenster hinaufgespäht hatte. Deshalb war er sofort auf die Straße geeilt, um mich zu vertreiben.

«Also, ich gehe dann», sagte ich und machte ein paar Schritte auf die Straßenecke zu. Doch ehe ich in die Thames Street einbog, drehte ich mich noch einmal um und schaute zu dem Fenster rechts oberhalb des Torbogens hinauf.

Diesmal war die Wirkung eindeutig. «Mach, daß du da wegkommst!» schrie er wütend, und in dem Moment wußte ich, daß die Stimme, die am Morgen «Weg da!» gerufen hatte, Martin Trollopes Stimme gewesen war.

«Gott sei mit Euch», sagte ich und bog zufrieden in die Thames Street ein.

Während ich mir meinen Weg durch die geschäftige Hauptstraße bahnte, ging mir irgend etwas im Kopf herum – irgendeine Kleinigkeit, die mich nicht losließ und mir ein unbehagliches Gefühl bereitete. Doch je mehr ich versuchte, sie beim Schopfe zu packen, desto beharrlicher entglitt sie mir, so daß ich nach einer Weile gar nicht mehr klar denken konnte. Als ich von drei Fußgängern beschimpft worden war, weil ich sie aus Unachtsamkeit angerempelt hatte, wußte ich, daß ich fürs erste aufgeben und darauf vertrauen müßte, daß sich das Rätsel bald von selbst lösen würde. Außerdem mußte ich mich um meine Arbeit kümmern. Entschlossen machte ich mich auf den Weg.

Die Cheapside, manchmal auch West Cheap oder einfach Cheap genannt, gehört zu den berühmtesten Straßen im ganzen Land. Ich glaube nicht, daß es in England einen Menschen gibt, der noch nicht von ihr gehört hat. Zwar ist auch sie nicht mehr das, was sie zur Zeit meiner Jugend war, aber wie ich schon anfangs erwähnte, trifft dies auf vieles zu; meine Kinder und Enkelkinder werden, wenn sie in meinem Alter sind, vielleicht dasselbe sagen. Als ich die Cheapside im Oktober des Jahres 1471 zum ersten Mal sah, hielt ich sie jedenfalls für die erstaunlichste Sache der Welt.

Die Bezeichnung «Cheap» kommt von dem alten Wort «cyppan», das «handeln» oder «feilschen» heißt. Billig im Sinne des heutigen Wortes «cheap» war hier so gut wie nichts.

Auf beiden Seiten der Straße drängten sich Läden voller Seidenstoffe, Teppiche und Wandbehänge. Andere boten goldene und silberne Becher und Teller oder die herrlichsten Bänder und Schmuckstücke feil. Meine Augen waren geblendet von all dem Glanz, und ich kam mir vor wie ein Kind im Märchenland, auch wenn es eine Gotteslästerung ist, an Märchenwesen zu glauben. Doch wie sollte jemand, der im Innersten seines Herzens damit rechnete, Robin Goodfellow und Hodekin im Wald zu treffen, nicht an die Welt der Märchen glauben? Ein eigens angelegter Kanal führte frisches Quellwasser, das nach den Kräutern und Gräsern der Dorfwiesen roch, aus Paddington heran. Es gab zahllose Krämerläden und Apotheken. Ich sah, wie die graue Seife aus Bristol zu einem Penny das Pfund verkauft wurde, weniger als die Hälfte dessen, was die harte, weiße Seife aus Kastilien kostete. Schwarze, flüssige Seife dagegen wurde für nur einen halben Penny verkauft.

Dort, wo Lord Saye vor einundzwanzig Jahren von Jack Cade und seinen Rebellen ermordet wurde, hatte man einen Gedenkstein errichtet. Etwas weiter stand die Kirche St. Mary-le-Bow mit ihren berühmten Glocken; ihren Namen verdankte sie der Tatsache, daß sie auf steinernen Bögen erbaut worden war. Das große Kreuz, das König Eduard I. hatte errichten lassen, wurde derzeit wieder aufgebaut; die Bürger der Hauptstadt hatten in ihrer Großzügigkeit über tausend Pfund dafür zur Verfügung gestellt. An der Nordseite lag das Zunfthaus der Seidenhändler, umstanden von wunderbar bemalten und verzierten Häusern der reichen Kaufleute der Stadt. Außerdem... Ach, ich könnte Euch endlos von den Wundern Londons erzählen und würde Euch damit doch nur langweilen. Es genügt vielleicht, wenn ich abschließend erwähne, daß ich seitdem viele Menschen, darunter auch viele Fremde, getroffen habe, die nur mit allergrößter Ehrfurcht von der Cheapside sprachen.

Ich dachte schon, bei dem großen Angebot hätte ich keine Möglichkeit, hier irgend etwas zu verkaufen, und wollte weiterziehen, als der erste Kunde vor mir stand. Danach ging es ununterbrochen weiter. Noch nie zuvor hatte ich in zwei lächerlichen Stunden so viel Ware verkauft wie an diesem Nachmittag. Später wurde mir klar, daß die Leute zur Cheapside kamen, um Geld auszugeben, also in Spendierlaune waren, sobald sie in die breite Straße einbogen. Es kümmerte sie nicht, bei wem sie kauften, solange sie sich das Angebotene leisten konnten, und das, was ich verkaufte, war zweifellos günstiger als alles, was in den Geschäften feilgeboten wurde. Deshalb kamen die ärmeren Leute in Scharen zu mir.

Ich will nicht abstreiten, daß mein Verkaufserfolg möglicherweise auch mit meiner äußeren Erscheinung zu tun hatte. Viele meiner Kunden waren Frauen; falls das prahlerisch klingt, tut es mir aufrichtig leid, aber es ist nun mal die Wahrheit. Ich bin immer der Überzeugung gewesen, daß wir die Gaben, die uns der liebe Gott in die Wiege gelegt hat, auch nutzen sollen, und mein gutes Aussehen ins Spiel zu bringen, wenn es darum ging, andere Verkäufer auszustechen, hat mir nie ein schlechtes Gewissen bereitet. Ich schäkerte mit den jüngeren und schmeichelte den älteren Frauen – ein weiterer Beweis dafür, daß ich für ein Leben der klösterlichen Selbstkasteiung einfach nicht geschaffen war.

Als die Kirchenglocken zur Vesper läuteten, schnürte ich die restliche Ware in mein Bündel und machte mich bereit, in die Crooked Lane zurückzugehen, wobei ich vor allem an das Abendessen dachte. Die Erinnerung an den köstlichen Duft in

Thomas Prynnes Küche ließ mir das Wasser im Munde zusammenlaufen. Angesicht der guten Geschäfte, die ich an diesem Nachmittag getätigt hatte, machte ich mich beschwingten Schrittes und frohen Herzens auf den Weg. Es war immer noch recht kalt, doch am Himmel sammelten sich dunkle Wolken. In der kommenden Nacht sollte es keinen Frost, dafür aber Regen geben.

Die vielen Straßen Londons verwirrten mich noch immer. Ich wollte eine Abkürzung nehmen, doch ehe ich mich's versah, hatte ich mich auch schon verlaufen. Ich fand mich vor einem riesigen, bedrohlichen Steingebäude wieder, das auf meine unerfahrenen Augen wie eine große Festung wirkte. Drei wuchtige, gewölbte Tore führten zur Straße hinaus, doch zwei der Tore waren geschlossen. Vor dem dritten wurden Karren mit Waren entladen, und mir wurde klar, daß dies der Stalhof sein mußte, das große Kontor der Hansekaufleute, Nachfahren deutscher Händler, die die früheren Könige am Dowgate Hill angesiedelt hatten.

Marjorie Dyer hatte mir an meinem Abend in Bristol viel über sie erzählt: daß sie praktisch im Zölibat lebten und innerhalb der Mauern des Stalhofs keine Frauen geduldet wurden; daß sie von zwei eigenen Ratsherren im Rat der Stadt vertreten wurden; daß sie nicht mit den anderen Londonern verkehrten; und daß sie für den Ostseehandel das Monopol besaßen. Im Falle eines Angriffs auf die Hauptstadt waren sie für die Verteidigung Bishopsgates verantwortlich und hielten daher, so sagte man jedenfalls, in jedem Raum des Stalhofs eine Rüstung bereit.

Während ich noch immer wie ein wahrer Bauerntölpel dieses eindrucksvolle Gebäude anstarrte – oder Maulaffen feilhielt, wie meine Mutter es beschrieben hätte –, fiel mir einer der Fuhrmänner auf, der gerade große Tuchballen von seinem Karren entlud. Irgendwie kam mir der Mann bekannt vor, doch ich wußte nicht sofort, wo ich ihn schon einmal gesehen hatte. Als wäre er sich meines prüfenden Blickes bewußt, drehte er den Kopf in meine Richtung, und ich erkannte in ihm den Fuhrmann, der für Ratsherrn Weaver Tuche nach London brachte. Ich ging hinüber und wartete geduldig bei seinem Pferd, bis er Zeit für mich hatte.

Es dauerte eine ganze Weile, denn als die Tuchballen entladen waren, verschwand er mit den Kaufleuten im Innern des Gebäudes. Als er endlich wieder erschien, war er offenbar froh, bei mir seine Wut abladen zu können.

«Jeden einzelnen verdammten Ballen gewogen und geprüft!» knurrte er. «Diese Kerle von der Hanse trauen niemandem über den Weg.»

«Aber sie bezahlen gut», sagte ich, denn ich konnte mich noch lebhaft an mein Gespräch mit Marjorie Dyer am Marsh Street Quay in Bristol erinnern.

Der Fuhrmann rümpfte die Nase. «Und was habe ich davon? Ich sehe von dem Geld erst einmal gar nichts. Sie bezahlen meinen Auftraggeber oder dessen Verwalter, sobald er nach London kommt. Meinen Lohn bekomme ich als letzter von allen.»

«Aber Ratsherr Weaver läßt dich doch sicher nicht über Gebühr warten.»

Der Mann sah mich überrascht an. «Was weißt du denn von Ratsherrn Weaver?» fragte er, plötzlich neugierig geworden. «Ja, ich glaube, ich habe dich schon mal irgendwo gesehen. Kommst du aus Bristol?»

«Ich bin in Bristol gewesen», sagte ich, «aber geboren bin ich in Wells.» Er nickte bedeutungsvoll, als hätte er es längst an meinem Tonfall erkannt. «Du hast recht, wir haben uns im letzten Frühjahr in Bristol gesehen, wenn auch nur kurz. Ich bin mit Marjorie Dyer zum Marsh Street Quay gekommen, und sie hat dir vor deiner Abreise noch ein paar letzte Anweisungen des Ratsherrn überbracht.»

«Ja, ja», sagte er, doch es war offensichtlich, daß er sich zwar an mein Gesicht, nicht aber an unsere Begegnung erinnern konnte.

«Sie hat dir auch einen Brief für ihre Base mitgegeben», erinnerte ich ihn, doch der Fuhrmann zuckte bloß mit den Schultern.

«Das macht sie oft. Genau wie viele andere Leute. Du wärst erstaunt, wenn du wüßtest, was die Menschen mir alles anvertrauen. Ein guter Nebenverdienst, um ehrlich zu sein.»

Ich nickte und fragte: «Weiß man denn in Bristol irgend etwas Neues über das Schicksal von Clement Weaver?»

Er starrte mich an, als wäre ich nicht recht bei Verstand. «Ach wo! Und es wird auch nichts Neues geben! Clement Weaver ist mausetot, nur der Ratsherr, der arme Kerl, will das nicht glauben.» Mit einem verschmitzten Grinsen schaute er mich an: «Hat dir wohl alles darüber erzählt, diese Marjorie Dyer? Tja, sie möchte gern, daß sich der Wirbel legt, damit sie den Ratsherrn endlich wieder ganz für sich hat.» Er zwinkerte mir verschwörerisch zu. «Sie macht sich große Hoffnungen, diese Marjorie, will die zweite Frau des reichen Witwers Weaver werden. War schon immer ein ehrgeiziges Mädchen. Hat sich nie damit zufrieden gegeben, nur die arme Verwandte zu spielen und den Rest der Familie zu bedienen. Und jetzt, wo die Tochter verheiratet und nach Burnett gezogen ist, hätte Marjorie freie Bahn – wenn der Ratsherr bloß an etwas anderes denken könnte als an seinen geliebten Sohn.»

Diese Enthüllung überraschte mich nicht, bestätigte sie doch nur, was ich durch meine nächtlichen Beobachtungen selbst über den Ratsherrn und seine Haushälterin wußte. Und daß Alison inzwischen den geckenhaften William Burnett geheiratet hatte und mit ihm in sein Heimatdorf gezogen war, kam ebenfalls nicht überraschend für mich, auch wenn ich es insgeheim bedauerlich fand. Das aufgeweckte Mädchen hatte einen besseren Mann verdient.

Der Fuhrmann stieg auf seinen Bock und griff nach den Zügeln. Er hatte bis zum Einbruch der Dunkelheit noch einige Besorgungen zu machen. Ich trat einen Schritt zurück, um ihm den Weg frei zu machen, doch er zögerte und fragte: «Wo übernachtest du?»

«Im Baptist's Head in der Crooked Lane.»

Er war offenbar erstaunt darüber, daß ich in einem Wirtshaus übernachtete und nicht in einer der kirchlichen Herbergen kostenlos Unterschlupf gefunden hatte. Es schien ihn ärgerlich zu stimmen, und ich beeilte mich, ihm zu versichern, daß ich nicht reicher war als er. «Ich habe meine flüchtige Bekanntschaft mit Marjorie Dyer und dem Ratsherrn ins Spiel gebracht. Meister Prynne hat mir freundlicherweise einen Schlafplatz in seiner Küche angeboten.» Es erschien mir klüger, das freie Zimmer gar nicht erst zu erwähnen.

Der Fuhrmann nickte. Meine Antwort schien ihn zufriedenzustellen. Er ließ die Zügel locker herunterhängen und wühlte in der Ledertasche, die an seinem Gürtel hing.

«Ich erinnere mich deutlich an Thomas Prynne», sagte er. «War der Wirt vom Running Man, bevor er nach London kam. Wollte hier sein Glück versuchen, es so weit bringen wie Ratsherr Weaver. War wohl ein bißchen neidisch auf seinen Jugendfreund. Aber ich will niemandem einen Vorwurf machen, der es in der Welt zu etwas bringen will. Ich selbst bin zufrieden mit dem, was ich habe und was mir Gott gegeben hat. Meine Frau sagt, das sei bloß eine Ausrede für meine Faulheit, aber ich habe gelernt, ihr ewiges Genörgel zu überhören. Nach meiner Erfahrung ist das die einzige Möglichkeit, mit den Frauen zurechtzukommen. Du mußt einfach so tun, als wären sie gar nicht da.»

Ich lachte und erinnerte mich an meine Mutter. «Damit geben sie sich bloß meist nicht zufrieden, das ist der Haken daran.»

Der Fuhrmann schien gefunden zu haben, wonach er gesucht hatte, und förderte aus seiner Ledertasche ein zusammengefaltetes Papier zutage. «Hier», sagte er, und hielt es mir hin. «Was für ein Glück, daß du zur Crooked Lane gehst. Auf diese Weise kann ich mir einen großen Umweg sparen. Das ist ein Brief von Marjorie Dyer an ihre Base, Matilda Ford. Sie ist Köchin im Crossed Hands Inn. Ob du wohl so freundlich wärst, ihn für mich abzuliefern?»

Ich nahm ihm den Brief ab. Er dankte mir und ließ seine Peit-

sche knallen. «Gott sei mit dir», rief er zum Abschied und zok-
kelte mit seinem Fuhrwerk davon.

Ich sah ihm nach, bis das Geklapper der Hufe in der Ferne
verklungen war.

12

Mir drehte sich der Kopf. Marjorie Dyers Base war Köchin im Crossed Hands Inn! Wie benommen stand ich mitten auf der Straße und versuchte, mir auf diese Neuigkeit einen Vers zu machen.

Marjorie war ja auch entfernt mit Ratsherr Weaver verwandt, ob mütterlicher- oder väterlicherseits, wußte ich nicht. Diese Matilda Ford mußte aus einem anderen Zweig der Familie stammen, denn der Ratsherr hatte von Marjories Verbindung zum Crossed Hands Inn offenbar nichts gewußt, wäre sie ihm doch bei den Nachforschungen nach seinem Sohn sehr zustatten gekommen. Mehr noch: Marjorie hatte ihm nichts davon erzählt. Warum nicht? Das Ganze erlaubte nur einen einzigen Schluß, auch wenn ich mich noch so sehr dagegen sträubte: Marjorie Dyer steckte mit den Dieben unter einer Decke.

Nein! Die Vorstellung war viel zu abwegig! Aber war sie das wirklich? Wußte ich mehr über sie als das, was sie mir selbst erzählt hatte? Ich hatte gesehen, wie herablassend Alison sie behandelt hatte – damit hatte sie Marjories Zorn zwangsläufig entfachen müssen. Und falls sie tatsächlich im Sinn hatte, Ratsherrn Weaver zu heiraten, kam ihr Clements Verschwinden nur gelegen. Denn wenn Clement aus dem Weg geräumt und Alison durch die Heirat mit einem wohlhabenden Mann versorgt war, konnte der Ratsherr sein Vermögen getrost seiner zweiten Frau vermachen. Die ganze Geschichte ergab langsam Sinn.

Ein anderer Gedanke durchzuckte mich wie ein Blitz. Ich hatte selbst gesehen, daß Marjorie im Bett des Ratsherrn schlief. Was lag da näher, als daß er ihr von Zeit zu Zeit etwas anver-

traute? Ja, er hatte ihr vermutlich erzählt, daß Clement eine größere Geldsumme mit nach London nahm, so daß sie nichts weiter zu tun brauchte, als ihre Base in einem Brief, den der arglose
Fuhrmann für sie überbrachte, in die Pläne der Familie einzu-
weihen und hinterher zu behaupten, sie habe nichts davon gewußt.

Und dennoch... dennoch... Viele Einzelheiten paßten immer noch nicht ins Bild. Marjorie hätte die unglücklichen Umstände bei Clements Ankunft in London unmöglich vorherse-
hen können. Nach dem ursprünglichen Plan hätte sich Clement
in Paddington von seiner Schwester verabschieden und mit Ned
Stoner zum Baptist's Head weiterreiten sollen. Es war alles
ziemlich verwirrend, nur eines war klar, dachte ich und drehte
den Brief in meinen Händen: Ich hatte einen einleuchtenden
Grund, das Crossed Hands Inn zu betreten – einen Grund, den
selbst Martin Trollope nicht einfach so von der Hand weisen
konnte.

Ich spürte, wie mich jemand anstieß und ärgerlich schrie:
«Beweg dich, Bürschchen! Du stehst uns im Weg!»

Ich drehte mich um und sah in das rote Gesicht eines aufge-
brachten Kaufmanns. Erst jetzt bemerkte ich, daß einige Fuhr-
leute angehalten hatten und wild über mich schimpften. Offenbar hielt ich den gesamten Verkehr auf. Hastig murmelte ich ein
paar entschuldigende Worte und machte mich auf den Weg zur
Thames Street, wobei ich jedoch auf weitere Abkürzungen tun-
lichst verzichtete. Ich kannte mich in London einfach noch nicht
gut genug aus, um irgendwelche Wagnisse einzugehen. Endlich
kam ich an die Stelle, wo die Thames Street auf die Crooked
Lane stieß. Mein Blick wanderte unwillkürlich zum Fenster
rechts über dem Hoftor hinauf, doch es war fest verschlossen,
und hinter dem geölten Pergament war kein Lebenszeichen,
kein noch so schwacher Schatten zu sehen. Es herrschte tiefe
Stille.

Ich unterdrückte das Gefühl der Enttäuschung, das in mir auf-
kam, schulterte mein Bündel und ging durchs Hoftor des

Crossed Hands Inn – den Brief von Marjorie Dyer wie einen Talisman in der Hand.

Es war nicht schwierig, die Küche an der Nordseite des Innenhofs ausfindig zu machen. Die Fensterläden standen offen, und aus den Küchenfenstern drangen das laute Klappern von Töpfen und ein durchdringender Küchengeruch. Anders als bei dem feinen, klar zu bestimmenden Duft, der aus der Küche des Baptist's Head gekommen war, hatte ich es hier mit einer bunten Mischung von Gerüchen zu tun: geschmortes Fleisch, frisch gebackenes Brot, siedende Brühe, alter Fisch und eine Wolke von Knoblauch. Die Mischung war alles andere als geeignet, meinen Appetit anzuregen, und mit großer Genugtuung dachte ich an das wohlduftende Mahl, das wenige Häuser entfernt auf mich wartete.

Im Innenhof waren mehrere Diener damit beschäftigt, die Pferde für die Nacht unterzustellen, Wasser zu holen oder das Essen über die Außentreppe zu einem der Zimmer im ersten Stock hinaufzutragen. Martin Trollope war, Gott sei Dank, nirgendwo zu sehen. Ich ging zur Küchentür und trat ein.

Eine ganze Weile lang nahm niemand von mir Notiz. Ja, ich dachte schon, man hätte meine Gegenwart gar nicht bemerkt, als der Küchenjunge, ein blaßgesichtiger, ununterbrochen schniefender Bursche, von den Kiefernzapfen aufsah, die er in einem Mörser zerstieß, und mich mit näselnder Stimme fragte: «Was machst du denn hier? Was willst du überhaupt? Der Wirt duldet keine Hausierer im Haus.»

Jetzt wurden auch die anderen auf mich aufmerksam, und eine dicke Frau, deren Arme bis zu den Ellenbogen mit Mehl bestäubt waren, rief: «Hinaus mit dir! Der Junge hat recht. In diesem Haus wird nicht gefeilscht. Meister Trollope sieht es nicht gern.»

«Ich will nichts verkaufen», antwortete ich gekränkt und wedelte mit dem Brief. «Der ist für die Köchin Matilda Ford, von ihrer Base aus Bristol.»

Einen Augenblick lang herrschte völlige Stille. Alle Köpfe drehten sich zur hinteren Ecke der Küche um, wo eine Frau und zwei Mädchen dabei waren, Gemüse zu putzen und Kaninchen zu häuten. Die Frau musterte mich mißtrauisch, dann wischte sie sich die Hände an ihrer Schürze ab und kam auf mich zu.

«Wer bist du?» fragte sie. «Und warum bringst *du* mir meinen Brief? Marjorie läßt mir ihre Briefe doch sonst immer von dem Fuhrmann bringen.»

Für eine Frau war sie ungewöhnlich groß, hatte aber einen zierlichen Knochenbau. Unter ihrer Haube schauten ein paar rotbraune Locken hervor. Sie glich überhaupt nicht dem Bild, das ich mir von Marjories Base gemacht hatte. Und dennoch erinnerte sie mich an jemanden. War es Alison Weaver, die jetzige Lady Burnett? Vielleicht lag ich ja falsch mit meiner Annahme, daß Matilda Ford zu einem anderen Zweig der Verwandtschaft gehörte.

Ich erklärte, daß ich den Fuhrmann beim Stalhof getroffen hatte, erntete jedoch nur finstere Blicke. Verärgert riß sie mir den Brief aus der Hand.

«Dieser törichte Fuhrmann hatte kein Recht, meinen Brief einem Fremden anzuvertrauen», fauchte sie und fügte dann etwas ruhiger hinzu: «Also gut, du hast mir den Brief gegeben, jetzt kannst du wieder deiner Wege gehen.»

Ehe ich noch gegen diese grobe Behandlung Einspruch erheben konnte, hatte sie sich auch schon zu den beiden Mädchen in der Ecke der Küche umgedreht. «Was habt ihr blöden Gänse bloß wieder zu kichern?» schimpfte sie. «Macht euch lieber an eure Arbeit! Ihr wißt doch, daß wir alle Hände voll zu tun haben, seitdem Nell entlassen ist. Habt ihr mich verstanden?»

Die Mädchen schauten beleidigt drein, und das eine, offensichtlich mutigere von den beiden, sagte trotzig: «Wenn wir wirklich so viel zu tun haben, warum kommt dann das neue Mädchen nicht herunter und nimmt Nells Stelle ein? Sie tut, als wäre sie krank, und bleibt die ganze Zeit über oben! Dabei ist sie nicht kränker, als ich es bin. Und Meister Trollope läßt das alles auch noch durchgehen. Das ist wirklich ungerecht!»

«Kümmere dich um deine eigenen Angelegenheiten», wies Matilda Ford das Mädchen zurecht. «Sonst wirst du auch noch entlassen. Wenn Meister Trollope sagt, das neue Mädchen soll in Ruhe gelassen werden, bis sie sich wieder erholt hat, dann geht dich das gar nichts an.» Plötzlich erinnerte sie sich wieder an mich. «Bist du immer noch da?» fuhr sie mich an. «Worauf wartest du noch? Du hast mir den Brief gegeben, damit ist zwischen uns alles geregelt.» Sie ging zurück zum Tisch und machte sich an den Kaninchen zu schaffen. Die Mädchen schabten verdrossen das Gemüse.

Da mich alle anderen geflissentlich übersahen, hatte ich leider keinen Grund, meinen Aufenthalt in der Küche noch länger auszudehnen. Doch das Küchenmädchen, das vom Dienst befreit war, obwohl es in der Küche wahrhaftig keinen Arbeitsmangel gab, hatte mich neugierig gemacht. Soviel Fürsorge für eine Küchenmagd schien zu dem Mann, der mich am Morgen so unsanft fortgescheucht hatte, nicht zu passen. Irgend etwas war faul hier – und das galt nicht nur für den alten Fisch, den ich schon vom Hof aus gerochen hatte. Nachdenklich verließ ich die Küche und sah mich im Innenhof um. An der Außenseite der Küchenwand lag ein Stapel Holz. Ich löste die Riemen meines Bündels und ließ es auf den Boden gleiten. Der Holzstapel verbarg es zumindest notdürftig vor neugierigen Blicken. Dann schlenderte ich unbemerkt über den betriebsamen Innenhof und stieg die Treppe zum Balkon im oberen Stockwerk hinauf. Die drei vorderen Türen führten offenbar in die Gästezimmer des Wirtshauses, doch am Ende des Balkons, direkt mir gegenüber, befand sich noch eine vierte Tür, die, wie ich hoffte, zu den Wohnräumen führte. Ich warf einen verstohlenen Blick in den Hof, stellte zu meiner Befriedigung fest, daß ich noch immer unbemerkt geblieben war, und trat kurz darauf in einen schmalen Korridor. Im Grunde handelte es sich um eine ummauerte Fortsetzung des Balkons. Zu meiner Linken sah ich eine Tür, zu

meiner Rechten ein Fenster, das mit dickem, geöltem Pergament verdeckt war. Verstohlen schob ich das Pergament zur
Seite und spähte hinaus. Ich sah hinunter auf die Crooked Lane
und die Kreuzung zur Thames Street. Rechts unterhalb des Fen-
sters konnte ich den Eingang zum Hof erkennen. Dies war also
das Fenster, das am Morgen meine Aufmerksamkeit erregt
hatte, und ich überlegte fieberhaft, wer wohl am Fenster gestanden hatte. Meine Vermutung war – und ich war mir ziemlich
sicher, daß ich damit richtig lag –, daß es das fehlende Küchenmädchen gewesen war.

Küchenhilfen durften das obere Stockwerk herrschaftlicher
Häuser eigentlich gar nicht betreten, ihr Arbeitsplatz im Erdge-
schoß war immer auch ihr Schlafplatz. Daher war es um so verwunderlicher, daß einem Küchenmädchen nicht nur erlaubt
wurde, eine Krankheit vorzutäuschen, sondern diese Krankheit
auch noch in aller Abgeschiedenheit im oberen Stockwerk aus-
zukurieren. Warum sollte ausgerechnet der mürrische Martin
Trollope in diesem Fall eine Ausnahme machen? Und selbst
wenn das Mädchen seine Geliebte war, hatte er keinen Grund, es
hier oben zu verstecken. Es sah fast so aus, als sei die Anwesenheit des Mädchens ein Geheimnis. Aber Matilda Ford und die
beiden Küchenmädchen wußten, daß sie hier war. Sie dachten,
das Mädchen wäre zum Arbeiten ins Crossed Hands Inn gekommen, und ärgerten sich darüber, daß die Neue sich auf die faule
Haut legen durfte. Doch was hatte das geheimnisvolle Mädchen
mit dem rätselhaften Verschwinden von Clement Weaver und
Sir Richard Mallory zu tun? Diesen Zusammenhang galt es noch
zu ergründen.

Ich öffnete die Tür, die zu meiner Linken lag, doch zu meiner
großen Enttäuschung befand sich niemand in dem kleinen, spär-
lich eingerichteten Zimmer. Ein niedriges Bett war ordentlich
mit einem sauberen, nach Lavendel duftenden Leinentuch über-
zogen, neben dem unbeheizten Kamin standen ein Stuhl und
eine Truhe. Was jedoch sofort meinen Blick auf sich zog, war
die Stickarbeit, die auf dem Bett lag. Es sah aus, als sei sie erst

vor kurzem dort abgelegt worden. Vorsichtig nahm ich sie in die Hand und bewunderte die zierlichen Stiche.

Die zarten, fast durchscheinenden Farben reichten von gold bis blaßgrün, von hellblau bis weiß. Es war ein Musterbeispiel der Englischen Stickerei, auch Opus Anglicanum genannt, die jede Frau von vornehmem Stand erlernen mußte und die im restlichen Europa so begehrt war. Selbst in den Schatzkammern des Vatikans hatte sie wegen ihrer herrlichen Muster und unübertroffenen Farben einen Ehrenplatz inne. Dies alles erfuhr ich allerdings erst sehr viel später. Damals wußte ich nur, daß ich die Arbeit einer vornehmen Dame in den Händen hielt. Die rauhen, aufgesprungenen Hände einer Frau von niederem Stand, wie zum Beispiel die meiner Mutter, hätten diese winzigen, zierlichen Stiche niemals zuwege gebracht.

Während ich noch dastand und meinen kostbaren Fund betrachtete, hörte ich jemanden ins Zimmer treten. Im nächsten Augenblick legte sich auch schon eine schwere Hand auf meine Schulter.

«Du schon wieder!» Es war Martin Trollope, das Gesicht rot vor Zorn. «Was in drei Teufels Namen hast du in meinem Wirtshaus herumzuschnüffeln und deine Nase in Sachen zu stecken, die dich nicht das Geringste angehen?» Er versetzte mir einen Kinnhaken, und obgleich ich groß und kräftig war, verlor ich fast das Gleichgewicht. «Ich hätte nicht übel Lust, die Wache zu rufen!»

Ich weiß nicht, warum ich mich auf dieses Wagnis eingelassen hatte. Mein Kopf schmerzte noch von dem Hieb, den er mir versetzt hatte, und meine Ohren dröhnten, als wäre ein kreischender Vogelschwarm darin eingesperrt. Doch irgendwie schaffte ich es, mich zu beherrschen, und mit aller Würde, die ich unter diesen Umständen aufbringen konnte, entgegnete ich: «Nur zu! Von mir aus könnt Ihr ruhig die Wache rufen!»

Trollopes Augen verengten sich, und es sah fast so aus, als wollte er zu einem zweiten Schlag ausholen. Doch alles, was er in seiner Wut hervorbrachte, war: «Raus hier! Und zwar auf der

Stelle, ehe ich es mir anders überlege. Du kannst von Glück reden, daß ich dich laufen lasse!»

«Ihr holt also nicht die Wache?» fragte ich frech.

«Ich sagte: Raus!» Seine Lippen zitterten vor Zorn. Seine
rechte Hand war zu einer kräftigen Faust geballt.

Ich bin kein Feigling. Bei meiner Körpergröße hatte ich bis
dahin auch selten Anlaß gehabt, vor den anderen davonzulau-
fen. Doch Martin Trollope war groß und stark, und es schien
nicht lohnend, auf seinem eigenen Grund und Boden mit ihm
eine Rauferei anzufangen. Er hätte bloß um Hilfe rufen müssen,
und sofort wäre ein halbes Dutzend seiner Diener herbeigeeilt,
hätte mich überwältigt und schmählich auf die Straße geworfen,
und ein blaues Auge und blutende Lippen hätte ich mir oben-
drein eingefangen. Nein, es war bei weitem klüger, den geord-
neten Rückzug anzutreten, solange es noch möglich war.

Ich legte die Stickerei aufs Bett zurück. Martin Trollope hatte
sie bis dahin offenbar noch nicht bemerkt. Ihm traten fast die
Augen aus dem Kopf, und sein Gesicht wurde purpurrot. Ich
war mir sicher: Dies war nicht die Arbeit irgendeiner Frau, die
zufällig in seinem Wirtshaus zu Gast war, denn die hätte ihn
völlig gleichgültig gelassen. Dies war das Werk der geheimnisvollen Küchenmagd, die in Wirklichkeit eine vornehme Dame
war.

Um zu erkennen zu geben, daß ich ihn durchschaut hatte, sah
ich ihn lächelnd an. Er schnaubte vor Wut und streckte sein Gesicht so weit vor, daß sich unsere Nasen fast berührten.

«Wenn du irgend jemandem auch nur ein Sterbenswörtchen
davon erzählst, was du hier gesehen hast, wirst du bereuen, daß
dich deine Mutter jemals geboren hat, das schwöre ich dir! Und
glaube nicht, daß du meiner Rache entgehen kannst, auf mein
Wort ist Verlaß!»

Ich war nicht so dumm, sein Wort anzuzweifeln. Ein Mann
wie Martin Trollope hatte mit Sicherheit die besten Verbindungen sowohl zum Adel als auch zu den Räuberbanden der Stadt,
und er hätte seine Drohungen jederzeit wahrmachen können.

Mit dieser Drohung hatte ich mich in Zukunft zu beschäftigen; einstweilen war ich erst einmal froh, mit heiler Haut davonzukommen, und schlich mich vorsichtig an ihm vorbei zur Tür. Wenig später stand ich wieder im Innenhof und schulterte mein Bündel, während Martin Trollope vom Balkon aus unheilvoll auf mich herunterstarrte. Wie gern wäre ich noch einmal in die Küche gegangen und hätte versucht, Matilda Ford in ein Gespräch zu verwickeln. Doch mir blieb nichts anderes übrig, als mich mit dem, was ich erfahren hatte, zufriedenzugeben und dem Wirt trotzig zuzuwinken, ehe ich durch den Torbogen auf die Crooked Lane trat und meine Schritte in Richtung Baptist's Head lenkte.

Die Stunde der Vesper war längst vorüber. Die strahlende Helligkeit des klaren, kalten Morgens war im Laufe des Tages immer mehr einem eintönigen Grau gewichen. Dünne Schleierwolken verdeckten die Sonne. Die Häuser erschienen so flach und leblos, als wären sie aus Papier ausgeschnitten, und ihre Umrisse zeichneten sich nur schwach gegen den langsam dunkler werdenden Himmel ab. Das geschäftige Treiben in der Thames Street kam mir vor wie die Brandung eines fernen Ozeans, von den überhängenden Stockwerken und Giebeln der Häuser in der engen Gasse angenehm gedämpft.

Während ich die kurze Strecke zwischen dem Crossed Hands Inn und dem Baptist's Head zurücklegte, fragte ich mich, ob ich das, was ich über Marjorie Dyer herausgefunden hatte, Thomas Prynne erzählen oder lieber für mich behalten sollte. Was wußte ich schon über sie? Im Grunde genommen reichte es nicht aus, um folgenschwere Anschuldigungen zu erheben. Einerseits hätte ich gern Thomas Prynnes Meinung zu ihren verdächtigen Machenschaften gehört. Andererseits mußte ich damit rechnen, daß er sie um ihrer Freundschaft willen um jeden Preis verteidigen würde. Ich war im Zwiespalt und wußte noch immer nicht, wie ich ihn lösen sollte, als ich beim Wirtshaus ankam. Ich beschloß, erst einmal abzuwarten.

Aus der Küche duftete es noch köstlicher als am Morgen, und es schien, als sei noch ein ganz besonderes Kraut oder Gewürz hinzugekommen. Ich fragte Thomas danach, als ich ihm im Flur begegnete.

«Sauerampfer», sagte er lachend. «Ich gebe immer etwas Sauerampfer in meine Eintöpfe und Suppen. Und, wie ist es dir ergangen? Hast du genug Geld verdient?»

Ich grinste und klimperte mit den Münzen in meiner Tasche. «Genug, um das beste Abendessen zu bezahlen, das Ihr zu bieten habt. Und das Geld für mein Frühstück und die Unterkunft kann ich Euch auch gleich geben. Ich hoffe, morgen sogar noch mehr zu verdienen.»

Er hob abwehrend die Hand. «Aber ich habe es dir doch schon gesagt, Freunde von Marjorie Dyer übernachten bei uns umsonst.» Er zeigte auf die Tür am hinteren Ende des Flurs. «Der Brunnen ist im Hof, bei den Ställen.»

Ich dankte ihm, stellte mein Bündel und meinen Stock im Schankraum ab und ging nach draußen. Am Brunnen zog ich einen Eimer mit eiskaltem Wasser herauf, wusch mir Hände und Gesicht und ließ meine Haut in der kalten Nachtluft trocknen. Der Rotschimmel scharrte unruhig in seinem Verschlag und trat mit den Hinterhufen gegen die dünne Tür. Vielleicht gehört er Gilbert Parsons, dachte ich, dem glücklosen Kläger, von dem mir Thomas und Abel erzählt hatten.

Als ich in den Schankraum zurückkehrte, sah ich Gilbert Parsons an einem der Tische sitzen. Der erschreckend dünne Mann mit einem hageren, verhärmten Gesicht löffelte sein Abendessen, das neben dem Eintopf aus Brot und Käse, einem Teller mit Glockenblumenwurzeln – gekocht und in einer dicken weißen Soße serviert –, einem Teller mit gekochter Gartenmelde und einer Obstspeise mit gezuckerten Mandeln bestand. Allein der Anblick ließ mir das Wasser im Munde zusammenlaufen, und voller Vorfreude ging ich in die Küche.

Dort war bereits ein ebenso üppiges Mahl aufgetischt. Wir spülten es mit einem köstlichen Bordeauxwein hinunter, wie ich ihn noch nie zuvor gekostet hatte und auch seitdem nicht wieder getrunken habe. Thomas Prynne hatte nicht übertrieben, als er sagte, Abel und er würden für ihren Keller nur die besten Weine erstehen. Selbst mein unerfahrener Gaumen schmeckte den himmelweiten Unterschied zu dem einfachen Rotwein, den ich als Novize in Glastonbury gelegentlich bekommen hatte. Ich fürchte fast, bei diesem Abendessen habe ich mich wie ein Schwein benommen, denn ich stopfte alles gierig in mich hinein, bis ich nichts mehr essen oder trinken konnte.

«Wir haben Glück, daß er für sein Essen bezahlen kann», sagte Abel zu Thomas. «Andernfalls wären wir bald ziemlich schlecht bei Kasse.»

Thomas nickte mir lachend zu. «Du bist ein guter Esser. Aber du hast ja auch den Körperbau dafür. Es ist ganz natürlich, daß du so herzhaft zulangst.»

Ich lächelte ihm zu – oder versuchte zumindest, ihm zuzulächeln, doch meine Lippen versagten mir den Dienst. Die Wärme in der Küche, die umfangreiche Mahlzeit, vor allem aber der ungewohnte Wein machten mich schrecklich müde. Ich gähnte laut und streckte die Arme, bis meine Knochen knackten. Ich wäre gern sofort ins Bett gegangen, aber es war noch nicht einmal ganz dunkel draußen, und die Abendglocken hatten noch nicht geläutet.

«Komm, setz dich ans Feuer», schlug mir Thomas Prynne vor und zeigte auf einen Sessel, auf dem er sich vermutlich selbst nach getaner Arbeit auszuruhen pflegte. Der Sessel hatte hohe Armlehnen und sah sehr gemütlich aus. «Da kannst du in aller Ruhe ein kleines Nickerchen machen, während wir für die Ankunft von Meister Farmer aus Northampton noch ein paar Vorkehrungen treffen. Wenn er nicht außerhalb der Stadttore übernachten will, muß er bald kommen, denn in einer Stunde werden die Tore geschlossen. Abel, sei doch so nett und schau draußen mal nach, ob er schon da ist.»

Wie durch einen Nebel sah ich, daß Abel die Küche verließ, während ich noch ein Stückchen tiefer in den Sessel sank und meine schweren Glieder von mir streckte. Die Augenlider fielen mir zu. In einer halben Stunde würde ich hinaus in den Hof gehen, um frische Luft zu schöpfen, nahm ich mir vor, bis dahin würde ich mich der Wirkung des guten Essens, des Weins und der Wärme des Feuers hingeben... Und schon döste ich ein.

13

Von den eigenen Schnarchgeräuschen unsanft geweckt, schreckte ich aus dem Schlaf. Einen Augenblick lang war ich völlig verwirrt, konnte mich nicht mehr erinnern, wo ich mich befand und was am Abend geschehen war. Nur allmählich kamen die Erinnerungen zurück, und ich begriff, daß ich nicht mehr im Sessel vor dem Küchenfeuer saß, sondern ausgestreckt auf einem Bett lag, zu dem Thomas und Abel mich offenbar getragen hatten. Wahrscheinlich hatte ich viele Stunden lang tief geschlafen, und die beiden hatten es nicht geschafft, mich aufzuwecken. Vorsichtig setzte ich mich auf und sah mich im Zimmer um. Meine Augen gewöhnten sich nur langsam an die Dunkelheit.

Ich fühlte mich schrecklich. In meinem Kopf pochte und hämmerte es, als würde mir jeden Augenblick die Schädeldecke zerspringen. Meine Zunge war trocken wie Zunder, und der Geschmack in meinem Mund war abscheulich. Meine Glieder waren schlaff wie die Gliedmaßen einer mit Sägespänen ausgestopften Puppe. Ich schloß die Augen und fiel zurück aufs Bett.

Ich schluckte die Galle, die mir die Kehle hinaufkroch, und wartete, bis die Übelkeit nachließ. Zumindest eine Lehre zog ich aus jener Nacht: Mein Kopf war nicht für das Weintrinken geschaffen. Nach einer Weile, die mir wie eine Stunde vorkam, vermutlich aber nicht länger als eine Viertelstunde war, fühlte ich mich etwas besser – gut genug jedenfalls, um mich wieder aufzusetzen und umzuschauen. Bleiches Mondlicht drang durch die Ritzen der Fensterläden und verlieh ihnen einen zarten Perlmuttglanz. Mühsam stand ich auf und ging schwankend durchs

Zimmer, um das Fenster zu öffnen. Die dräuenden Wolken, die ich noch am frühen Abend gesehen hatte, waren vom Wind vertrieben worden. Jetzt zogen nur noch vereinzelte Wolken vorüber und gaben immer wieder den Blick auf die Sterne frei. Irgendwo klapperte ein loses Gatter im Wind. Ich spähte hinaus in die Dunkelheit, konnte aber nichts erkennen. Das Fenster zeigte zum Hof hinter dem Wirtshaus, in dem alles ruhig und friedlich war. Selbst Gilbert Parsons Pferd schien zu schlafen.

Ich schloß die Fensterläden und wandte mich wieder zum Zimmer um. Meine Augen hatten sich inzwischen soweit an die Dunkelheit gewöhnt, daß ich einiges erkennen konnte. Neben dem schmalen Bett, auf dem ich gelegen hatte, stand eine Eichentruhe, auf der sich eine Talgkerze und eine Zunderbüchse befanden. Sonst gab es keine Möbel im Raum. Wahrscheinlich war es die Kammer, die durchreisenden Fremden angeboten wurde, wenn die anderen beiden Zimmer belegt waren – oder die Unterkunft für Leute mit wenig Geld, die, genau wie ich, einfach froh waren, überhaupt ein Dach über dem Kopf zu haben, ohne große Ansprüche zu stellen. Die Binsen auf dem Boden rochen muffig. Sie waren seit Tagen nicht mehr erneuert worden.

Plötzlich spürte ich, daß meine Blase übervoll war – kein Wunder, wenn man bedenkt, wieviel Wein ich zum Abendessen getrunken hatte. Manch ein Gast hätte nicht gezögert, sich in der Zimmerecke zu erleichtern, doch ich habe schon immer etwas feinere Manieren gehabt – ein Zug, den ich von meiner Mutter geerbt habe und über den sich andere häufig lustig machten. Die anderen Novizen in Glastonbury hatten mich voller Schadenfreude ausgelacht, wenn ich selbst im tiefsten Winter zum Pinkeln nach draußen ging, und hatten auch nicht mit zotigen Bemerkungen über meine übertriebene Reinlichkeit gegeizt. Aber das hat mich nie geschert. Ich lachte nur über ihre Sticheleien, zumal ich wegen meiner Größe und meiner Körperkraft nicht mit gefährlicheren Angriffen zu rechnen hatte.

Ich zündete die Kerze an, öffnete vorsichtig die Tür und trat in den dunklen Korridor. Um die anderen Hausbewohner nicht zu wecken, schlich ich so leise wie möglich die Stufen hinunter und ging durch den Flur zur Hintertür. Als ich jedoch den großen Eisenriegel zur Seite schieben wollte, merkte ich, daß er bereits geöffnet war. Auch der untere, kleinere Riegel war nicht vorgeschoben, und der Schlüssel war nicht herumgedreht. Ich konnte mir nicht vorstellen, daß Thomas Prynne und Abel Sampson derart unvorsichtig waren. Ein plötzlicher Angstschauer überkam mich. Ich hatte das Gefühl, auf der anderen Seite der Tür könnte etwas Schreckliches auf mich lauern.

Ich sah, daß meine Hände zitterten, so daß die Kerzenflamme trunkene Schatten über die Wände tanzen ließ. Ich versuchte, mich zusammenzureißen. Jeder ist hin und wieder einmal nachlässig, redete ich mir ein; auch die Besten sind manchmal vergeßlich und handeln unbedacht. Entschlossen drückte ich die Klinke hinunter und trat in den mondbeschienenen Hof. In der Ferne hörte ich die Glocken läuten, und mir wurde klar, daß es nicht das Schnarchen gewesen war, das mich aus dem Schlaf gerissen hatte, sondern meine alte Angewohnheit, zwei Stunden nach Mitternacht aufzuwachen, weil wir um diese Zeit im Kloster stets die Laudes singen mußten. Selbst Thomas Prynnes stärkster Wein hatte diese Angewohnheit nicht außer Kraft setzen können.

Beim ersten Schritt auf den Hof blies der Wind sofort meine Kerze aus. Ich stellte den Kerzenhalter auf den Boden und lief auf Zehenspitzen über den Hof zum Abtritt, dessen Verschlag im Mondlicht einen tiefen Schatten warf. Während ich mich erleichterte, hörte ich das leise Wiehern eines Pferds und kurz darauf als Antwort ein Wiehern aus dem Verschlag am anderen Ende des Stalls. Zwei Pferde? Natürlich! Während ich bewußtlos vor mich hingeschnarcht hatte, war der andere Gast, Meister Farmer aus Northampton, angekommen. Ich lächelte beschämt. Was mochten meine Gastgeber wohl von mir denken? Ein junger Bursche wie ich, der keinen Tropfen Alkohol verträgt.

Die frische Nachtluft hatte meinem Kopf sehr gut getan, und allmählich regten sich auch wieder die Lebensgeister in meinen Gliedern. Auch mein Magen hatte sich nach einigen heiklen Augenblicken entschieden, sich anständig zu benehmen. Ich kehrte ins Wirtshaus zurück, schloß die Tür von innen ab und verriegelte die Tür hinter mir. Als ich am Schankraum vorüberging, konnte ich die letzten Kohlereste im Kamin glühen sehen. Im oberen Stockwerk angekommen, hörte ich einen der Gäste röcheln und schnarchen. Es tröstete mich, auf diese Weise zu erfahren, daß ich offenbar nicht der einzige war, der am Abend zuviel getrunken hatte. Aus dem dritten Gästezimmer, das am weitesten von meinem entfernt lag, war kein Laut zu hören. Es war totenstill.

Plötzlich wurde ich wieder von Übelkeit überfallen, der Magen drehte sich mir um, und ich brauchte dringend frische Luft. Am Ende des Flurs sah ich ein Fenster, stieß es auf und sog die frische Nachtluft ein. Das Fenster lag an der Vorderseite des Wirtshauses, und als ich meinen Kopf nach links wandte, konnte ich den Fluß sehen, der silbrig im Mondlicht glänzte. Allmählich ließ die Übelkeit nach, und ich fühlte mich wieder etwas besser. Als ich den Kopf nach rechts wandte, dorthin, wo das Crossed Hands Inn lag, erwartete ich, eine menschenleere Straße zu sehen. Auf den ersten Blick schien sie auch leer. Doch dann bemerkte ich eine dunkle Gestalt, die, in einen dicken Mantel mit großer Kapuze gehüllt, lautlos die Straße hinaufglitt und sich dabei im Schatten der gegenüberliegenden Häuser hielt. Ob es sich um einen Mann oder eine Frau handelte, war nicht zu erkennen, denn der Mantel reichte fast bis zum Boden, und die Kapuze verbarg den Kopf und das Gesicht. Jede Sehne meines Körpers angespannt, die Finger fest um das Fenstersims geklammert, sah ich der geheimnisvollen Gestalt nach, bis sie das Crossed Hands Inn erreichte und im Torbogen des großen Wirtshauses verschwand. Fast im gleichen Augenblick hörte ich hinter mir Thomas Prynnes Stimme sagen: «Mein Gott, Roger Chapman, hast du mich erschreckt! Was machst du denn hier mitten in der Nacht?»

Er trug ein riesiges, weißes Nachtgewand, das ihn wie einen freundlichen Geist aussehen ließ, und eine Nachtmütze, die er tief über beide Ohren gezogen hatte. In der einen Hand hielt er eine Kerze.

«Es-s tut mir leid», stammelte ich. «Ich wollte Euch nicht erschrecken.»

Er musterte mich von Kopf bis Fuß und lächelte dabei.

«Wenigstens kannst du inzwischen wieder auf den eigenen Beinen stehen. Ehrlich gesagt, ich hatte nicht erwartet, dich vor dem späten Vormittag wiederzusehen.»

«Ich bin das Weintrinken nicht gewohnt», entschuldigte ich mich. «Ich hatte keine Ahnung, daß Euer guter Wein mir so zusetzen würde. Und dabei hatte ich mich eigentlich mit Euch über Clement Weaver unterhalten wollen.»

«Ach!» Er zuckte mit den Schultern und schauderte ein wenig, als der Wind durchs offene Fenster hereinblies. «Reine Zeitverschwendung, wenn du meine ehrliche Meinung wissen willst. Sei so gut und schließ das Fenster.» Er runzelte die Stirn. «Warum steht es überhaupt offen?»

«Ich brauchte dringend frische Luft», erklärte ich. «Mir war schrecklich übel.»

Verständnis leuchtete in seinen Augen auf, und er lachte leise. «Tja, das überrascht mich nicht. Ich glaube, du gehst jetzt am besten wieder ins Bett.»

Er wandte sich zum Gehen, doch mir fiel noch ein: «Ich mußte vorhin noch hinunter in den Hof. Ihr hattet die Hintertür nicht verriegelt, und auch der Schlüssel war nicht herumgedreht.»

Thomas schüttelte den Kopf. «Unsinn! Du mußt dich geirrt haben. Ich habe sie selbst verschlossen. Ich mache das jeden Abend, ehe ich ins Bett gehe. Es treiben sich hier so viele Diebe herum, daß ich mich selbst überzeugen will, daß die Tür verriegelt ist.»

«Die Tür war wirklich offen», beharrte ich. «Ich bin in den Hof zum Abtritt gegangen, deshalb weiß ich es so genau.»

Thomas runzelte wieder die Stirn. «Bist du sicher, daß du das nicht nur geträumt hast? So ein starker Wein hat schon so manchem den Verstand verwirrt.»

«Nein, ich bin mir ganz sicher», erwiderte ich. «Ich war schon eine Weile wach gewesen und völlig nüchtern. Und eben habe ich durchs Fenster jemanden die Straße zum Crossed Hands Inn hinauflaufen sehen.»

«Zu dieser Stunde?» fragte er ungläubig, schob sich an mir vorbei und öffnete das Fenster.

«Wer auch immer es war, er ist verschwunden», sagte ich. «Er – oder sie – ist ins Wirtshaus gegangen.»

Thomas zog den Kopf zurück und schloß das Fenster. «Warum ‹sie›? Meinst du, es könnte auch eine Frau gewesen sein?»

«Das ließ sich unmöglich erkennen. Die Gestalt war in einen langen Mantel mit Kapuze eingehüllt.»

Thomas machte eine abwehrende Handbewegung. «Ein später Zecher vielleicht. Es gibt genug ehrbare Bürger, die die Sperrstunde umgehen und es immer wieder schaffen, sich an den Wachen vorbeizumogeln. Es ist gar nicht so schwierig. Ich habe es selbst auch schon getan.»

«Ich bin mir sicher, daß das kein Nachtschwärmer war. Irgend etwas stimmt nicht mit diesem Crossed Hands Inn.»

Thomas lächelte nachsichtig. «Das hast du schon einmal gesagt, aber es hat mich nicht überzeugt.» Er schien wieder zu frösteln. «Wenn du willst, können wir uns morgen früh darüber unterhalten, jetzt sollten wir lieber wieder ins Bett gehen. Ich muß vor dem ersten Hahnenschrei aufstehen und brauche meinen Schlaf.»

«Es tut mir leid», sagte ich wieder. «Verzeiht mir, bitte. Ich hätte Euch nicht so lange aufhalten sollen.»

«Geht es dir wieder besser?»

Ich nickte. «Wenigstens scheint Meister Farmer noch rechtzeitig angekommen zu sein. Ich habe sein Pferd im Stall gehört, als ich draußen im Hof war.»

Thomas sah mich verwundert an. «Ich weiß nicht, was heute Nacht in diesem Haus vorgeht oder ob das alles nur deine Hirngespinste sind, aber im Stall steht nur ein Pferd, und das gehört Gilbert Parsons. Farmer hat es nicht mehr bis zum Abendläuten geschafft. Er hat die Nacht unweigerlich vor der Stadtmauer verbringen müssen. Wir werden ihn nicht vor morgen früh zu sehen bekommen.»

Ich ging zurück in mein Bett, konnte jedoch nicht schlafen. Das Hämmern in meinem Kopf hatte sich in einen dumpfen Schmerz verwandelt, aber wenigstens war mir jetzt nicht mehr übel. Mein Magen hatte sich offenbar beruhigt.

Sollte ich mich wirklich geirrt haben, als ich ein zweites Pferd wiehern hörte? Ich war mir sicher gewesen, zwei Pferde gehört zu haben, aber vielleicht hatte ich mich auch getäuscht. Ich stand auf, ging zum Fenster und schob die Läden auf.

«...Pferd... Er hat etwas gehört...» Es war Thomas Prynnes Stimme, die vom Hof zu mir heraufdrang. Ich konnte den schwachen Schimmer seiner Kerze sehen.

«Und ich dachte, der würde bis morgen früh gar nichts mehr mitbekommen.» Das war Abel Sampson. «Vielleicht sollten wir lieber nachschauen, ob alles in Ordnung ist.»

Offenbar hatten meine Beobachtungen Thomas Prynne stärker beunruhigt, als er es sich hatte anmerken lassen, und er hatte Abel geweckt, um gemeinsam mit ihm nach dem Rechten zu sehen. Ich schloß leise meine Fensterläden und legte mich wieder hin. Die Hintertür war tatsächlich offen gewesen, ich hatte es nicht bloß geträumt. Doch wenn Thomas sie selbst verschlossen hatte, wer hätte dann die Riegel zurückschieben können? Und aus welchem Grund? Wer war die dunkle Gestalt, die ich durch die Straße huschen und im Crossed Hands Inn verschwinden sah? Martin Trollope? Das geheimnisvolle Küchenmädchen? Matilda Ford? Weshalb war die Gestalt mitten in der Nacht ins Baptist's Head gekommen? Was wußte ich überhaupt über diesen Gilbert Parsons...?

Meine Gedanken verschwammen auf sehr angenehme Weise. Ich lag wieder am Ufer des Stour in Canterbury und hielt Bess im Arm. Als ich aufsah, standen Alison Weaver und William Burnett auf der Böschung und beobachteten uns. Alison sagte: «Laß Marjorie Dyer in Ruhe», und plötzlich bemerkte ich, daß sich Bess in die rundliche Haushälterin der Weavers verwandelt hatte. Alison lächelte dem jungen Mann an ihrer Seite zu, der ebenfalls ein anderer geworden war. Sie legte einen Arm um seine Schultern. «Das ist mein Bruder Clement...»

Als ich aufwachte, drang durch die Ritzen der Fensterläden helles Tageslicht. Als ich sie aufschob, traf mich ein kalter Wind, der die Wolken über den Himmel trieb. Es sah grau und ungemütlich aus, und bald spritzten mir auch schon ein paar Regentropfen ins Gesicht. Ich streckte und schüttelte mich, zog meine Schuhe und meine Kleider an und begab mich nach unten in die Küche, aus der mir der Duft von gebratenem Speck entgegenwehte. Die Tatsache, daß mir das Wasser im Munde zusammenlief und mein Magen erwartungsvoll zu knurren begann, zeigte mir, daß ich wieder völlig genesen war. Die Schrecken der vergangenen Nacht waren vorüber.

In der Küche traf ich Thomas Prynne, der eine Bratpfanne übers Feuer hielt und darin dicke Speckscheiben briet. Auf dem Tisch standen mehrere hölzerne Schüsseln mit Haferbrei, der großzügig mit Safran überstreut war, zwei große Becher mit Ale sowie ein Laib Brot. Als er meine Schritte hörte, wandte sich Thomas zu mir um und lächelte mir freundlich zu.

«Guten Morgen, Roger. Geht es dir heute morgen besser?»

«Gut genug, um mir Euer Frühstück schmecken zu lassen», antwortete ich. «Ich werde mich nur noch rasch im Hof etwas waschen. Übrigens, habt Ihr heute nacht noch irgend etwas entdeckt, nachdem ich ins Bett gegangen bin?»

Er sah mich fragend an, und ich fuhr fort: «Ich habe gehört, wie Ihr Euch unter meinem Fenster unterhalten habt. Ich konnte nicht viel verstehen, nur ein paar Worte, aber ich hatte den Eindruck, daß Ihr die Sache noch einmal überprüfen wolltet.»

Thomas spießte den Speck mit dem Messer auf und drehte ihn geschickt in der Pfanne um. Das Fett spritzte und zischte. «Nein, wir haben nichts entdecken können», sagte er. «Aber das mit der offenen Tür konnten wir klären. Unser anderer Gast, Gilbert Parsons, hatte in der Nacht schon vor dir einen gewissen Drang verspürt und dabei unvorsichtigerweise vergessen, die Tür wieder zu verriegeln. Er hat es mir gleich gestanden, als ich ihm heute morgen beim ersten Tageslicht seinen Krug mit Ale gebracht habe.»

«Und das andere Pferd?» fragte ich und kam mir dabei schon etwas albern vor.

«Pure Einbildung, fürchte ich. Es war nur Gilbert Parsons' Pferd im Stall.» Thomas grinste breit. «Aber wie ich dir schon sagte, ein starker Wein hat schon so manchem einen Streich gespielt.»

Abel Sampson kam in die Küche, gähnte und streckte die Arme über den Kopf. «Gott, bin ich müde. So geht es mir immer, wenn ich nachts aus dem Schlaf gerissen werde.»

Mit einem ziemlich schlechten Gewissen stahl ich mich zur Tür. «Ich bin gleich wieder zurück», sagte ich. «Ich will mich nur kurz waschen.»

Im Hof waren nur das Rauschen des Windes und das beharrliche Plätschern des Regens zu hören. Seit meiner Kindheit hatte ich den frühen Morgen immer besonders geliebt, das Gefühl der Ruhe vor den geschäftigen Vormittagsstunden, die gegen Mittag immer hastiger wurden, bis sie allmählich in die Langeweile des Nachmittags übergingen und schließlich in die erneute Geschäftigkeit des Abends mündeten. Der frühe Morgen ist für mich eine Zeit der Ruhe und des Nachdenkens, eine Zeit, in der sich der neue Tag noch unberührt vor mir erstreckt – ein unentdecktes Land, ein noch nicht erfülltes Versprechen. Ich zog einen Eimer mit eiskaltem Wasser aus dem Brunnen, wusch mir Gesicht und Hände. Gilbert Parsons würde sich zweifellos in einer heißen Wanne vor dem Feuer in seinem Zimmer suhlen, aber schließlich bezahlte er auch für seine Übernachtung. Gutgelaunt und mit großem Appetit kehrte ich in die Küche und zu meinem Frühstück zurück.

Während ich meinen Haferbrei und meinen Speck aß, sprach ich mit Thomas und Abel noch einmal über das, was in der Nacht geschehen – oder besser: nicht geschehen war.

«Es tut mir wirklich leid, daß ich Euch ohne jeden Grund in Eurer Nachtruhe gestört habe.»

«Halb so schlimm», antwortete Thomas und kaute genüßlich auf seinem Honigbrot. «Wir müssen dir dankbar sein. Wäre die Hintertür die ganze Nacht über offen geblieben, hätte uns leicht jemand ausrauben können. Ein geschickter Dieb hätte nicht lange gebraucht, bis er die Falltür zum Weinkeller entdeckt hätte. Doch wie lauten deine weiteren Pläne? Hast du vor, heute abend wieder zu uns zurückzukehren?»

Ich nickte. «Ich bleibe noch eine Weile in London. Schließlich habe ich das Versprechen, das ich Ratsherrn Weaver gegeben habe, noch nicht eingelöst.»

Ich sah die beiden Männer vielsagende Blicke wechseln. Dann ergriff Abel das Wort: «Weißt du, Roger, ich glaube, irgendwann wird auch Ratsherr Weaver einsehen müssen, daß alle weiteren Nachforschungen zwecklos sind.»

Thomas bot mir noch etwas von dem Speck an, und ich langte tüchtig zu. «Und was ist mit Sir Richard Mallory?» fragte ich.

Abel zuckte mit den Schultern. «London ist eine gefährliche Stadt. Wir hören jeden Tag von neuen Morden und Raubüberfällen, ist es nicht so, Thomas?»

Der Wirt nickte. «Und jetzt, in der unsicheren Zeit, ist es noch schlimmer geworden. Meiner Meinung nach sind sowohl Clement als auch dieser Sir Richard, von dem du sprichst, ausgeraubt und getötet worden, und anschließend hat man ihre Leichen in den Fluß geworfen. Das mag sich hart anhören, denn Alfred Weaver ist mein Freund, und ich habe seine beiden Kinder schon gekannt, als sie noch ganz klein waren. Ich war genauso bestürzt wie alle anderen, als Clement plötzlich verschwunden war, und mir blutet das Herz, wenn ich daran denke, welchen Kummer Alfred Weaver zu ertragen hat. Aber ich lasse mir von meinen Gefühlen nicht den gesunden Menschenverstand rauben. Anders als sein Vater glaube ich einfach nicht, daß Clement noch am Leben ist, und anders als du halte ich es für äußerst unwahrscheinlich, daß sein Tod etwas mit Martin Trollope oder dem Crossed Hands Inn zu tun hat. Es war ein dunkler stürmischer Abend, an dem wir vergeblich auf Clement warteten. An solchen Abenden pflegen die Londoner Räuberbanden mit Vorliebe ihren üblen Geschäften nachzugehen. Trotzdem war ich nicht beunruhigt, als Clement nicht kam. Ich dachte, er hätte vielleicht seine Meinung geändert, wäre mit Alison zu seinem Onkel weitergefahren. Erst als Ned Stoner kurz nach dem Abendläuten in den Hof geritten kam, dämmerte mir, daß irgend etwas schiefgelaufen war.»

«Was habt Ihr unternommen?» fragte ich ihn.

Thomas zuckte mit den Achseln und schaute Abel an, der das Wort übernahm.

«Wir sind natürlich sofort losgezogen, um ihn zu suchen. Aber es war dunkel und regnete in Strömen, so daß wir nicht viel ausrichten konnten. Sobald es Tag wurde, suchten wir weiter und alarmierten die Wachen. Ned Stoner ist nach Farringdon geritten, um nachzuschauen, ob Clement Weaver vielleicht inzwischen doch noch bei seinem Onkel eingetroffen war, auch wenn wir uns in dieser Hinsicht nicht allzuviel Hoffnungen machten. Weder Tom noch ich zweifelten daran, daß der Junge längst tot war, vor allem, als wir hörten, daß er sehr viel Geld bei sich hatte.»

«Wovon wir allerdings erst sehr viel später erfahren haben», warf Thomas ein und begann, das schmutzige Geschirr zusammenzuräumen. «Aber jetzt laßt uns mit unserem Tagewerk beginnen.»

Neben meinem Stuhl blieb er stehen und legte sanft die Hand auf meine Schulter. «Laß es gut sein, mein Junge, das ist mein wohlmeinender Rat. Vergeude deine Zeit nicht in London. Die große, weite Welt dort draußen wartet auf Roger Chapman und seine Waren. So hart es auch klingen mag, Clement Weaver und Richard Mallory sind tot, und du mußt sie vergessen.»

14

Ich hatte nicht die Absicht, Clement Weaver und Sir Richard Mallory zu vergessen, behielt es aber für mich. Thomas und Abel hatten mir deutlich zu verstehen gegeben, daß sie mit dieser Sache nicht länger behelligt werden wollten. Und warum sollten sie sich auch mit meinen Mutmaßungen abgeben? fragte ich mich, als ich von der Küche in den Schankraum ging, um mein Bündel und meinen Wanderstab zu holen. Thomas und Abel waren, ebenso wie ich es ursprünglich gewesen war, davon überzeugt, daß die beiden Männer von Straßenräubern überfallen, ausgeraubt und ermordet wurden. Sie waren vielbeschäftigte Menschen und hatten keine Zeit, über wenig glaubhafte Vermutungen nachzugrübeln. Außerdem hatte ich ihnen nichts von Marjorie Dyers doppeltem Spiel erzählt. Aber war es denn wirklich so verdächtig, was sie getan hatte? Es war schließlich kein Verbrechen, eine Verwandte zu haben, die im Crossed Hands Inn arbeitete. Merkwürdig war daran nur, daß sie es dem Ratsherrn verschwiegen hatte.

Gilbert Parsons saß im Schankraum und aß sein Frühstück. Sein abgehärmtes Gesicht wirkte ebenso geistesabwesend wie am Abend zuvor. Er richtete seine wäßrig-blauen Augen auf mich und sagte mit hohler Stimme: «Mündliche Testamente sind eine Erfindung des Teufels, und die Rechtsgelehrten stehen samt und sonders in seinem Dienst. Verlaß dich nie auf sie, und verstricke dich nie in irgendwelche Gerichtsprozesse.»

«Das habe ich auch nicht vor», entgegnete ich freundlich und hielt dann stirnrunzelnd inne. «Habt Ihr hier irgendwo mein Bündel und meinen Stock gesehen?»

Thomas Prynne, der in den Schankraum gekommen war, um nachzusehen, ob seinem Gast noch etwas fehlte, beantwortete meine Frage.

«Sie sind in deiner Kammer. Wir haben sie gestern abend, nachdem wir dich ins Bett gebracht hatten, hinaufgetragen, damit sie uns hier nicht im Wege stehen.» Er lachte vergnügt. «Du hast sie gar nicht gesehen? Der Wein tut wohl noch immer seine Wirkung, wie?»

Ich dankte ihm beschämt und stieg noch einmal die Treppe zum oberen Stockwerk hinauf. Die Türen zu den anderen Gästezimmern standen jetzt offen, so daß man in die Räume hineinsehen konnte, was natürlich sofort meine unbezähmbare Neugier erregte. Die Ausstattung der beiden anderen Zimmer unterschied sich stark von meiner einfachen Kammer. Im größeren Zimmer, das Meister Farmer aus Northampton hätte bekommen sollen, stand ein großes Himmelbett, dessen üppiger Baldachin mit feinem rotem Samt bezogen war. Auf einem kleinen Eichentisch warteten ein Krug mit Ale und ein Laib Brot noch immer auf den Gast, der gestern nicht erschienen war. Daneben standen ein Kerzenständer aus Zinn mit einer Wachskerze und eine Zunderbüchse. Eine schöne Eichentruhe, mit Lavendel und wohlduftenden Kräutern ausgelegt, stand geöffnet an der anderen Wand, bereit, die Kleider des Reisenden aufzunehmen. Ein Spiegel aus poliertem Metall schmückte die dahinterliegende Wand, und in der hintersten Ecke des Zimmers stand ein Nachtstuhl bereit. Die auf dem Boden ausgestreuten Binsen waren mit getrockneten Blumen vermischt, und neben dem Kamin stapelte sich Feuerholz. Wahrlich ein Zimmer für einen vornehmen Gast.

Der Raum daneben war Gilbert Parsons Reich. Das noch ungemachte Bett war deutlich kleiner, und der Baldachin war mit ungebleichtem Leinen bezogen. In der Mitte der mit Gänsefedern gestopften Matratze war eine große Kuhle zu sehen. Die Kerze neben dem Bett bestand aus Talg, Kleidertruhe und Nachtstuhl waren aus Ulmenholz gemacht. Die Binsen rochen muffig und waren schon ein paar Tage alt. Als letztes kam dann mein Zimmer mit dem einfachen, niedrigen Bett und der alten Eichentruhe mit ihren zerbrochenen Scharnieren.

Mein Bündel und mein Stock warteten tatsächlich in der Ecke hinter der Tür auf mich, deshalb hatte ich sie beim Aufstehen nicht gleich gesehen. Erleichtert darüber, daß ich nicht mehr unter der Wirkung des starken Weines litt, schulterte ich mein Bündel, ergriff den Stock und ertappte mich bei dem Wunsch, statt des Eschenstabs eine schlanke Weidengerte in der Hand zu halten, die die Zauberkraft besaß, Reisende vor Unheil zu schützen. Ich schüttelte unwirsch den Kopf, um mich von diesen unsinnigen Gedanken zu befreien. In welcher Gefahr sollte ich mich schon befinden?

Als ich wieder nach unten kam, hatte Gilbert Parsons den Schankraum bereits verlassen und war zum Gerichtshof aufgebrochen. Abel war dabei, das schmutzige Geschirr vom Tisch zu räumen. Thomas war nirgendwo zu sehen, doch die Falltür zum Keller stand offen, und ich konnte die ausgetretenen Steinstufen, die in die Dunkelheit hinabführten, genau erkennen. Ich nickte Abel zu und gab ihm das Geld für das Frühstück und das Abendessen. «Heute abend komme ich wieder», sagte ich.

Er grunzte. «Falls wir das Zimmer vermieten können, mußt du in der Küche schlafen.» Offenbar mißfiel ihm Thomas' großherzige Gastfreundschaft.

«Natürlich!» Ich lächelte entwaffnend. «Das hat Thomas Prynne mir auch schon klargemacht.»

Ich drehte mich um und trat pfeifend auf die Straße hinaus.

Am Ende der Crooked Lane blieb ich stehen und spähte durch den Torbogen in den Hof des Crossed Hands Inn. Ich fragte mich, ob ich es wohl wagen könnte, noch einmal hineinzugehen, ohne auf Martin Trollope zu stoßen. Doch in dem Augenblick erschien er auch schon auf dem Balkon und rief einem Stallknecht, der gerade eines der Pferde aus seinem Verschlag führte, seine Anweisungen zu. Ich wollte unbedingt noch einmal mit Matilda Ford sprechen, kam aber zu dem Schluß, daß dies nicht der richtige Zeitpunkt war.

Während des Frühstücks hatte ich beschlossen, meine Ware in Farringdon feilzubieten und dort von Tür zu Tür zu gehen. Auf diese Weise hoffte ich, John Weaver, den Bruder des Ratsherrn, ausfindig zu machen und von ihm zu hören, was er über das Verschwinden seines Neffen wußte. Ich ging daher durch die Cheapside und das New Gate zum lärmenden, stinkenden Viehmarkt von Smithfield, wo zu besonderen Gelegenheiten auch Turnierkämpfe abgehalten wurden. Dahinter lagen die für ihren Jahrmarkt berühmte Bartholomäus-Priorei und die lange Reihe von Läden und Häusern am Ufer des Fleet.

Der Vormittag war schon fast vorbei, als ich durch Zufall auch an die Tür von John Weaver klopfte. Auf die Frage, die ich an jenem Tag wohl schon hundertmal gestellt hatte: «Könnt Ihr mir sagen, wo John Weaver aus Bristol wohnt?», gab die fahlgesichtige junge Frau, die mir die Tür geöffnet hatte, schnippisch zurück: «Er wohnt hier. Aber was geht dich das an?»

«Ich habe eine Nachricht für ihn», sagte ich. «Von seinem Bruder, dem Ratsherrn.» Als sie immer noch zögerte, fügte ich hinzu: «Aus der Broad Street in Bristol.»

«Warte», sagte sie. «Ich hole die Herrin des Hauses.»

Alice Weaver war eine untersetzte Frau mit angenehmen Gesichtszügen, die besorgniserregend zu keuchen begann, wenn sie aufgeregt war, und im Augenblick war sie offenbar ziemlich aufgeregt. Die blaßblauen Augen weit aufgerissen, schaute sie mich argwöhnisch an.

«Du bist Hausierer?» fragte sie und zeigte auf mein Bündel. «Meine Schwiegertochter sagt, du hättest eine Nachricht für meinen Mann.»

«Ist er zu Hause?» erkundigte ich mich höflich.

Sie schüttelte den Kopf. «Nein, er ist mit Georg und Edmund drüben in Portsoken.» Georg und Edmund waren vermutlich die beiden Söhne, von denen Alison gesprochen hatte. «Die Weber müssen ständig überwacht werden. Man kann sie einfach

nicht unbeaufsichtigt lassen, diese faule, nichtsnutzige Bande.»
Sie sprach ohne jede Bitterkeit, gab einfach nur die Meinung
ihres Mannes wieder, wie es sich für eine Frau schickte. «Er wird
erst kurz vor dem Abendläuten nach Hause kommen, aber wenn
du willst, kannst du natürlich nach Portsoken gehen und nach
ihm suchen.»

Ich hatte keine Lust, meine einträglichen Geschäfte in Farringdon sausen zu lassen und nach Portsoken zu wandern. Mein Wa-
renbestand war bereits ziemlich zusammengeschrumpft. In absehbarer Zeit mußte ich der Galley Wharf ohnehin einen erneu-
ten Besuch abstatten.

«Vielleicht könnte ich Euch die Nachricht überbringen?»
fragte ich vorsichtig. «Es hat mit Eurem Neffen zu tun.»

«Mit Clement? Der arme Junge! Am besten, du kommst erst
einmal herein.»

Sie führte mich in den Garten, der sich von der Rückseite des
Hauses bis hinunter zum Fluß erstreckte. Der Regen hatte aufgehört und war einem sonnigen Dunst gewichen. Die Baumspit-
zen ragten in einen milchigweißen Himmel, der von feinen
Goldstreifen durchzogen war. Alice Weaver und ihre Schwiegertochter, die sie Bridget nannte, hatten gerade in dem kleinen
Kräutergarten im Schatten einer Mauer Kräuter gepflückt.
Kreuzkümmel und Fenchel lagen in einem flachen Korb und
warteten darauf, getrocknet und für den Winter aufbewahrt zu
werden.

Alice Weaver faltete aufgeregt die Hände über der Schürze.

«Was hat uns mein Schwager über das Schicksal des armen
Clement mitzuteilen?»

Ich berichtete ihr in knappen Sätzen von meinem Treffen mit
Marjorie Dyer und meinem Gespräch mit dem Ratsherrn.
Meine späteren Abenteuer erwähnte ich nicht. Als ich fertig
war, brach Bridget Weaver als erste das Schweigen. Ihre anfängliche Feindseligkeit war verflogen.

«Armer Onkel Alfred», sagte sie ruhig. «Er will einfach nicht
wahrhaben, was geschehen ist. Aber wir können dir auch nicht

mehr sagen, als du offenbar selbst schon weißt. Alison, ihre Dienerin und die vier Männer – unsere beiden Diener, Rob Short und Ned Stoner – kamen kurz vor dem Abendläuten bei uns an. Kurz darauf ritt Ned zum Baptist's Head zurück. Er kam gerade noch rechtzeitig an, bevor die Stadttore geschlossen wurden. Erst am nächsten Morgen erfuhren wir, daß Clement vermißt wurde.»

Ihre Schwiegermutter nickte. «Mein Mann und meine Söhne machten sich sofort auf den Weg, um Clement zu suchen. Wir überlegten fieberhaft, wo er sein könne, und ließen nichts unversucht, um ihn zu finden. Einen unserer Männer schickten wir auf dem schnellsten Wege nach Bristol, und innerhalb einer Woche war auch Alfred hier. Aber zu der Zeit hatte schon keiner von uns mehr die Hoffnung, Clement jemals lebend wiederzusehen.» Alice Weaver seufzte. «Ich kann verstehen, daß es Alfred schwerfällt, mit der Wahrheit zu leben, vor allem, weil man Clements Leiche nie gefunden hat. Aber glaub mir, er verschwendet seine und deine Zeit und steigert sich nur in neue, unsinnige Hoffnungen hinein. Mein Mann und meine Söhne würden dir dasselbe sagen, wenn sie hier wären.»

Was Alice Weaver und ihre Schwiegertochter zu erzählen hatten, unterschied sich nicht von dem, was ich auch von den anderen Beteiligten gehört hatte, und sie waren auch zu den gleichen Schlußfolgerungen gekommen. Niemand zweifelte an der Tatsache, daß Clement Weaver von Straßendieben ermordet worden war – das heißt, niemand außer mir. Ich glaubte immer noch, daß es ein Geheimnis aufzudecken galt. Doch da es bei den beiden Frauen nichts Neues zu erfahren gab, kündigte ich meinen Abschied an.

«Du mußt dich unbedingt stärken, ehe du weiterziehst», sagte die Hausherrin und führte mich in die Küche. «Bridget, meine Liebe, hol dem Hausierer etwas Ale.»

Doch was sie mir brachte, war «Sallop», auch «Ale des armen Mannes» genannt, das aus wilden Kräutern gebraut wurde. Bridget Weaver würde niemals echtes Ale an einen armen

Hausierer verschwenden. Sie und ihre Schwiegermutter tranken einen Aufguß aus Bergminze, den auch meine Mutter schon sehr gern gemocht und mir stets als Heilmittel gegen Husten, Fieber und Schüttelfrost angepriesen hatte. Die beiden Frauen boten mir keinen Platz an, und so stand ich vor ihnen, während sie am Küchentisch saßen. Keine von beiden fragte mich nach meiner Ware.

Ich nahm gerade einen kräftigen Schluck aus meinem Krug, als ein braungebrannter, untersetzter junger Mann in die Küche kam. Seine Ähnlichkeit mit dem Ratsherrn war verblüffend, so daß es mir nicht schwerfiel, in ihm einen seiner Neffen zu erkennen. Als er sich zu Bridget hinunterbeugte und ihr einen schmatzenden Kuß aufdrückte, bestätigte sich meine Vermutung, daß es Georg, ihr Ehemann war. Meine Gegenwart bedurfte jedoch einer Erklärung – eine Aufgabe, die zu meiner Erleichterung Alice Weaver übernahm. Meine Geschichte noch einmal erzählen zu müssen hätte mir sicherlich den Verstand geraubt.

Als sie geendet hatte, grunzte der junge Mann und zog die Mundwinkel nach unten.

«Onkel Alfred ist ein Narr», sagte er. Offenbar war er es gewohnt, kein Blatt vor den Mund zu nehmen. «Clement ist tot. Wenn er noch am Leben wäre, hätten wir längst davon erfahren.» Er drehte sich zu seiner Mutter um. «Vater und Edmund schicken mich, um dir zu sagen, daß sie zum Abendessen nicht nach Hause kommen können. Es gibt Ärger bei den Webern drüben in Portsoken. Sie verlangen mehr Geld. Sie sagen, der Brotpreis würde ständig steigen, und wollen eine Abordnung zum König schicken, um ihn an sein Versprechen zu erinnern, die Preise für Nahrungmittel per Gesetz zu regeln.»

Ich erinnerte mich daran, was der Domherr von Bridlington im vorigen Jahrhundert geschrieben hatte. Der Vorsteher der Novizen in Glastonbury hatte es gern zitiert: «Jeder Versuch, die Preise per Gesetz zu regeln, ist wider die Vernunft. Fruchtbarkeit und Dürre unterstehen allein Gottes Macht, und so soll auch die Fruchtbarkeit der Erde und nicht die Anordnung eines Menschen die Kosten unserer Güter bestimmen.» Ich hatte es immer als ein wenig ungerecht empfunden, Gott für unsere Schwierigkeiten verantwortlich zu machen.

Bridget sagte: «Immer machen sie solchen Ärger. Was sie in Wirklichkeit brauchen, ist eine ordentliche Tracht Prügel. Gibt es etwas Neues aus der Stadt?»

George zuckte mit den Schultern. «Nur die alten Gerüchte. Der Herzog von Gloucester will Anne Neville heiraten, der Herzog von Clarence macht sich gegen diese Verbindung stark, und der König versucht, zwischen den beiden Frieden zu stiften.»

«Weiß der Himmel, warum er sich solche Mühe gibt.» Alice Weaver rang die Hände. «Er ist dem Herzog von Clarence nichts schuldig.»

Ähnliches hatte ich zwei Tage zuvor von meinen Reisegefährten gehört. Das Interesse am König und seiner Familie schien in London ein beliebter Zeitvertreib zu sein.

Ich stellte meinen leeren Krug auf den Tisch und sagte: «Vielen Dank. Ich muß jetzt gehen.»

Alice Weaver, Bridget und George schauten mich erstaunt an. Offenbar hatten sie meine Gegenwart schon vergessen.

Bridget sagte: «Es tut mir leid, daß wir dir nicht weiterhelfen konnten.»

Ich nickte, doch in Wirklichkeit hatte ich nicht erwartet, viel Neues von ihnen zu erfahren. Der Schlüssel zu der Geschichte lag da, wo er schon immer gelegen hatte: im Crossed Hands Inn. Dort, und nur dort würde ich die Wahrheit über das Schicksal von Clement Weaver, Sir Richard Mallory und Jacob Pender ergründen können.

Bis zur Mittagszeit hatte ich meine Ware fast vollständig verkauft. Ich lenkte meine Schritte zurück in die Stadt und strich voller Vorfreude um die Garküchen an der östlichen Cheapside herum. Es gab dort nicht nur Fleisch, sondern auch Fisch, gebratenen Dorsch, Makrelen, Lachs und Forellen, und ich hatte große Mühe, mich zu entscheiden. Manche Ladenbesitzer standen am Eingang, zogen die Fußgänger am Ärmel und nötigten sie, von ihrem Angebot zu probieren. Ein kleiner Mann wurde sogar hochgehoben und mit Gewalt zu einem Stand mit Pasteten gezerrt. Vergeblich strampelte er mit den kurzen Beinen, um sich zur Wehr zu setzen.

Ich ging hinüber und klopfte dem Ladenbesitzer auf die Schulter. «Laß ihn los», sagte ich ruhig, hielt ihm aber gleichzeitig meine Fäuste entgegen.

Der Mann musterte mich zögernd. Meine Körpergröße überzeugte ihn schließlich. Widerwillig setzte er den kleinen Mann ab und trollte sich, um nach einem neuen Opfer zu suchen.

Der Mann ordnete seine Kleider und versuchte, eine würdige Haltung anzunehmen. Der Schrecken war ihm aber noch deutlich anzusehen.

«Vielen Dank, guter Mann», sagte er. «Ich bin dir sehr zu Dank verpflichtet.»

«Gern geschehen», erwiderte ich. Erst jetzt bemerkte ich, daß sein Wams mit dem Wappen des Weißen Ebers und dem Wahlspruch *«Loyauté me lie* – Treue bindet mich» bestickt war. Das waren eindeutig das Wappen und der Wahlspruch des Herzogs von Gloucester.

«Darf ich dich zu einem Krug Ale im Greyhound einladen?» fuhr er fort und zeigte auf eines der vielen Wirtshäuser, die es an der östlichen Cheapside gab.

«Wenn Ihr erlaubt, daß ich mir ein paar Pasteten dazu kaufe», erwiderte ich, denn mein Magen knurrte bedenklich, und ich wollte mein Mittagsmahl nicht länger hinausschieben.

Er nickte huldvoll und wartete, bis ich meinen Kauf getätigt hatte. Ich hatte schon häufig gehört, daß die Diener adliger Familien oft noch vornehmer taten als ihre Herrschaften, was dazu führte, daß viele von ihnen den Spitznamen «König», «Prinz» oder «Bischof» bekamen. Ich folgte ihm in den Schankraum des Greyhound und stellte belustigt fest, daß er sich mit mir in die dunkelste Ecke der Schenke verdrückte. Offenbar wollte er nicht von seinen Freunden und den anderen Dienern seines Herrn mit einem Hausierer gesehen werden.

Ich aß meine Pasteten, die mit mir zu teilen er empört von sich wies, und ließ mich von der Tatsache, daß ihm meine Gesellschaft eher peinlich war, nicht stören. Unser Gespräch war anfangs etwas stockend, doch nach einer Weile löste das Ale seine Zunge. Schon nach dem zweiten Krug wurde er deutlich gesprächiger, und nach dem dritten Krug erzählte er mir von Dingen, über die er mit Fremden sicherlich gar nicht sprechen durfte.

«War das eine Aufregung heute morgen», sagte er vertraulich und tippte sich mit seinem kurzen Zeigefinger an die Stirn. «Mein Herr, das heißt, der Herzog von Gloucester», erklärte er für den Fall, daß ich die Bedeutung seines Wappens nicht erkannt hatte, «kommt ins Haus seines Bruders, des Herzogs von Clarence, mit dem Begehren, Lady Anne zu sehen. Lady Anne Neville, die Tochter des verstorbenen Grafen von Warwick.»

«Ich weiß», erwiderte ich, denn ich konnte es mir nicht verkneifen, mit meinen Kenntnissen zu prahlen. «Ich habe sie letztes Frühjahr in Bristol gesehen, als sie zusammen mit Königin Margarete die Corn Street hinuntergeritten ist.»

Der Mann sah mich erschrocken an. «Margarete von Anjou», verbesserte er mich in mahnendem Ton. «Heutzutage darfst du sie nicht mehr Königin nennen.» Er neigte nachdenklich den Kopf. «Das muß vor der Schlacht von Tewkesbury gewesen sein.»

«Ein paar Tage davor», gab ich ihm recht.

«Seit der verlorenen Schlacht», fuhr er fort und senkte seine Stimme zu einem vertraulichen Flüsterton, «lebt sie beim Herzog von Clarence und dessen Frau. Herzogin Isobel ist ihre Schwester.» Ich nickte wissend, und er war enttäuscht, daß ein einfältiger Bauerntölpel wie ich längst alle Einzelheiten kannte. «Der Herzog von Gloucester möchte sie heiraten, und das ist nur natürlich, denn die beiden waren schon als Kinder befreundet. Mein Herr wurde damals im Haushalt des Grafen von Warwick in Middleham zum Ritter ausgebildet. Aber der Herzog von Clarence, der im Namen seiner Frau alle Güter seines Schwiegervaters erbte, möchte nicht mit ihm teilen.»

«Das ist verständlich», unterbrach ich ihn.

Der kleine Mann schnaubte verächtlich. «Er hätte überhaupt nichts bekommen sollen, wenn du meine ehrliche Meinung hören willst. Schließlich hat er seinen Bruder verraten und sich auf die Seite König Heinrichs geschlagen.» Ich fragte mich heimlich, warum es möglich war, Heinrich als König, Margarete aber nicht als Königin zu bezeichnen, doch ich hielt wohlweislich meinen Mund. Die politische Lage war damals schrecklich verworren. Mein neuer Bekannter fuhr fort: «Mein Herr hat sich an den König gewandt, und der König sagte seinem Bruder Georg, er solle sich nicht in die Heiratspläne seines Bruders Richard einmischen, zumal Lady Anne ja selbst mit dieser Heirat einverstanden ist. Also...» Der kleine Mann beugte sich über den Tisch zu mir herüber, seine runden Äuglein blitzten vor Aufregung, und sein nach Ale stinkender Atem blies mir ins Gesicht. «Also reiten wir heute morgen hinüber, um Lady Anne zu suchen, und als wir zum Herzog von Clarence kommen, was meinst du, was da geschehen ist?»

«Ich habe keine Ahnung», erwiderte ich.

«Sie ist nicht da! Und der Herzog behauptet steif und fest, über ihren Verbleib nicht das Geringste zu wissen. Er sagt, Lady Anne sei spurlos verschwunden!»

15

Verschwunden! Dieses Wort schien mich regelrecht zu verfolgen. Erst Clement Weaver, dann Sir Richard Mallory
mit seinem Diener, Jacob Pender, und jetzt auch noch eine hoch-
adelige Dame. Das war schon ein sonderbarer Zufall! Ich trank
noch etwas von meinem Ale und sah den Diener des Herzogs
von Gloucester von der Seite an.

«Was hat dein Herr dazu gesagt?»

«Er hat einfach geantwortet, er würde Lady Anne suchen und
finden, ganz egal, wie lange es dauern würde. Er gehört nicht zu
denen, die toben und außer sich geraten, wenn sich ihnen ein
Hindernis in den Weg stellt. Seine Wut schwelt, aber sie lodert
nicht. In dieser Hinsicht ist er ein wahrer Plantagenet.»

Wenn mein neuer Bekannter von seinem Herrn sprach, bekam seine Stimme einen weichen Klang. Er war dem jüngsten
Bruder des Königs treu ergeben. Die gleiche liebevolle Hoch-
achtung hatte ich in den Augen der Gefolgsleute gesehen, die
den Herzog tags zuvor vor der Menschenmenge beschützt hatten. Und auch das Volk liebte ihn.

«Glaubst du, der Herzog von Clarence weiß, wo sich Lady
Anne aufhält?»

Mit dieser Frage erntete ich nur ein verächtliches Grinsen.
«Natürlich weiß er das! Du glaubst doch wohl nicht, daß sie aus
freien Stücken verschwunden ist? Sie wird irgendwo auf Befehl
des Herzogs festgehalten. Und es muß ihm auch gelungen sein,
Herzogin Isobel von seinen Plänen zu überzeugen. George Plantagenet war schon immer ein geschickter Bursche.» Der kleine
Mann spuckte auf den Boden. Auf den Sägespänen bildete sich

ein nasser Fleck. «Was auch immer er tut, seine Brüder bleiben ihm wohlgesonnen, vor allem mein eigener Herr. Der Himmel weiß, warum! Clarence ist ein verräterischer Schurke!»

Vom «geschickten Burschen» bis zum «verräterischen Schurken» war es nur ein kurzer Weg gewesen. Ich schrieb es dem vierten Krug Ale zu, den sich der Diener des Herzogs von Gloucester hatte kommen lassen. In diesem Zustand konnte er sowohl sich selbst als auch mir gefährlich werden. Vielleicht waren Diener des Herzogs von Clarence in der Schenke – möglicherweise sogar im gleichen Raum! Ich wollte lieber nicht in seiner Gesellschaft angetroffen werden, während er sich lautstark über den Herzog ausließ.

«Ich muß jetzt gehen», sagte ich, stand auf und schulterte mein Bündel. «Ich danke dir für deine Einladung.»

«Und ich danke dir, daß du mich vor diesem Grobian von Ladenbesitzer gerettet hast.» Er stand ebenfalls auf und verbeugte sich feierlich, doch sein Schwanken bestätigte mich in dem Gefühl, daß es besser war, das Weite zu suchen. Ich erwiderte seine Verbeugung, verließ den Schankraum und trat auf die Straße hinaus.

Am späten Nachmittag hatte ich all meine Ware verkauft und überlegte, ob ich direkt zum Galley Quay gehen oder mit dem nötigen Einkauf bis zum nächsten Morgen warten sollte. Ich hatte seit dem frühen Morgen hart gearbeitet und genug eingenommen, um zwei oder drei weitere Tage im Baptist's Head zu bleiben und dabei auch für meine Unterkunft zu bezahlen, so daß ich nicht mehr von Thomas Prynnes Großzügigkeit abhängig war.

Die Aussicht, den Rest des Tages von Arbeit frei zu halten, hatte natürlich etwas Verlockendes. Ich mußte meine Gedanken ordnen und die verwirrenden Eindrücke der letzten Tage in Ruhe auf mich wirken lassen. Um mein schlechtes Gewissen zu beruhigen, entschied ich mich, am Fluß entlang in Richtung Galley Quay zu schlendern. Auf diese Weise konnte ich mich immer noch entscheiden, ob ich frische Ware kaufen oder auf die

Schiffe warten wollte, die am nächsten Tag nach London kamen.

Ich ging zum Fluß hinunter, wo die vergoldeten Barkassen der Adligen wie stolze, herrische Schwäne übers Wasser zogen und alle anderen Boote zur Seite drängten. Die Fährleute schimpften, die Männer, die mit ihren Kränen die an den Kais vertäuten Schiffe entluden, hielten in ihrer Arbeit inne, und die Menschen, die wie ich am Ufer standen, starrten traurig, doch ohne Groll auf diese goldenen Sinnbilder einer Macht, die wir selbst nie erreichen würden. Aber ich glaube, wir Engländer haben unseren Edelleuten nie wirklichen Neid entgegengebracht; wir haben uns immer an Justinians Grundsatz gehalten, daß das Volk nur von den Menschen regiert werden sollte, deren Macht es auch billigen kann, und im Laufe unserer Geschichte haben wir, wenn auch zögerlich, immer wieder dafür gesorgt, daß dies auch wirklich der Fall war.

In der Nähe der London Bridge kam ich ans Ufer. An einem Steg lag eine Flotte kleiner Boote, die darauf warteten, Passagiere den Fluß hinauf- oder hinabzubringen. Die Fahrt mit einem überdachten Boot kostete zwei, die mit einem offenen Boot nur einen Penny. Eine Gruppe junger Leute in Kleidern aus Samt und Satin, deren Schuhe so lange Spitzen hatten, daß sie mit kleinen Kettchen an ihren Knien befestigt werden mußten, wetteiferten mit einigen unauffälliger gekleideten Bürgern um die Aufmerksamkeit der Fährleute.

«He, ihr Fährmänner, holt über!» rief einer der jungen Gekken, und die Fährmänner, die sich von ihnen höhere Trinkgelder versprachen als von den anderen Kunden, liefen ihnen eilfertig über den Steg entgegen. Ich ging weiter, schlängelte mich zwischen Kränen und Werkhütten hindurch und versuchte, die Gedanken an Clement Weaver, Sir Richard Mallory und Lady Anne Neville zu verscheuchen. Zumindest für eine kurze Weile wollte ich mir erlauben, an nichts anders zu denken als an den schönen Oktobernachmittag und das köstliche Abendessen, das Thomas Prynne zweifellos für uns vorbereitet hatte.

Plötzlich griff eine Hand nach meinem Arm, und eine heisere Stimme sagte: «Roger! Schön, dich wiederzusehen.»

Ich erkannte die Stimme sofort und brauchte nicht den Kopf zu wenden, um zu wissen, daß Philip Lamprey neben mir stand.

«Auch in London trifft man sich also wieder», sagte ich, und er grinste breit.

«Habe ich's dir nicht gesagt? London ist längst nicht so groß, wie du denkst.»

Philip war sehr viel besser gekleidet als bei unserem ersten Treffen. Anstelle seines geflickten, abgewetzten Hemdes trug er jetzt ein wollenes, fellbesetztes Wams. Es war zwar ziemlich verblaßt, und das graue Eichhörnchenfell war an manchen Stellen bis auf die Haut durchgerieben. Außerdem roch es etwas eigenartig – als hätte es einige Zeit neben einem Haufen faulender Fische gelegen. Aber der Wollstoff – eine aus dem Osten eingeführte Mischung aus Wolle und Kamelhaar – hatte sich gut gehalten.

Philip sah, daß ich ihn musterte. «Wärmer als mein altes Hemd», sagte er lächelnd. «Es riecht etwas streng, aber was kann man von so einem Wams schon anderes erwarten? Schließlich hat es mehrere Wochen in der Themse gelegen. Die alte Bertha hat seinen Besitzer aus dem Wasser gefischt. Das Wams hat dann fast ein Jahr lang drüben bei ihr in Southwark am Haken gehangen. Sie hat den Preis einfach zu hoch angesetzt. ‹Das hat einem Gentleman gehört›, hat sie gesagt, ‹das geb ich nicht für'n Pappenstiel weg.› Allerdings, was Bertha unter 'nem Pappenstiel versteht... Aber es ist ja auch nicht leicht, von den Leichen zu leben. Es bringt zwar mehr ein als betteln, aber meine Sache wäre das nicht – und das, obwohl ich als Soldat jede Menge Leichen gesehen habe.»

«Du meinst, diese Bertha holt Leichen aus der Themse und verkauft deren Kleider?»

Philip Lamprey nickte. «Klar. Natürlich nicht alleine. Ihr Mann und ihr Sohn fischen die Leichen aus dem Wasser, und sie zieht ihnen die Kleider aus, trocknet sie und verkauft sie weiter.»

«Und was passiert mit den Unglücklichen, denen die Kleider

gehörten?» fragte ich. «Ich nehme nicht an, daß sie eine anstän-
dige, christliche Beerdigung bekommen.»

Philip kicherte. «Lieber Himmel, nein! Sie werden wieder in
den Fluß geworfen, dahin, wo sie hergekommen sind.»

Mit dieser Antwort hatte ich gerechnet. Berthas Gewerbe
war mit Sicherheit ungesetzlich, und sie konnte bei seiner
Ausübung schlecht die Hilfe eines Priesters in Anspruch nehmen.

«Und wie kam's, daß du dir dieses teure Gewand leisten
konntest?» fragte ich grinsend. «Bist du plötzlich ein reicher
Mann geworden?»

Doch Philip machte ein ernstes Gesicht. «Ich habe mich
schon vor einer ganzen Weile in dieses Wams verguckt», vertraute er mir an. «Und gestern hatte ich beim Betteln großes
Glück. Ich hatte eine gute Stelle, direkt vor dem Haus des Erz-
bischofs von York, in der Nähe von Charing Cross. Irgend jemand hatte mir erzählt, der Bischof sei diese Woche in London
beim König. Eine Versammlung des Staatsrats, glaube ich.
George Neville ist ein freigebiger Mann, auch wenn manche
Leute etwas ganz anderes erzählen.»

Ich fragte mich, ob der Erzbischof wußte, daß seine Nichte
verschwunden war. George Neville und der Herzog von Clarence, so hieß es, seien immer gute Freunde gewesen. Ob ihre
Freundschaft jetzt gefährdet war?

«Tja, ich habe mit Bertha harte Verhandlungen geführt»,
fuhr Philip Lamprey fort, «aber jetzt gehört das Wams mir. Ich
glaube, am Ende war Bertha doch ziemlich froh, daß sie es los-
geworden ist. Es hat schon viel zu lange bei ihr herumgehan-
gen. Normalerweise bringt sie ihre Sachen viel schneller unter
die Leute. Schau mal», sagte er und stieß mir seinen spitzen,
knochigen Ellenbogen in die Rippen, «in den Kragen sind mit
echtem Goldfaden Buchstaben eingenäht.» Er drehte mit einer
Hand den Kragen um und zeigte mir die Stelle.

Dicht am Rand des Fells konnte ich zwei mit Goldfäden ge-
stickte Buchstaben erkennen. C. W. Mein Herz begann, wie

wild zu schlagen. C. W.! War es möglich, daß dieses Wams einmal Clement Weaver gehört hatte?

Ich ermahnte mich selbst, nicht töricht zu sein. Schließlich gab es viele Namen mit den gleichen Anfangsbuchstaben. Dennoch betrachtete ich sie noch einmal eingehend. Die beiden Buchstaben waren ineinander verschränkt und mit zahlreichen Schnörkeln und Verzierungen versehen. Viele Fäden waren gerissen, doch an den Einstichlöchern konnte ich das ursprüngliche Muster erkennen. Wer auch immer diese Buchstaben gestickt hatte, hatte sich große Mühe gegeben. War es das liebevolle Werk einer Mutter gewesen? Einer Schwester? Alison Weaver?

«Ich glaube, ich kenne den Eigentümer dieser Jacke», sagte ich zu Philip Lamprey. «Kannst du mich zu dieser Bertha führen?»

Er sah mich erschrocken an. «Du machst aber keinen Ärger deswegen, oder? Du bringst sie nicht vor Gericht? Bertha ist meine Freundin! Ich will nicht, daß sie in Schwierigkeiten gerät.»

«Mach dir keine Sorgen, Philip. Ich möchte nur wissen, wie sie diese Jacke gefunden hat.» Er nagte immer noch unschlüssig an seiner Unterlippe, wußte nicht, was er von meinem Wunsch halten sollte. «Es ist schon lange her. Vielleicht kann sie sich gar nicht mehr daran erinnern.»

«Vielleicht. Aber ich möchte sie trotzdem fragen. Wenn du mich nicht zu ihr bringst, werde ich sie auf eigene Faust suchen. Bestimmt ist sie in Southwark überall bekannt.»

Philip seufzte. «Also, gut. Aber die Fähre mußt du bezahlen.»

Dazu war ich nur allzu gern bereit, und so gingen wir gemeinsam zum nächsten Bootssteg. Es war ein schöner Nachmittag, so daß wir uns in einem der offenen Boote zum anderen Ufer hinüberrudern lassen konnten. Das Sonnenlicht glitzerte auf den Wellen, und der klare Abendhimmel versprach auch für den nächsten Tag gutes Wetter.

Bei meiner Ankunft aus Canterbury hatte ich von Southwark

nur einen flüchtigen Eindruck gewonnen, war am nächsten Morgen früh aufgestanden, um über die Brücke in die Stadt zu gelangen. Doch man hatte mich schon vor Southwarks schlechtem Ruf gewarnt – vor den Bärenhatzgruben, den Hahnenkampfringen, den Hurenhäusern und den Bordellen. Southwark konnte sich jedoch auch mehrerer Kirchen rühmen, von denen St. Mary Overy die größte war, und in den Außenbezirken lagen ein paar vornehme Herrenhäuser. Ich erinnerte mich, daß mir einer der Pilger auf dem Weg von Canterbury ein Haus zeigte, das früher einmal Sir John Fastolf gehört haben soll. Er hatte mir auch das Tabard Inn empfohlen, das durch Geoffrey Chaucers Geschichten berühmt geworden war.

Als wir an Land gingen, standen einige Huren in ihren gestreiften Hauben am Ufer und warteten auf ein Boot, das sie zur Stadt hinüberbrachte.

«Wir haben gehört, daß der Erzbischof von York in London ist», rief eine von ihnen lachend dem Fährmann zu.

Wieder einmal war ich bestürzt darüber, daß Kirchenmänner mit Huren gemeinsame Sache machten, und mir wurde schmerzlich bewußt, daß ich längst noch nicht so weltläufig war, wie ich es mir manchmal gern eingeredet hatte.

Ich folgte Philip Lamprey durch ein Labyrinth von engen, schmutzigen Gassen, bis wir endlich einen verlassenen Kai namens Angel Wharf erreichten. Zunächst dachte ich, die traurige Ansammlung armseliger Hütten und halb verfallener Schuppen würde umherziehenden Bettlern als Unterschlupf dienen. Erst auf den zweiten Blick wurde mir klar, daß es sich um eine dauerhafte Ansiedlung handelte. An der Ufermauer waren sogar einige kleine Boote vertäut. Als Philip und ich uns den Hütten näherten, starrte uns ein Junge, der auf der Erde saß und mit Steinen spielte, feindselig an; dann senkte er, scheinbar unbeteiligt, seinen Blick und spielte weiter. Doch nur wenige Sekunden später ertönte hinter uns ein ohrenbetäubender Pfiff – offenbar eine Warnung vor den fremden Ankömmlingen. Zwischen den Hütten war niemand zu sehen.

Wäre ich alleine zur Angel Wharf gegangen, hätte ich dort nicht das Geringste ausrichten können. Wahrscheinlich wäre ich nicht einmal lebend zurückgekehrt. Angel Wharf war ein Diebesnest, dessen Bewohner sich auf abenteuerliche Weise durchs Leben schlugen und daher allen Fremden mit tiefstem Mißtrauen begegneten. Leute wie ich, die auch noch Fragen stellten, waren natürlich besonders unbeliebt.

Philip Lamprey aber fühlte sich hier wie zu Hause, denn er rief: «Bertha! Bertha Mendip! Ich bin's! Philip Lamprey!»

Wie durch ein Zauberwort öffneten sich die Schuppentüren, und wenige Augenblicke später starrten uns zahllose neugierige Gesichter an. Anfangs kam niemand näher. Wie Aussätzige ließen sie uns in der Mitte eines leeren Kreises stehen. Nach einer Weile löste sich etwas, das wie ein Bündel übelriechender Lumpen ausgesehen hatte, von den übrigen Gaffern, kam auf uns zu und entpuppte sich als eine kleine, bis auf die Knochen abgemagerte Frau mit faltiger, ledriger Haut. Mit Schrecken sah ich, daß das schmutzige kastanienbraune Haar, das wirr auf ihre Schultern hing, kaum graue Strähnen hatte. Die Frau hatte nicht mehr als fünfunddreißig Lenze gesehen, wirkte aber doppelt so alt – bis ich in ihre Augen sah. Sie waren strahlend blau und zeugten von Wißbegierde und Lebenslust.

«Wer ist denn das?» wollte Bertha von Philip Lamprey wissen.

«Ein Freund von mir.» Diese knappe Vorstellung schien Philip als völlig ausreichend anzusehen. «Er will dich etwas fragen. Über das Wams, das ich dir abgekauft habe.» Er zeigte auf die eigene Brust.

«Ach, ja?» Bertha wirkte unbeeindruckt, und auch die Tatsache, daß ich mit Philip befreundet war, schien ihr kein Vertrauen einzuflößen. «Und wer ist er?»

«Das habe ich dir doch schon gesagt», antwortete Philip ungeduldig. «Ein Freund. Du kannst ihm vertrauen.»

Unter den Zuschauern erhob sich ein unfreundliches Gemurmel, und ich spürte, wie sich meine Nackenhaare sträubten. Am liebsten hätte ich mich umgedreht und wäre davongelaufen. Doch dann hatte ich plötzlich eine Eingebung. Ich erinnerte mich daran, daß Philip sie Bertha Mendip genannt hatte, also nach einem Bezirk in Somerset.

«Ich bin Hausierer», sagte ich. «Ich war als Novize in Glastonbury, bis ich mich entschloß, das Kloster zu verlassen. Geboren bin ich in Wells. Mein Vater war Steinmetz und hat beim Bau der Kathedrale mitgearbeitet.»

Der Stammesstolz ist in England sehr ausgeprägt, selbst heute noch, und vor fünfzig Jahren war das um so stärker der Fall. Die Tatsache, daß ich, wie sie, aus Somerset kam, bewies zwar noch in keiner Weise, daß ich auch wirklich vertrauenswürdig war, doch Bertha Mendip gab sofort ihre abweisende Haltung auf und deutete mit dem Kopf auf eine der Hütten.

«Dann kommst du wohl am besten erst einmal rein.»

Im Innern der Hütte stank es nach Kleidern, die zu lange im Wasser gelegen hatten und mit verwesendem Fleisch in Berührung gekommen waren. Die Kleider hingen an Pfählen im hinteren Teil des Raums. Der Rauch eines unsteten Feuers wirbelte durch ein Loch in der Decke nach oben. Ein kleiner Junge, vermutlich Berthas Sohn, warf von Zeit zu Zeit ein feuchtes Stück Holz in die Flammen. Von Berthas Ehemann war nichts zu sehen.

«Also gut», sagte Bertha trotzig, als sei sie mit sich selbst unzufrieden, weil sie mich so schnell hereingebeten hatte. «Was willst du wissen?»

«Wo hast du die Leiche mit diesem Wams gefunden?» fragte ich und zeigte auf Philip Lamprey.

«Ach, das ist schon ewig her», wich sie aus. «Bestimmt mehr als ein Jahr. Weiß der Himmel, warum keiner das gute Stück kaufen wollte.»

«Dein Preis war zu hoch», warf Philip ein. «Bertha, es hat schon alles seine Ordnung. Du kannst ihm vertrauen. Er versucht, einen Freund zu finden, der im letzten Winter vor dem Crossed Hands Inn verschwunden ist. Keiner weiß, ob der junge Mann tot oder lebendig ist, und seine Familie tut sich schwer mit dem Verlust.»

Zwangsläufig hatte ich auf dem Weg zur Angel Wharf Philips unbezähmbare Neugier befriedigen müssen. Er hatte unbedingt wissen wollen, warum mich sein neues Wams interessierte, und so hatte ich ihm meine Geschichte erzählt – oder zumindest die Teile, die für unser Vorhaben wichtig waren. Ich hoffte inständig, daß ich sie Bertha nicht auch noch erzählen müßte, doch glücklicherweise schien sie mit Philips Erklärung zufrieden zu sein. Eine Weile dachte sie angestrengt nach, dann nickte sie endlich.

«In diesem Fall», sagte sie schließlich, «erinnere ich mich vielleicht doch. Kommt doch am besten mit, dann zeige ich euch die Stelle.» Sie wandte sich an ihren Sohn: «Matt, du bleibst hier und hältst das Feuer in Gang! Hast du gehört?»

Der Junge nickte verdrossen. Er war dünn, aber drahtig und stark und hantierte sehr geschickt mit den großen Holzstücken. Ich lächelte ihm zu, bekam aber nur einen finsteren Blick zurück.

Offenbar war er gegenüber allen Fremden, auch dann, wenn seine Mutter sie in ihr Haus einlud, zutiefst mißtrauisch. Ich gab den Versuch auf, ihn durch Freundlichkeit zu gewinnen, und ging Bertha und Philip nach, die bereits an der Kaimauer standen.

16

Ein Stück flußaufwärts, jenseits der glitzernden Wasserflä-
che, konnte ich die Umrisse des Towers sehen, und dahinter, auch wenn sie aus dieser Entfernung kaum auszumachen
waren, die Kais und Gassen rund um die Thames Street. Bertha
zeigte mit einem knochigen Finger über den Fluß.

«Da drüben war es. Ganz nahe am Ufer. Die Leiche eines jungen Mannes, die in den Fischnetzen hängengeblieben war. Das
passiert öfters mal. Es war die dritte Leiche, die wir dort gefunden haben.»

Ich brauchte eine Weile, bis ich diese Auskunft verdaut hatte.
«Waren alle Leichen voll angezogen?» fragte ich dann.

Bertha nickte. «Allerdings trugen sie keinen Schmuck, aber
bei Leuten, die ausgeraubt wurden, ist das ja wohl auch kaum
verwunderlich. Manchmal findet man natürlich auch Leichen,
die noch Ringe und Ketten tragen, Betrunkene, die nachts aus
Versehen ins Wasser gefallen, oder Leute, die über Bord der
Schiffe gegangen sind, vor allem bei den Bögen.» Damit meinte
sie wohl die Bögen der London Bridge, unter denen die Strömung bei Ebbe gefährliche Strudel bildete. Bertha fuhr fort:
«Aber die meisten sind arme Kerle, die wegen der paar Kröten,
die sie bei sich hatten, ihr Leben lassen mußten.»

Ich fand Berthas Mitleid für die Opfer, die sie erst auszog und
dann zurück in den Fluß warf, ein wenig makaber, war jedoch
vorsichtig genug, meinen Abscheu nicht zu zeigen. «Dieser
junge Mann, der das wollene Wams trug», fragte ich, «was
meinst du, wie alt er war?»

«Das habe ich dir doch schon gesagt», antwortete sie ungeduldig. «Es war ein junger Mann.» Sie musterte mich von oben bis unten. «In deinem Alter vielleicht. Hatte noch nicht lange im Wasser gelegen, als ich ihn fand. Die Fische hatten noch nicht an ihm geknabbert.»

Ich merkte, wie sich mir der Magen umdrehte, und hatte Angst, ich müßte mich übergeben. Doch es gelang mir, meinen Brechreiz zu unterdrücken, und nach einer Weile konnte ich fragen: «War das so um Allerheiligen herum?»

Bertha dachte nach und kaute mit den Zahnstummeln auf ihren schwarzen Fingernägeln. «Könnte sein», erwiderte sie zögernd. «Ja, das könnte sein. Die Tage wurden kürzer. Es wurde früh dunkel.» Und nach einer Weile fügte sie hinzu: «Es war schreckliches Wetter. Hatte einige Tage lang ununterbrochen geregnet, und als ich ihn gefunden habe, regnete es immer noch.»

«War das irgendwo in der Nähe der Crooked Lane?» fragte ich, als sie weiter schwieg.

«Ein Stückchen flußabwärts. Die Strömung hatte ihn noch nicht weit getragen. Er ist in den Netzen hängengeblieben, aber das habe ich dir ja schon gesagt.»

«Die anderen beiden Leichen, die du dort in der Nähe gefunden hast, war das vor oder nach dem jungen Mann?»

Bertha hörte auf, an ihren Nägeln zu kauen, und kratzte sich statt dessen am Kopf.

«Mit der ersten, das ist schon sehr lange her», antwortete sie schließlich. «Und an die zweite kann ich mich nicht mehr so genau erinnern. Eine Leiche sieht wie die andere aus, wenn sie erst einmal eine Weile im Fluß gelegen hat. In der Erinnerung bringe ich sie dann alle durcheinander.»

Ich dankte ihr höflich für ihre Hilfe und deutete Philip Lamprey an, daß es Zeit sei zu gehen. Ich war froh, Angel Wharf den Rücken zu kehren. Es war ein unheimlicher Ort.

«Glaubst du, daß Philips Wams dem jungen Mann gehört hat, nach dem du suchst?» fragte mich Bertha.

«Ja, da bin ich mir fast sicher. Wenn ich seinen Vater wiedersehe, werde ich ihm sagen, daß er seine Hoffnung begraben soll.» Ich wollte mich schon zum Gehen umwenden, als mir ein Gedanke durch den Kopf schoß. «Du kennst dich doch so gut in London aus», sagte ich. «Warum heißt die enge Gasse eigentlich Crooked Lane? Sie ist doch gar nicht krumm.»

Bertha kratzte sich wieder am Kopf.

«Sie hieß nicht immer so», antwortete sie nach einer Weile. «Als ich noch klein war, hatte sie einen anderen Namen... Doll!» schrie sie, und eine andere Frau, die wesentlich älter aussah als sie, erschien in der offenen Tür eines nahe gelegenen Schuppens. «Wurde die Crooked Lane, die von der Thames Street abführt, früher anders genannt?»

«Conduit Lane», sagte die andere Frau kurz und verschwand wieder in ihrem Schuppen.

«Genau.» Bertha nickte zufrieden. «Aber frag mich nicht, warum sich der Name geändert hat.»

Ich konnte mir vorstellen, daß die falsche Aussprache des Wortes «Conduit» im Laufe der Jahre zu dem Namen «Crooked» geführt hatte – aber «Conduit» hieß Kanal, und es gab auch keinen Kanal in der Straße. Wieder wurde Doll zu Rate gezogen.

«Warum wurde sie ‹Conduit Lane› genannt?» wollte Bertha wissen.

Zuerst schien es, als könnte Doll sich nicht erinnern oder wüßte den wahren Grund für die Bezeichnung nicht. Doch nachdem nicht nur Bertha, Philip und ich, sondern auch die anderen Bewohner von Angel Wharf, die inzwischen ein lebhaftes Interesse an der Sache entwickelt hatten, beharrlich auf sie eingeredet hatten, sagte sie schließlich, ihrer Erinnerung nach gebe es einen unterirdischen Kanal vom Keller eines der Wirtshäuser hinunter zum Fluß, und wenn sie nicht völlig falsch liege, sei er früher dazu benutzt worden, unversteuerte Weinfässer ins Wirtshaus zu schmuggeln.

Das war alles, was Doll uns sagen konnte, doch schon diese spärlichen Auskünfte ließen mein Herz vor Aufregung höher schlagen. Falls es den alten unterirdischen Kanal zwischen dem

Fluß und dem Crossed Hands Inn immer noch gab, bot er eine einzigartige Möglichkeit, sich der Leichen von Mordopfern zu entledigen.

Doch warum war es überhaupt zu diesen Morden gekommen? Warum hatte Clement Weaver sein Leben lassen müssen? Was war mit Sir Richard Mallory und Jacob Pender geschehen? Und was hatte all dies mit der geheimnisvollen jungen Frau zu tun, die von Martin Trollope wie eine Gefangene gehalten wurde? Auf keine dieser Fragen hatte ich bisher eine befriedigende Antwort finden können.

Ich bedankte mich nochmals bei Bertha und folgte Philip Lamprey zurück zum Steg bei der London Bridge, wo wir mit dem Boot zur Stadt übersetzten. Der Nachmittag war verstrichen, die Abendbrotzeit rückte heran, und mein Hunger begann sich zu regen. Ich brauchte eine Stärkung, und ich brauchte Zeit, um meine Gedanken zu ordnen. In den letzten beiden Tagen war so viel geschehen, daß ich in Gefahr geriet, vor Verwirrung handlungsunfähig zu werden. Mehr denn je war ich jetzt davon überzeugt, daß Clement Weaver nicht mehr am Leben war. Wieso sollte ich dann die Sache noch weiter verfolgen? Diese Frage stellte ich mir, als ich die Thames Street hinunterging, nachdem ich mich von Philip Lamprey verabschiedet hatte. Doch ich kannte die Antwort bereits. Es war Gottes Wille, daß ich das Rätsel löste, er hatte mir dafür einen weiteren Beweis geschickt. Jedenfalls konnte ich einfach nicht glauben, daß das wollene Wams nach all den Monaten zufällig an Philip Lamprey geraten war und ich ihn kurz darauf zufällig auf der Straße getroffen hatte. Nein, hier war Gottes Hand im Spiel, und darüber konnte ich mich nicht einfach so hinwegsetzen. Außerdem sagte mir mein sechster Sinn, daß alle Teilchen des Mosaiks bereits vor mir ausgebreitet lagen und ich sie nur richtig zusammensetzen müßte, um das Gesamtbild zu erkennen. Ich erinnerte mich an das quälende Gefühl, etwas ganz Wesentliches übersehen oder nicht richtig eingeordnet zu haben. Dieses Gefühl hatte ich in letzter Zeit mehrmals verspürt.

Hatte ich denn eine andere Wahl, als mit meinen Nachforschungen fortzufahren? Wenn mein Magen erst einmal wieder gefüllt war, so hoffte ich, würde ich vielleicht eine neue Eingebung haben.

Als ich in die Crooked Lane einbog und am Crossed Hands Inn vorbeikam, sah ich, daß im Innenhof ein ungewöhnlich geschäftiges Treiben herrschte. Einer vornehmen Dame im pelzbesetzten Mantel wurde gerade aus einer Kutsche geholfen, während ein Gentleman, ebenso kostbar gekleidet wie sie und offensichtlich ihr Ehemann, den Stallburschen genaue Anweisungen zur Versorgung der Pferde gab. Martin Trollope persönlich begrüßte seine hochgestellten Gäste, und die gesamte Dienerschaft war versammelt, um die Wichtigkeit dieses Besuches zu unterstreichen. Ja, den neu angekommenen Gästen wurde so viel Aufmerksamkeit geschenkt, daß ich auf die Idee kam, die Gelegenheit beim Schopfe zu packen und ins Wirtshaus zu schleichen, da mich sicherlich niemand bemerken würde. Ich ließ mein leeres Bündel unter dem Torbogen zu Boden gleiten, ging ruhigen Schrittes an Martin Trollope vorbei, stieg die Treppe zum Balkon hinauf und trat durch die Tür in den Flur.

Genau wie bei meinem ersten Besuch war hier oben keine Menschenseele zu sehen. Keine Diener liefen geschäftig von Zimmer zu Zimmer, und es herrschte eine unheimliche Stille, die mir mit meiner arg strapazierten Vorstellungskraft schon fast bedrohlich erschien. Behutsam drückte ich die Klinke zu meiner Linken, doch diesmal ließ sich die Tür nicht öffnen, ich drückte fest dagegen, doch sie schien von innen verriegelt zu sein.

Ich ging zum Fenster, öffnete es vorsichtig und schaute hinaus. Unten im Innenhof sah noch alles genauso aus, wie ich es verlassen hatte: Martin Trollope kümmerte sich persönlich um die Wünsche seiner Gäste, und die Diener waren damit beschäftigt, eine riesige Truhe abzuladen. Leise schloß ich das Fenster wieder. Nach dem lauten, herrischen Tonfall des Gentleman und der leiseren, doch nicht weniger befehlsgewohnten Stimme seiner Frau zu urteilen, würden die neuen Gäste den Wirt und seine Dienerschaft noch eine ganze Weile auf Trab halten. Ich ging zur Tür zurück und drückte noch einmal fest dagegen, doch die Tür gab nicht nach.

Ich versuchte, durch den Spalt zwischen Tür und Türpfosten zu schielen, konnte aber nichts erkennen. Dann flüsterte ich: «Ist jemand im Zimmer?»

Stille. Schließlich eine leise Bewegung, wie das Rascheln eines Frauenkleids, das über die Binsen auf dem Fußboden streift. Ich flüsterte noch einmal, diesmal etwas lauter: «Ist jemand im Zimmer?»

Diesmal bekam ich ein leistes Hüsteln zur Antwort, doch auch diesem Lebenszeichen folgte tiefes Schweigen. Ich rüttelte an der Klinke, entschied mich dann aber für ein anderes Vorgehen. «Habt keine Angst», sagte ich. «Ich gehöre nicht zum Wirtshaus. Ich bin Euer Freund. Ich möchte Euch helfen.»

Wieder hörte ich Kleider rascheln, dann ein schwaches Atmen auf der anderen Seite der Tür. «Wer seid Ihr?» fragte eine Frauenstimme, ängstlich und leise. «Wie heißt Ihr?»

«Mein Name ist Roger. Ich bin Hausierer. Ich glaube, ich sah Euch gestern morgen am Fenster stehen. Ich dachte... Ich weiß nicht, warum, aber ich hatte irgendwie das Gefühl, Ihr seid in Gefahr, werdet gegen Euren Willen hier festgehalten... Falls ich unrecht habe, könnt Ihr es ruhig sagen.»

Wieder entstand eine längere Pause, dann flüsterte die Frauenstimme: «Kann ich Euch auch wirklich vertrauen?»

«Unbedingt», konnte ich gerade noch antworten, dann waren Schritte auf der kleinen Wendeltreppe am Ende des Flurs zu hören. Einen Stapel frisches Leinen, das offenbar für das Zimmer der Gefangenen bestimmt war, auf dem Arm, erschien eines der Zimmermädchen vor mir und sah mich mißtrauisch an.

«Was machst du hier?» fragte sie barsch. «Weiß der Wirt, daß du dich hier herumtreibst?»

Ich mußte mir schnell etwas einfallen lassen. «Ich suche einen eurer Gäste», erklärte ich. «Einen gewissen Gilbert Parsons. Das ist doch hier das Baptist's Head, oder?»

«Nein, das Baptist's Head liegt noch ein Stück die Straße hinunter. Du bist hier im Crossed Hands Inn.» Das Mädchen schnaubte verächtlich. «Meister Trollope würde sich schön bedanken, wenn er wüßte, daß du sein prächtiges Haus mit dieser armseligen Absteige verwechselt hast. Und jetzt fort mit dir!» Ein leichtes Grinsen stahl sich auf ihr Gesicht. «Ehe ich herausfinden kann, ob du auch wirklich die Wahrheit gesagt hast.»

Mir blieb nichts anderes übrig, als zu gehen und mein Pech zu verfluchen. Doch ich hatte das deutliche Gefühl, daß ich von der geheimnisvollen Frau in dem verschlossenen Zimmer ohnehin nicht mehr erfahren würde, auch wenn ich mich irgendwo versteckte und wartete, bis die Luft wieder rein war. Sie war vor der Unterbrechung schon ängstlich genug gewesen – von nun an würde sie doppelt ängstlich sein. Also lächelte ich dem Zimmermädchen freundlich zu und ging durch die Tür auf den Balkon hinaus. Unten im Innenhof hatte sich nicht viel verändert. Der lautstarke Gentleman und seine offenbar nicht leicht zufriedenzustellende Frau beanspruchten auch weiterhin Martin Trollopes ganze Aufmerksamkeit. Ich hörte, wie die Frau sagte: «Der Herzog von Clarence hat uns, als er bei uns in Devonshire zu Besuch war, dieses Wirtshaus höchstpersönlich empfohlen. Ich bin sicher, er wäre ganz und gar nicht erfreut, wenn ihm zu Ohren käme, daß wir mit einem minderwertigen Zimmer im hinteren Teil des Hauses abgespeist wurden.»

«Ganz recht! Ganz recht, meine Liebe!» pflichtete der Ehemann ihr bei und bekräftigte seine Forderung mit einem kräftigen Schlag auf Meister Trollopes Schulter. «Quartiert die anderen Gäste aus! Es wäre uns alles andere als angenehm, uns beim Herzog beschweren zu müssen, aber wenn es nicht anders geht...»

Was er sonst noch sagte, hörte ich nicht. Ich stand da wie vom Donner gerührt. Paulus hatte auf seinem Weg nach Damaskus sicherlich keine größere Offenbarung als ich auf dem Balkon des Crossed Hands Inn. Ich wußte, welche vornehme Dame in dem Zimmer versteckt gehalten wurde, auch wenn ich ihr Gesicht diesmal nicht gesehen hatte. Vor fünf Monaten in der Corn Street in Bristol war ich ihr schon einmal begegnet. Ich rief mir ins Gedächtnis zurück, was Bess mir erzählt hatte: Martin Trollope war der Vetter eines Vetters des Herzogs von Clarence. Und auf einmal kam auch die Erinnerung an Philip Lampreys Worte zurück: «Einmal habe ich jemanden sagen hören, er sei ein ganz gieriger Hund. Würde für Geld alles tun.» Und Thomas Prynne hatte mir gesagt: «Ein großer Teil von Trollopes Geschäft geht direkt auf die Empfehlung des Herzogs zurück. Ich wünschte, ich könnte mich einer solchen Verbindung rühmen.»

Martin Trollope schuldete dem Herzog von Clarence einen Gefallen. Deshalb hatte der Herzog auch sofort ans Crossed Hands Inn gedacht, als er seine Schwägerin vor seinem Bruder verstecken wollte. Wer würde eine so hochgestellte Dame schon in einem ganz gewöhnlichen Wirtshaus suchen? Vor der Dienerschaft ließ sich ihre Anwesenheit allerdings nicht verbergen, daher die Geschichte mit dem neuen Küchenmädchen, das krank war und in seinem Zimmer bleiben mußte. Wie lange sich diese Lügengeschichte aufrechterhalten ließ, war schwer zu sagen, doch zweifellos hatte der Herzog von Clarence für den Fall, daß im Crossed Hands Inn jemand mißtrauisch wurde, schon weitere Pläne geschmiedet. Nur mit mir, der ich von außen kam, hatte er nicht gerechnet.

Leise schlich ich die Stufen hinunter, ging hinter Martin Trollope über den Hof, nahm meinen Stock und mein Bündel und trat in die Crooked Lane, ehe ich mir über die gefährliche Situation, in der ich mich befunden hatte, noch große Gedanken machen konnte. Mein Herz pochte heftig, und ich eilte zum Baptist's Head, um Thomas Prynne um Rat zu fragen.

«Das sind ungeheuerliche Vorwürfe, die du da erhebst, mein Junge. Bist du dir deiner Sache wirklich sicher?»

Ich konnte es Thomas Prynne und Abel Sampson nicht übelnehmen, daß sie mir nicht ohne weiteres glaubten. Ich empfand das Ganze ja selbst als unglaublich und hatte ihre Leichtgläubigkeit nicht überstrapazieren wollen, indem ich alle meine anderen Verdächtigungen gegen Martin Trollope und das Crossed Hands Inn wiederholte. Ich wußte jetzt, was ich in der Sache zu unternehmen hatte, doch als erstes mußte Lady Anne gerettet werden.

Die Dämmerung hatte gerade erst eingesetzt, und bis zum Abendläuten hatte ich noch ein paar Stunden Zeit. Während ich Thomas und Abel meine Geschichte erzählte, hatte ich hastig mein Abendessen heruntergeschlungen und zutiefst bedauert, daß ich Thomas Prynnes ausgezeichnete Kochkunst nicht mit größerer Muße hatte würdigen können. Anfangs hörten sich die beiden meine Geschichte mit größter Zurückhaltung an, doch bald war ihr Interesse geweckt, und die Aufregung über die geheimnisvollen Geschehnisse in ihrer Nachbarschaft war deutlich zu spüren. Die Stimmung in der Küche war äußerst angespannt.

«Wo kann ich den Herzog von Gloucester finden?» fragte ich die beiden.

Abel sah Thomas an und hob die Augenbrauen. «Ich glaube, wenn er in London ist, wohnt er in Baynard's Castle, bei seiner Mutter, der Herzogin von York.»

Thomas nickte zustimmend.

«Und wo ist das?» fragte ich ihn.

«Nicht weit vom Stalhof, unten beim Fluß. Es hat einst zum Kloster der Dominikaner, der Black Friars, gehört, und der Stadtteil trägt bis heute ihren Namen.»

«Ich glaube, ich habe es schon gesehen. Ein sehr großes Haus mit Zinnen und Türmen.»

Wieder nickte Thomas, doch er machte ein sorgenvolles Gesicht. «Weißt du auch, was du da tust, mein Junge? Der Herzog wird es dir nicht danken, wenn du ihn auf eine falsche Fährte hetzt. Bist du dir ganz sicher, daß Lady Anne vermißt wird?»

«Der Diener des Herzogs hat es mir selbst erzählt. Das habe ich Euch doch alles schon gesagt.»

Es muß ziemlich ungehalten geklungen haben, denn Abel entgegnete scharf: «Du brauchst nicht gleich die Geduld zu verlieren. Thomas will nur verhindern, daß du dich lächerlich machst. Schließlich hast du die Frau, die angeblich im Crossed Hands Inn versteckt wird, gar nicht gesehen.»

Ich vergaß meinen Groll, denn mir wurde klar, daß die beiden nur zu meinem eigenen Besten zur Vorsicht mahnten. «Tut mir leid», sagte ich zerknirscht, «aber ich bin mir so sicher, wie sich ein Mensch nur sicher sein kann, daß es sich bei der jungen Frau um Lady Anne handelt. Wenn ich nicht sofort zum Herzog ginge, würde ich meine Pflicht sträflich vernachlässigen.» Warum ich allerdings gegenüber dem einen königlichen Bruder eine größere Verpflichtung empfand als gegenüber dem anderen, konnte ich mir selbst nicht erklären. Vielleicht hatte es damit zu tun, daß wir am gleichen Tag geboren waren, vielleicht aber auch mit dem unmittelbaren Gefühl der Zuneigung, das der junge Herzog, als ich ihn zur Paulskathedrale hatte reiten sehen, in mir ausgelöst hatte. Und schließlich hatte jeder nur Gutes über den jüngsten Bruder des Königs zu sagen, während sich nur wenige beifällig über den Herzog von Clarence äußerten. Doch wo auch immer die tieferen Gründe lagen – meine Treue und meine Zuneigung zu Richard von Gloucester haben bei unserer ersten Begegnung begonnen und seitdem nicht nachgelassen. Ihr mögt mir verzeihen, wenn ich dies im Laufe meiner Geschichte schon mehrmals betonte, doch dieser Mann war der Leitstern meines Lebens.

«Tja, wenn du gehen mußt, mußt du gehen», sagte Thomas, stand auf und verschwand aus der Küche. Als er wenig später wiederkam, hatte er einen bis zum Rand gefüllten Krug in der Hand. «Von unserem besten Ale», sagte er und stellte den Krug vor mir auf den Tisch. «Es wird ein kalter Abend werden. Du brauchst etwas, um der Kälte zu widerstehen.»

Gierig streckte ich meine Hand nach dem Krug aus, zog sie aber gleich wieder zurück. Ich dachte daran, wie es mir am Abend zuvor mit dem Wein ergangen war. Auf keinen Fall wollte ich betrunken vor dem Herzog erscheinen. Zwar enthielt das Ale weniger Alkohol als der schwere Bordeaux, doch ich wollte keinerlei Wagnis eingehen.

«Was ist los?» fragte Thomas gekränkt. «Ich sagte doch, das ist unser bestes Ale.»

«Das bezweifle ich ja auch gar nicht», beschwichtigte ich ihn. «Ich möchte einfach nur einen klaren Kopf behalten.»

«Ach so!» Thomas lächelte verständnisvoll. «Natürlich! In diesem Fall werden wir dich entschuldigen, nicht wahr, Abel?»

Abel grinste spöttisch. Ich fühlte mich nicht ganz wohl in meiner Haut. Abel hatte mich nie so herzlich aufgenommen wie Thomas. Aber er hatte ja auch keinen Grund dafür, denn er kannte Marjorie Dyer nicht. Bei dem Gedanken an die Haushälterin der Weavers zuckte ich unwillkürlich zusammen. Wenn alle Machenschaften im Crossed Hands Inn aufgedeckt waren, würde Thomas Prynne noch einen unangenehmen Schock erleben.

Ich stand vom Tisch auf, zog meinen dicken Mantel an und nahm meinen Stock in die Hand.

«Wünscht mir Glück», sagte ich lächelnd.

«Von ganzem Herzen.» Thomas reichte mir seine Hand. «Wir werden deine Rückkehr mit Spannung erwarten.»

17

Ich weiß nicht mehr genau, wann ich bemerkte, daß ich ver- folgt wurde. Ich hatte mich nicht beeilt, sondern war betont langsam gegangen, weil ich nicht abgehetzt und außer Atem in Baynard's Castle ankommen wollte. Ich mußte meine fünf Sinne beisammen halten, ruhig und bestimmt auftreten, um überhaupt zum Herzog vorgelassen zu werden. Während ich die Thames Street hinunterging, hoffte ich inständig, daß er zu Hause war.

In der Nähe der Brücke, wo die Fish Street in nördlicher Rich- tung zur Cheapside und zum Bishop's Gate abzweigt, sah ich mich zufällig um. Irgendein Geräusch hatte meine Aufmerk- samkeit erregt, doch ehe ich noch seine Quelle ausfindig machen konnte, bemerkte ich eine schlanke, vermummte Gestalt, die sich in einiger Entfernung hinter mir geschickt durch die Menge schlängelte. Doch auch davon hätte ich keine besondere Notiz genommen, wäre die Gestalt nicht, sobald ich den Kopf um- drehte, hinter einem Verschlag verschwunden.

Dieses plötzliche Verschwinden schien zu ihrem vorher so zielstrebigen Schritt in einem seltsamen Widerspruch zu stehen, der mich verblüffte. Außerdem war mir irgend etwas an der Gestalt bekannt vorgekommen. Die Bewegung, das Flattern des langen Mantels, die Kapuze, die weit nach vorn über den Kopf gezogen war und das Gesicht verdeckte... Plötzlich fiel es mir wieder ein: Es war die gleiche Gestalt, die ich in den frühen Mor- genstunden durch die Crooked Lane zum Crossed Hands Inn hatte laufen sehen.

Einige Minuten lang ging ich ruhig weiter, ehe ich mich zum

zweiten Mal umdrehte. Die vermummte Gestalt folgte mir immer noch und hatte schon so weit aufgeholt, daß ich unter ihrem Mantel ein Stück von einem Rocksaum erkennen konnte. Eine Frau also! Doch wer? Die Antwort fiel mir nicht schwer: Matilda Ford, Marjorie Dyers Base. Meine Anwesenheit im Crossed Hands Inn war also doch bemerkt worden. Oder das Zimmermädchen hatte Martin Trollope von unserem Zusammentreffen erzählt. Mißtrauisch, wie er nun einmal war, hatte er Matilda ausgeschickt, um das Baptist's Head zu beobachten, und als er erfuhr, daß ich am Abend noch einmal ausgegangen war, hatte er ihr befohlen, mir zu folgen. Zu der Zeit war ich schon ein gutes Stück vorangekommen, und sie mußte sich beeilen, um mich einzuholen.

Als ich mich wieder nach der Gestalt umdrehte, verlangsamte sie sofort ihren Schritt und hielt beim Verkaufsstand eines Fleischers an, um sich seine Ware anzusehen. Ich beobachtete, wie der Mann mit ihr sprach, doch sie schüttelte nur den Kopf und ging langsam weiter. Als ich wenige Minuten später ein viertes Mal über meine Schulter zurücksah, hatte sie mich fast eingeholt. Wir hatten den Eingang zur London Bridge bereits hinter uns gelassen, und die Straßen wurden jetzt merklich leerer; die meisten Menschen hatten ihr Tagwerk beendet und rüsteten sich für den Heimweg. Manche Ladenbesitzer begannen, ihre Auslagen zusammenzupacken, andere riefen in der Hoffnung, noch ein paar letzte, kurzentschlossene Käufer zu locken, ihre Ware aus.

Während ich ruhigen Schrittes weiterging, überlegte ich fieberhaft, wie ich mich verhalten sollte. Sollte ich einfach weitergehen und so tun, als hätte ich meine Verfolgerin gar nicht bemerkt? Oder sollte ich mich umdrehen und sie zur Rede stellen? Doch wie würde sie auf diese Herausforderung reagieren? Und was erhoffte sich Martin Trollope davon, mir eine Frau hinterherzuschicken, die mir doch kaum etwas anhaben konnte? Kurz darauf nannte ich mich selbst einen begriffstutzigen Trottel: Matilda Ford brauchte mich gar nicht anzugreifen. Sobald sie sah, wohin ich ging, würde sie schnellstens zum Crossed Hands Inn zurücklaufen, man würde Lady Anne fortschaffen und an einem anderen Ort verstecken. Ich konnte also nur versuchen, sie irgendwie abzuhängen.

Aber wie? Vor mir waren die Türme von Baynard's Castle zu sehen. Wenn ich nicht sofort handelte, würde Matilda mein Ziel erraten, zu Martin Trollope zurückkehren und ihn warnen... Eine Frau in einer gestreiften Haube löste sich aus dem Schatten, und eine Hand streichelte meine Schulter.

«Suchst du jemanden, Kleiner?»

Man hat mir im Laufe meines Lebens viele Spitznamen gegeben, manche passend oder wohlverdient, doch «Kleiner» hat von all diesen Namen wohl am wenigsten zu meiner Größe und zu meinem Körperbau gepaßt. Dennoch war diese Frau ein Geschenk des Himmels – und wenn Gott einst Maria Magdalena schickte, warum dann nicht auch andere Huren? Ich legte einen Arm um ihre Taille und stellte erleichtert fest, daß sie angenehm sauber roch.

«Wo... äh... wo arbeitest du?»

Sie lachte und deutete auf eine schmale Gasse. «Bei Mutter Bindloss, in der Pudding Street. Komm ruhig mit, es ist gleich hier um die Ecke.»

Ich widerstand der Versuchung, mich noch einmal umzudrehen und nachzusehen, ob Matilda Ford uns auch noch weiterhin folgte. Statt dessen ließ ich mich von der Frau in die genannte Gasse führen. Ein abscheulicher Gestank drang in meine Nase, und ich sah, daß das Rinnsal, das in der Mitte der Gasse verlief, vor Abfällen und menschlichen Exkrementen überquoll. Dazwischen lagen eine tote Katze und mehrere tote Ratten. In London sind die meisten Straßen nicht gerade sauber zu nennen, doch diese hier war ganz besonders widerlich.

Über einer Haustür ging ein Gatter auf und eine Stimme rief: «Wer ist da?»

«Susan», zischte das Mädchen zur Antwort. «Ich habe einen Freier dabei.»

Ich konnte der Versuchung nicht länger widerstehen, blickte mich um und sah gerade noch, wie Matilda Ford um die Straßenecke verschwand. Ich vertraute darauf, daß ihre Neugier nun gestillt war und sie den wahren Grund meines abendlichen Spaziergangs nicht erraten hatte.

Die Tür ging auf, und ich trat, von Susan durch einen kleinen Schubs ermuntert, ins Haus. Eine tropfende Kerze beleuchtete einen schmalen Flur und eine Treppe, auf der mehrere halbnackte Mädchen hockten.

«Heiliger Strohsack!» rief eines der Mädchen und reckte neugierig den Hals. «Wo hast du den bloß aufgegabelt? Hallo, Süßer! Wenn du mit Susan fertig bist, wende dich ruhig vertrauensvoll an mich! Ein großer Junge wie du hat doch bestimmt mehr als nur eine Nummer auf Lager.»

Die anderen Mädchen brachen in grölendes Gelächter aus, und zu meiner Bestürzung merkte ich, daß ich errötete. Zum Glück war es so dunkel, daß sie es wohl kaum gesehen hatten. Ich drehte mich zu meiner Begleiterin um.

«Es tut mir leid», sagte ich, suchte in der Börse an meinem Gürtel und zog einen Silberpenny heraus, «aber ich möchte deine... Dienste nicht in Anspruch nehmen.» Susan starrte mich an, die Münze in der Hand. «Ich bezahle dich gerne für deine Zeit und deine Mühe. Aber ich bin nur mitgekommen, um die Frau abzuschütteln, die mir gefolgt ist. Mehr kann ich im Augenblick leider nicht sagen.»

«Deine Frau, was?» fragte das Mädchen, das zuerst gesprochen hatte. «Und du schleichst dich gleich zu einer anderen?» Mitfühlendes Gemurmel erhob sich, und selbst Susan, die zuerst beleidigt gewesen war, lächelte wieder und klopfte mir freundlich auf die Schulter.

«Hier hast du dein Geld zurück, Kleiner. Und wenn dich deine Liebste nicht will, dann komm zurück. Wir werden dich gerne unterhalten.»

Zustimmende Rufe ertönten von der Treppe, während ich die Tür aufstieß und wieder auf die enge Gasse trat. Ich bedankte mich bei meiner Retterin mit einem Kuß auf die Wange und machte mich auf den Weg zum Baynard's Castle. Ich hörte die Tür nicht ins Schloß fallen, daher nahm ich an, daß Susan mir nachschaute und vielleicht insgeheim doch bedauerte, daß sie mich so schnell hatte gehen lassen. Ich blickte über die Schulter zurück. Ja, sie stand noch immer in der offenen Tür...

Genau in diesem Moment, als ich noch durch Susan abgelenkt war, sah ich aus dem Augenwinkel eine plötzliche Bewegung. Blitzschnell drehte ich mich um, gerade noch rechtzeitig, um den Schlag abzuwehren. Matilda Ford war mit erhobenem Arm, ein Messer in der Hand, aus einem der Haustore auf mich zugeschossen.

Ohne zu überlegen, nahm ich meinen Stock in beide Hände und schaffte es gerade noch, den Hieb abzuwehren. Einen Augenblick lang verlor Matilda ihr Gleichgewicht, dann fing sie sich wieder und kam, behende wie eine Katze, auf mich zu. Die erhobene Klinge des langen, scharfen Messers, mit dem ich sie im Crossed Hands Inn Kaninchen hatte häuten sehen, blitzte bedrohlich. Wieder parierte ich ihren Schlag, doch als ich versuchte, der nächsten Attacke durch einen Schritt zur Seite auszuweichen, rutschte ich auf einem Abfallhaufen aus und fiel der Länge nach hin. Verzweifelt versuchte ich, wieder auf die Beine zu kommen, doch sie war schneller, und aus den Augenwinkeln sah ich sie zum tödlichen Hieb ausholen. Ihre Kapuze war heruntergerutscht, so daß ich jetzt ihr Gesicht sehen konnte, die Lippen und die dunklen Zähne, die unheilvoll blitzenden Augen, die Nasenflügel, die sich blähten, als ob sie mein Blut schon riechen könne. Es schien meine erste und letzte Begegnung mit dem Tod zu werden. Mit einem verzweifelten Aufschrei rollte ich mich zur Seite.

Doch ich hatte wenig Aussicht, ihrem Messer zu entkommen. Wie im Traum sah ich die blitzende Klinge auf mich herniederstoßen und schloß die Augen... Doch nichts geschah. Nach einer Weile, die mir wie eine Ewigkeit erschien, in Wirklichkeit aber nur einige Sekunden gedauert haben kann, öffnete ich die Augen. Ich hörte ein Gewirr kreischender Frauenstimmen, Schreie und Verwünschungen, Flüche und Schimpfworte, wie ich sie noch nie zuvor in meinem Leben vernommen hatte. Während ich versuchte aufzustehen, sah ich, wie Matilda Ford mit einer Gruppe Frauen kämpfte. Die Frauen wurden von Susan angeführt, die es durch einen gezielten Biß ins Handgelenk geschafft hatte, daß Matilda ihr Messer fallenließ. Als ich mich bückte, um das Messer aufzuheben, hörte ich das Reißen von Stoff, und die davoneilenden Schritte bewiesen mir, daß meine Angreiferin entkommen war und nur ihren zerrissenen Mantel zurückgelassen hatte.

«Laßt sie laufen!» rief ich schnell. «Und vielen Dank, daß ihr mir das Leben gerettet habt.»

«Mann!» rief eines der Mädchen. Seine nackten Brüste hoben und senkten sich rasch, und es rang nach Atem. «Was für ein Drachen! Wie bist du nur dazu gekommen, sie zu heiraten?»

Fast hätte ich vergessen, daß sie glaubten, meine Ehefrau habe mich verfolgt; zum Glück hatten sie mich selbst daran erinnert. Aber jetzt mußte ich so schnell wie möglich zum Baynard's Castle kommen und hatte keine Zeit, ein großes Gezeter anzufangen.

«Ach, ich wißt ja, wie das ist», sagte ich achselzuckend. «Die Menschen verändern sich, und ich habe ihr wohl auch Grund zur Verbitterung gegeben. Doch jetzt muß ich gehen. Mein... äh... mein Schatz wird sich schon wundern, wo ich bleibe. Vielen Dank nochmals euch allen.»

Mein Abschied wurde von einem Chor zotiger Sprüche begleitet. Am Ende der Gasse schaute ich vorsichtig nach links und nach rechts, um ganz sicher zu sein, daß Matilda Ford mir nirgends mehr auflauerte, ehe ich mich umdrehte, um meinen Retterinnen noch einmal zuzuwinken. Dann, noch immer etwas wacklig auf den Beinen, doch nach wie vor fest entschlossen, der Wahrheit zum Triumph zu verhelfen, schritt ich rasch auf Baynard's Castle zu.

Die Wachen am Tor weigerten sich, mich durchzulassen. Zwar gaben sie zu, daß sowohl der Herzog von Gloucester als auch Herzogin Cicely von York im Hause weilten, meinten aber, es könne sie ihre Stellung kosten, wenn sie so kurz vor dem Abendläuten noch einen Fremden einließen. Um diese Zeit pflege der Herzog sich auszuruhen, seine Gäste zu bewirten und sich seinen beiden Kindern, Lady Katherine und Lord John, zu widmen.

«Wenn du ein Gesuch einreichen willst», sagte der eine Wachmann zu mir, «mußt du morgen wiederkommen. Du hat großes Glück. Morgen früh nimmt der Herzog Gesuche entgegen.»

«Ich habe aber kein Gesuch einzureichen», erwiderte ich ungeduldig. «Meldet dem Herzog wenigstens, daß ich hier bin. Die Sache ist dringend.»

Die beiden Männer brachen in lautes Gelächter aus. «Was meinst du wohl, wer du bist, du frecher Kerl?» fragte der größere der beiden, und der kleinere fügte höhnisch hinzu: «Wir lassen doch nicht jeden dahergelaufenen Burschen herein, der sich einbildet, dem Herzog etwas Wichtiges melden zu müssen. Außerdem könntest du unter deinem Mantel ein Messer verborgen haben.»

Ich öffnete meinen Mantel, um ihnen zu zeigen, daß ich keinerlei Waffen bei mir trug – nur um mich, allerdings viel zu spät, daran zu erinnern, daß ich Matilda Fords Messer aufgehoben und in den Gürtel gesteckt hatte. Beim Anblick des Messers ergriffen mich die Wachen und zerrten mich ins Innere des Schlosses.

Zumindest hatte ich jetzt das Tor des Schlosses passiert, wenn auch unter anderen Umständen, als ich sie mir erhofft hatte. Lautstark beteuerte ich meine guten Absichten und versuchte, die Hilferufe der Wachen niederzuschreien. Verzweifelt fragte ich mich, wie um alles in der Welt ich sie davon überzeugen könnte, daß ich kein Attentäter war. Ich schickte ein Stoßgebet zum Himmel. Sicherlich würde mich Gott in dieser Lage nicht im Stich lassen.

Tatsächlich, Er kam mir zur Hilfe. Der erste, der, von den lauten Rufen der Wachen aufgeschreckt, in den Innenhof gelaufen war, war der kleine Mann, den ich auf der Cheapside vor dem übereifrigen Ladenbesitzer gerettet hatte.

«Was geht hier vor?» fragte er ungehalten. «Diesen Lärm kann man ja noch in den Gemächern des Herzogs hören. Ich hoffe, es gibt eine gute Erklärung dafür...» Er erkannte mich und hielt inne. «Was machst du denn hier?» fragte er dann.

Die beiden Wachen, die sicher gewesen waren, einen Schwerverbrecher geschnappt zu haben, sahen ihn überrascht an. «Du kennst ihn?» fragten sie ungläubig.

«Eine flüchtige Bekanntschaft...» begann mein Freund, doch ich fiel ihm ins Wort.

«Ich muß unbedingt mit dem Herzog sprechen. Auf der Stelle! Ich glaube, ich habe Lady Anne Neville gefunden.»

Wenn ich sage, daß ihm tatsächlich die Kinnlade herunterfiel, so ist das keine Übertreibung. Sein Unterkiefer berührte fast seinen Kragen. «Bist du dir sicher?» fragte er streng.

Einen kurzen Augenblick lang zögerte ich. Wenn ich ihm die Wahrheit gesagt und zugegeben hätte, daß ich Lady Anne nicht selbst gesehen hatte, hätte man mir vielleicht wieder böse Absichten unterstellt. Ich aber war mir meiner Entdeckung völlig sicher. Also holte ich tief Luft und sagte: «Ja. Ich weiß, wo Lady Anne versteckt gehalten wird.»

Der kleine Mann drehte sich zu den Wachen um. «Laßt ihn los!» befahl er. «Ich verbürge mich für ihn.» Und, an mich gewandt, fügte er hinzu: «Komm hier entlang!»

Die Wachen traten widerwillig beiseite – allerdings erst, nachdem sie mir meinen Stock und das Messer abgenommen hatten. Sie waren noch immer nicht von meiner Unschuld überzeugt und hegten tiefes Mißtrauen gegen mich. Ich schenkte ihnen ein beruhigendes Lächeln und folgte meinem Freund durch ein Tor in den inneren Schloßhof, in dem die Waschküche, das Backhaus und die Küchen untergebracht waren. Die Fackeln in den Eisenhaltern brannten schon; ihr Licht flackerte über die alten

Mauersteine. Im inneren Hof war weit mehr Betrieb als im äußeren: ein ständiges Kommen und Gehen, ohne das die Großen und Mächtigen offenbar nicht zufriedenzustellen waren. Männer und Jungen in der Livree des Herzogs von Gloucester hasteten wichtigtuerisch hin und her, ohne – so erschien es mir jedenfalls – wirklich etwas auszurichten.

Man führte mich eine schmale Steintreppe hinauf und einen ebenso schmalen Flur entlang, wobei ich mich ständig an die Wand drücken mußte, um die entgegenkommenden Diener durchzulassen. Mein kleiner Freund wurde darüber immer ungeduldiger und rief schließlich: «Platz da! Wir sind zum Herzog unterwegs!» Ich kann nicht behaupten, daß dies eine unmittelbare Wirkung hatte, aber unser Fortkommen beschleunigte sich doch ein wenig. Endlich erreichten wir einen Torbogen, vor dem ein Ledervorhang hing. Feierlich wurde ich in das dahinterliegende Vorzimmer geleitet. Ich hatte den Eindruck, daß mein kleiner Freund diesen triumphalen Augenblick genoß.

Ein junger Mann, der an einem Tisch saß und offenbar mit wichtigen Papieren·beschäftigt war, schaute auf und sah uns fragend an. «John Kendal, der Schreiber des Herzogs», zischte mir mein Freund ins Ohr.

«Timothy Plummer! Was kann ich für dich tun?» fragte John Kendal. «Und wen bringst du da mit?»

«Er heißt Roger Chapman und hat eine äußerst wichtige Nachricht für den Herzog.»

Der Schreiber hob ungläubig die Augenbrauen und musterte mich von oben bis unten. Ich erwiderte seinen Blick, so fest es mir angesichts dieser eingehenden Prüfung möglich war. Doch was er sah, schien ihm zu gefallen, denn er nickte und schaute mich freundlich an.

«Was für eine Nachricht könnte das sein? Ich warne dich, Roger Chapman, denn es muß schon etwas sehr Wichtiges sein, wenn dich der Herzog zu dieser Stunde noch empfangen soll. Diese Zeit des Tages ist eigentlich ganz seiner Mutter und seinen Kindern gewidmet.»

«Er wird mich empfangen», antwortete ich kühn. «Ich glaube, den Aufenthaltsort von Lady Anne Neville zu kennen.»

Der Raum, in den man mich nun führte, war nicht besonders groß, dafür aber wahrhaft fürstlich eingerichtet. Wohlriechendes Kiefernholz brannte in einem großen Kamin, und die Binsen auf dem Boden waren mit zahlreichen Trockenblumen vermischt. Es gab mindestens drei Sessel, deren Rückenlehnen mit geschnitzten Vögeln und Blättern reich verziert waren, dazu vier oder fünf einfachere Stühle. Auf einem niedrigen Tisch an der einen Wand standen ein silberner Krug und mehrere Kelche aus feinem venezianischem Glas, das im Schein des Feuers herrlich funkelte. Die Wände waren mit Wandteppichen geschmückt, auf denen der Kampf des Herkules mit Nereus dargestellt war, erst als Hirsch, dann als Vogel, Hund, Schlange und schließlich als Mensch. Myriaden von Wachskerzen, so erschien es zumindest meinen geblendeten Augen, steckten in dem kupfernen Kronleuchter, der von der Decke hing.

Im Gemach des Herzogs sah ich auch zum ersten Mal in meinem Leben einen Teppich. Zwei Kinder, ein Mädchen und ein etwas jüngerer Knabe, saßen darauf und spielten vor dem Feuer, und mir war sofort klar, daß es sich nur um die beiden unehelichen Kinder des Herzogs handeln konnte. In einem der Sessel, der ebenfalls dicht am Feuer stand, saß eine beeindruckende Dame mit markanten Gesichtszügen – zweifellos die Herzogin von York, Mutter des jetzigen Königs sowie der Herzöge von Gloucester und Clarence, Schwester des Grafen von Warwick, Schwiegermutter des Herzogs von Burgund und, falls man den Geschichten, die über sie im Umlauf waren, Glauben schenken konnte, eine äußerst gestrenge Herrin.

Herzog Richard stand, als ich eintrat, neben dem Kamin. Er trug eine lange, weite Robe aus dunkelrotem, zobelbesetztem Samt und schwarze, mit Goldfäden bestickte Satinschuhe. Ganz offensichtlich ruhte er sich von den Geschäften des Tages aus, und wäre ich aus irgendeinem anderen Grund in dieser Stunde zu ihm gekommen, hätte ich mit Sicherheit ein schlechtes Gewissen gehabt. Sein schmales Gesicht wirkte fahl, und unter den Augen hatte er dunkle Ränder. Offenbar hatte er schlecht geschlafen. Später erfuhr ich, daß die Gräfin von Desmond ihn einmal als bestaussehenden Mann Londons nach seinem Bruder Eduard beschrieben hatte. An jenem Abend hätte die Beschreibung sicherlich nicht zugetroffen, und sein Gemütszustand schien daran einen großen Anteil zu haben.

John Kendal hatte ihn bereits über den Grund meines Besuches in Kenntnis gesetzt, und als ich nähertrat und meine Verbeugung machte, konnte ich seine Anspannung spüren. Er streckte mir eine Hand entgegen, an der mehrere edelsteinbesetzte Ringe funkelten, und ich küßte sie.

«Wie ich höre», sagte er mit leicht atemloser Stimme, «hast du möglicherweise Kenntnis davon, wo meine Base, Lady Anne Neville, versteckt gehalten wird. Falls dem so ist, sag es nur frei heraus. Wenn es sich als falsch erweist, soll dir nichts geschehen. Doch zuerst sag mir, woher du wußtest, daß sie vermißt wird.»

«Eure Hoheit», sagte ich, «das ist Teil einer Geschichte, die ich Euch mit Eurer gnädigen Erlaubnis so kurz wie möglich im Ganzen schildern möchte, zumal ich, wenn Ihr Lady Anne befreit habt, Eure Hilfe für die Lösung eines anderen Falles benötigen würde. Wenn Ihr also so gnädig sein wollt, mich anzuhören...»

Er zögerte, offenbar begierig, nur eine einzige Sache zu erfahren, doch seine natürliche Höflichkeit besiegte seine Ungeduld. Er nahm in einem der Sessel Platz und bedeutete mir, mit meiner Geschichte zu beginnen.

18

Setz dich, mein Junge, und trink etwas von dem Wein. Du siehst erschöpft aus.» Thomas Prynne nötigte mich auf einen Stuhl im Schankraum. Selbst Gilbert Parsons schien seine rechtlichen Streitigkeiten vorübergehend vergessen zu haben und starrte mich mit großen Augen an. «Wie ich höre, hat die ganze Aufregung im Crossed Hands Inn etwas mit dir zu tun? Der Herzog von Gloucester war sehr freundlich, als er sich von dir verabschiedet hat.»

In Gilbert Parsons' glänzenden Augen zeigte sich eine Mischung aus Neugier und tiefer Ehrfurcht. Von einem gewöhnlichen Hausierer war ich plötzlich zu einer Persönlichkeit geworden, die zu einem Mitglied der königlichen Familie in freundlicher Beziehung stand. Auch Abel Sampson, der uns in den Schankraum gefolgt war, zollte mir seinen Respekt, während Thomas Wort hielt und mir einen Becher allerbesten Bordeauxwein aus dem Keller holte.

«Erzähl uns die ganze Geschichte», sagte Abel, schürte das Feuer, legte noch ein paar Scheite nach und zog sich einen Stuhl heran, um sich zu uns an den Tisch zu setzen.

Thomas nickte. «Du scheinst mit deiner Vermutung richtig gelegen zu haben.»

Ich nippte niedergeschlagen von meinem Wein. «Ja, zum Teil», stimmte ich zu, «aber leider nicht ganz. Jedenfalls scheint es zwischen dem Crossed Hands Inn und dem Verschwinden von Clement Weaver und Sir Richard Mallory keinen Zusammenhang zu geben. Die Männer des Herzogs haben das ganze Haus durchsucht, aber nichts gefunden.»

Abel Sampson zuckte mit den Schultern. «Das ist aber doch nicht weiter verwunderlich. Martin Trollope hätte alle Beweise längst zerstört.»

Abel hatte recht. Doch irgend etwas an der Art und Weise, wie Martin Trollope die Verdächtigungen von sich wies und seine Unschuld beteuerte, hatte mich, trotz meiner Abneigung gegen ihn, letztendlich überzeugt. Außerdem hatte man auch keinen unterirdischen Kanal von seinem Keller zum Fluß finden können. Die Männer des Herzogs hatten alles gründlich abgesucht und sogar mit Spitzhacken die Wände abgeklopft – vergebens. Warum mir dies so wichtig erschien, wußte ich selbst nicht zu sagen; schließlich gab es noch andere Mittel und Wege, Leichen zur Seite zu schaffen. Es war mehr eine innere Ahnung gewesen, eine Eingebung, von der ich wie besessen war, seitdem mir Berthas Freundin Doll von dem Kanal erzählt hatte.

Thomas Prynne füllte mein erst zur Hälfte geleertes Glas und bat mich, die ganze Geschichte ausführlich zu schildern. Ich unterdrückte meine Enttäuschung und das Gefühl, nur eine unvollständige Geschichte erzählen zu können, fügte mich seinem Wunsch, erzählte alles, was er und Abel bisher noch nicht gehört hatten, und endete mit der Entdeckung von Lady Anne Neville im Crossed Hands Inn.

«Sie wurde dort gegen ihren Willen festgehalten?» fragte Abel Sampson ungläubig.

Ich nippte vorsichtig an meinem Wein. Ich war fest entschlossen, nicht zuviel zu trinken, wollte meine Gastgeber aber auch nicht kränken. Ich nickte.

«Obgleich man sagen muß», fügte ich um der Gerechtigkeit willen hinzu, nachdem ich eine Weile über diese Frage nachgedacht hatte, «daß sie weder eingesperrt noch gefesselt war. Der Herzog von Clarence hatte sie unter dem Vorwand, es handele sich um ein neues Küchenmädchen, ins Crossed Hands Inn bringen lassen, um sie vor Herzog Richard zu verstecken. Wäre sie aus härterem Holz geschnitzt, hätte sie das Wirtshaus vermutlich jederzeit als freier Mensch verlassen können. Ich bezweifle

sehr, daß Martin Trollope es gewagt hätte, sie mit Gewalt fest-
zuhalten.»

«Warum in Gottes Namen ist sie dann nicht gegangen?»
fragte Gilbert Parsons.

Ich zuckte mit den Schultern. «Aus einer Reihe von Gründen,
nehme ich an. Sie ist noch sehr jung, und der Herzog von Clarence ist ihr Vormund. Sie ist es gewohnt, ihm zu gehorchen,
auch wenn sie seine Anweisungen nicht gutheißt. Die Herzogin
von Clarence ist darüber hinaus ihre ältere Schwester. Die beiden stehen sich, wie ich von Leuten hörte, die es wissen müssen,
außerordentlich nahe, und die Herzogin hält natürlich zu ihrem
Ehemann. Was auch immer ihre persönlichen Wünsche oder
Neigungen gewesen sein mochten, Lady Anne hätte es nicht gewagt, die Wünsche zweier Menschen, die ihr so nahe stehen, zu
mißachten, zumal ihr Vater überall als entehrter Aufrührer gilt.»

Gilbert Parsons, eifrig darauf bedacht, sein Wissen anzubrin-
gen, stimmte mir zu. «Das arme Kind hat ja im letzten Jahr soviel durchmachen müssen! Daß der Graf nach lebenslanger
Treue zu König Eduard plötzlich zu Königin Margarete überge-
laufen ist; daß sie diesen Maulhelden und brutalen Burschen,
Eduard von Lancaster, heiraten mußte; daß ihr Ehemann dann
bei der Schlacht von Tewkesbury gefallen ist; daß sie, möglicherweise gegen ihren Willen, in die Obhut ihrer Schwester
und ihres Schwagers gekommen ist... Kein Wunder, daß sie
eingeschüchtert war.»

Abel Sampson schaute auf meinen noch immer fast randvol-
len Becher und schlug mir freundschaftlich auf die Schulter.
«Trink aus, mein Junge! Du hast es verdient, dich heute abend
einmal so richtig zu betrinken!»

Thomas sah ihn tadelnd an. «Laß den Jungen in Frieden, Abel!
Was hat denn der Herzog von Gloucester mit Lady Anne gemacht, nachdem er sie gefunden hatte?»

«Er hat sie ins Kloster St. Martin-le-Grand gebracht. Er versicherte mir, dort sei sie in Sicherheit, bis er die Zustimmung seiner beiden Brüder zur Heirat gewinnen kann.»

Abel verzog das Gesicht, und der spöttische Unterton, den er mir gegenüber schon häufiger angeschlagen hatte, kehrte zurück. «‹Er versicherte mir!›» ahmte er mich nach und seufzte laut. «Es muß schön sein, wenn man der Vertraute eines Herzogs ist!»

Ich spürte, wie mir das Blut in die Wangen stieg. Thomas bemerkte es und drückte meinen Arm. «Hör nicht auf ihn! Der Neid ist schon immer Abels größtes Laster gewesen. Du hast dich sehr tapfer verhalten und den Dank des Herzogs verdient. Hat er dir eine Belohnung angeboten?»

Ich schüttelte den Kopf. «Ich habe nur meine Pflicht getan.» Und obgleich ich nichts darüber sagte, wußte ich, daß ich weder seine Worte noch die Herzlichkeit vergessen würde, mit der mir der Herzog bei unserem Abschied die Hand gedrückt hatte.

«Ich werde den Dienst, den du mir geleistet hast, nie vergessen, Roger Chapman. Wenn ich irgend etwas für dich tun kann, dir irgendwie helfen kann, brauchst du es mich bloß wissen zu lassen.»

Und auch Lady Anne, die, in einen pelzbesetzten Mantel eingehüllt, vor ihm auf seinem großen weißen Pferd saß, hatte mir ihre Hand zum Kuß gereicht und einige schüchterne Worte des Dankes gemurmelt. Ich verbeugte mich so galant ich konnte. «Eure Hoheit haben mir bereits einen großen Dienst erwiesen. Eure Männer haben das Haus durchsucht.»

«Mit wenig Erfolg, fürchte ich», seufzte der Herzog. «Aber ich werde in Zukunft ein Auge auf Martin Trollope halten, und wenn ich irgendwelche Anhaltspunkte für ein Verbrechen finde, werde ich alles Nötige in die Wege leiten, darauf hast du mein Wort. Ich werde diese Sache zu meiner persönlichen Angelegenheit erklären. Dieser Gauner ist zu allem fähig.»

Thomas Prynne unterbrach meinen Gedankengang. «Du hast uns noch nicht erzählt, was aus Matilda Ford geworden ist», sagte er. «Ist sie denn, nachdem sie dich überfallen hat, nicht zu Martin Trollope zurückgelaufen und hat ihm alles erzählt?»

Ich nahm noch einen Schluck Wein und spürte, wie die

Wärme durch meine Adern rann – flüssiges Feuer, das den Körper entspannte.

«Offenbar nicht», erwiderte ich auf Thomas Prynnes Frage. «Als wir das Crossed Hands Inn erreichten, war dort nichts von ihr zu sehen. Sie ist spurlos verschwunden. Vermutlich hält sie sich versteckt, damit ich sie wegen des Überfalls nicht öffentlich anklagen kann. Bei einer Anklage stünde es ziemlich schlecht um sie. Immerhin habe ich mehrere Zeugen.»

«Zeuginnen wohl eher!» Thomas Prynne lachte. «Und sie gehören nicht gerade zu den ehrenwertesten Bürgerinnen unserer Stadt.» Er füllte Gilbert Parsons' Becher, dann wandte er sich wieder an mich. «Und was hast du jetzt vor, mein Junge? Wirst du London morgen früh wieder verlassen, oder willst du noch länger bleiben, um herauszufinden, was aus Clement Weaver geworden ist?»

Ich zögerte und sah in das brennende Feuer. Zum ersten Mal seit meiner Ankunft in London war ich mir über meine nächsten Schritte nicht im klaren. Die Ereignisse dieses Abends bildeten eine Art Höhepunkt, neben dem alles andere nicht mehr so wichtig erschien. In Gedanken ging ich die Ereignisse der letzten Stunden noch einmal durch.

Sobald ich dem Herzog meine Geschichte erzählt hatte, war er aufgesprungen und hatte nach seinem Knappen gerufen, um sich von ihm ankleiden zu lassen. Das Kindermädchen wurde angewiesen, die beiden Kinder zu Bett zu bringen, mein kleiner Freund sollte eine Truppe zusammenstellen, die den Herzog zur Crooked Lane begleitete. Mitten in diesem Durcheinander hatte die Herzogin von York reglos in ihrem Stuhl gesessen. Schließlich hatte sie sich erhoben und die Hand auf die Schulter ihres jüngsten Sohnes gelegt.

«Richard», hatte sie ernst gesagt, «wenn sich diese Geschichte als wahr erweisen sollte, versprich mir, daß du nichts gegen diesen Martin Trollope unternimmst. Georg wird sonst unweigerlich in die Geschichte hineingezogen, und jetzt, wo ich euch endlich alle wieder beisammen habe, möchte ich nicht, daß etwas zwischen ihm und Eduard steht. Die Familie der Königin haßt Georg und wird vor nichts haltmachen, um ihm zu schaden. Gib ihnen bitte nicht noch mehr Anlaß dazu.»

Der Herzog hatte innegehalten, ihr ernst in die Augen geschaut und sich dann seufzend vorgebeugt, um ihr die Stirn zu küssen. «Also gut, Mutter. Wenn ich Anne gesund und wohlbehalten vorfinde, werde ich ihn in Frieden lassen.» Und mit einem schiefen Lächeln hatte er hinzugefügt: «Ich mag Georg ja auch, diesen verdammten Halunken!»

Deshalb hatte es, als wir schließlich nach einem kurzen Ritt am Crossed Hands Inn ankamen, auch keine Festnahmen und keine Gewalt gegeben, nur die höfliche, aber mit todernster Stimme vorgetragene Bitte, zu Lady Anne Neville geführt zu werden. Ich hatte erwartet, daß Martin Trollope empört alle Vorwürfe von sich weisen würde, doch der ernste Gesichtsausdruck des Herzogs muß ihm unmißverständlich gezeigt haben, daß das Spiel vorüber war. Widerstandslos führte er den Herzog nach oben. Niemand war Zeuge des Wiedersehens mit seiner Base, doch als der Herzog sie schließlich in den Hof hinunterführte, glänzten ihre Augen wie Sterne. Ich glaube nicht, daß ich in meinem ganzen Leben noch einmal zwei Menschen gesehen habe, die verliebter gewesen wären als Richard von Gloucester und Lady Anne Neville.

Nach einer kleinen Strafpredigt an Martin Trollopes Adresse und den herzlichen Dankesworten an mich waren der Herzog und Lady Anne zum Kloster St. Martin-le-Grand aufgebrochen. Einige seiner Männer hatte er jedoch im Wirtshaus zurückgelassen. Diese Bedingung hatte ich wagemutig gestellt, ehe ich seiner Hoheit meine Geschichte erzählte: Das Grundstück des Wirtshauses, vor allem aber die Kellerräume, sollten gründlich durchsucht werden. Ich hatte gehofft, Beweise für Raub und Mord zu finden, und ich glaube, der Herzog wäre ebenfalls darüber froh gewesen, denn in dem Fall hätte die Anklage gegen Martin Trollope nichts mit seinem Bruder zu tun gehabt. Doch es waren keine Spuren zu finden, und meine Anschuldigungen waren bei dem Wirt auf empörten Widerspruch gestoßen. Mit derselben Heftigkeit bestritt er, mir Matilda Ford hinterhergeschickt zu haben, und beteuerte, weder von meinen Vermutungen noch meinen Absichten etwas geahnt zu haben. Wie ich schon sagte, seine Worte hatten auf mich durchaus glaubwürdig gewirkt.

Wie sollte es aber mit meinen Nachforschungen über Clement Weaver und Sir Richard Mallory weitergehen? Zweifellos war es noch immer Gottes Wille, daß ich diese Fälle aufklärte, doch ich fühlte mich plötzlich viel zu müde, um mich noch weiter darum zu kümmern. Ja, ich hatte genug getan. Und vielleicht hatte ich, indem ich Lady Anne fand und mit dem Mann, den sie liebte, zusammenführte, ja schon Gottes Willen erfüllt. Vielleicht waren Clement Weaver und Sir Richard Mallory nur Mittel zu diesem Zweck gewesen, und ich hatte Gottes wahre Absichten mißverstanden. Ja, so war es. Ich hatte die Aufgabe erfüllt, deretwegen ich nach London geschickt worden war. Jetzt konnte ich weiterziehen.

Ich verspürte eine plötzliche Sehnsucht nach dem Land, den Wäldern und Mooren, den verstreuten Dörfern und Weilern, den ummauerten Städtchen, wie Inseln in einem grünen Strom. Ich wollte das Wasser eines Bächleins über Kieselsteine fließen hören, den scharfen Geruch ferner Leuchtfeuer riechen, den Morgennebel sehen, wie er über die Felder kroch. London hatte mir gefallen, aber ich hatte genug davon. Ich beschloß, die Stadt am nächsten Morgen zu verlassen.

«Ich werde morgen abreisen», sagte ich, löste den Blick von der Glut des Feuers und lächelte Thomas Prynne freundlich an. «Vielen Dank für Eure Gastfreundschaft, aber ab morgen werde ich Euch nicht mehr zur Last fallen.»

«Aber wir haben dich gern bewirtet!» rief er, vielleicht eine Spur zu herzlich, aus, und ich begriff, daß er erleichtert war. Er und Abel verdienten mit dem Baptist's Head einfach zu wenig Geld, um Gäste durchzufüttern, die für ihr Zimmer nicht bezahlen konnten. Schließlich hatte er sich nur durch meine Bekannt schaft mit Marjorie Dyer dazu verpflichtet gefühlt, mich bei sich aufzunehmen... Der Gedanke an Marjorie Dyer ließ mich stutzen, denn er erinnerte mich an ihre Verbindung zu Matilda Ford und dem Crossed Hands Inn. Wieder empfand ich ein nagendes, unbehagliches Gefühl, als ob Gott mich daran erinnern wollte, daß ich meine Aufgabe noch nicht erfüllt hatte. Das eigentliche Rätsel war noch ungelöst.

«Stimmt etwas nicht, mein Junge?» erkundigte sich Thomas Prynne. Offenbar hatte er eine Veränderung meines Gesichtsausdrucks wahrgenommen.

«Nein, nein», log ich hastig. «Es ist alles in bester Ordnung. Aber wenn Ihr erlaubt, gehe ich jetzt zu Bett. Ich werde heute nacht wie ein Toter schlafen. Ich glaube, ich bin noch nie im Leben so müde gewesen.»

Thomas nickte und stand auf, um mir eine Kerze anzuzünden. «Wir werden uns dann also morgen beim Frühstück von dir verabschieden.»

«Äh... ja. Gute Nacht, Meister Parsons.»

«Wir werden uns wohl nicht mehr sehen», sagte er, stand auf und streckte mir seine Hand entgegen.

«Nein... wahrscheinlich nicht.»

Ich sah, wie Thomas und Abel vielsagende Blicke wechselten. Mein Zögern hatte ihnen meine schwankende Haltung verraten. Sie hatten gehofft, mich loszuwerden; jetzt befürchteten sie, daß ich meine Meinung geändert hatte. Thomas wollte mich in meiner ursprünglichen Absicht bestärken und klopfte mir auf den Rücken. «Da es deine letzte Nacht bei uns ist, sollst du das allerbeste Zimmer bekommen. Als würdigen Abschluß für deinen ereignisreichen Aufenthalt. Was meinst du, Abel? Da Meister Farmer noch immer nicht eingetroffen ist, soll unser Freund, der Hausierer, sein Bett bekommen.»

«Auf alle Fälle!» stimmte Abel lächelnd zu. «Ein Mann, der dem Herzog von Gloucester zu Diensten war, verdient das Feinste, das unser Wirtshaus zu bieten hat. Roger soll wie ein Ehrengast behandelt werden. Ich werde gleich einen halben Laib

Weißbrot und einen Krug von unserem besten Wein nach oben bringen!»

«Natürlich!» Thomas strahlte. «Warum haben wir nicht gleich daran gedacht? Und einer von uns wird dir ein Nachthemd leihen. Es sei denn, du trägst ein solches Kleidungsstück in deinem Bündel mit dir herum?»

Ich schüttelte den Kopf. «Wann hätte ich schon Gebrauch dafür?»

«Wie wahr! Wie wahr!» Abel lachte. «Komm, ich nehme deine Kerze und führe dich nach oben. Wenigstens für eine Nacht sollst du wie ein Prinz gebettet sein. Die Matratze ist die beste in ganz London.»

Abel führte mich in das Zimmer, das ich mir am Morgen heimlich angeschaut hatte. Das Licht der Kerze beschien das riesige Himmelbett mit dem Baldachin und den Vorhängen aus rotem Samt. Die Eichentruhe war jetzt geschlossen, und ich konnte auf der schweren Klappe ein aufwendiges Schnitzmuster erkennen. Die Luft roch nach Lavendel und teuren Gewürzen.

Kaum hatte ich mein Bündel und meinen Stock abgelegt, kam Thomas auch schon mit dem Tablett mit Wein und Brot herein. Über dem Arm trug er ein weißes Nachthemd. «So, jetzt hast du alles, was du brauchst», sagte er, stellte das Tablett auf die Truhe und warf das Nachthemd über das Bett. «Schlaf gut. Wir sehen uns morgen früh.»

Ich dankte den beiden und fragte mich, wie ich ihnen am nächsten Morgen beibringen sollte, daß ich mich nun doch zu einem längeren Aufenthalt in London entschlossen hatte. Natürlich konnte ich mir eine andere Unterkunft besorgen, doch die Vorstellung der langwierigen Suche schreckte mich ab. Außerdem wollte ich in der Nähe des Crossed Hands Inn bleiben. Ich begann, mein Wams aufzuschnüren, und fragte mich, was wohl aus Matilda Ford geworden war. Doch ich war viel zu erschöpft, um mich lange mit der Frage zu befassen. Die Anstrengungen des Tages, vor allem aber die Aufregung der letzten Stunden, forderten ihren Preis. Meine Glieder schmerzten, und erste Träume zogen durch meinen Kopf. Ich freute mich darauf, all die Kleider auszuziehen, die ich seit so vielen Tagen getragen hatte, das weiche Nachthemd überzustreifen und ins Bett zu fallen, genüßlich von dem Brot zu essen und vom Wein zu trinken, ehe ich endgültig die Augen schloß.

Doch es sollte nicht sein. Das Wams erst halb aufgeschnürt, wollte ich mich nur für einen kurzen Augenblick auf den mit Gänsefedern gefüllten Kissen ausstrecken und war doch wenige Sekunden später schon fest eingeschlafen. Sofort befand ich mich in einem befremdlichen, wirren Traum. Ich war wieder in der Pudding Street, vor dem Bordell, und eine vermummte Gestalt kam mit erhobenem Messer auf mich zu, aber ich konnte weder sprechen noch mich bewegen. Susan und die anderen Huren standen hinter mir, doch sie lachten und johlten nur, ohne mir zur Hilfe zu eilen. Ich hörte, wie eine von ihnen sagte: «Dieser Mann ist ein Narr, ein gemeiner Hausierer!» Und eine andere antwortete: «Was kann man von so einem schon groß erwarten!» Meine Verfolgerin hatte mich fast erreicht, die Kapuze fiel ihr aus dem aschfahlen Gesicht. Das fuchsrote Haar und die blaßblauen Augen gehörten zu Matilda Ford, doch während ich ihr noch, starr vor Schreck, in die Augen schaute, verwandelte sich ihr Gesicht in die groben Züge Abel Sampsons. «Wir haben dich erwartet! Erwartet!» flüsterte er, dann erstarb langsam seine Stimme.

So plötzlich, wie es nur in Träumen geschehen kann, änderte sich das Bild. Ich war jetzt nicht mehr in der Pudding Street, sondern saß mit Robert, Lady Mallorys Haushofmeister, in seinem Zimmer in Tuffnel Manor. «Seine Leidenschaft war der Wein», sagte Robert und wiederholte es immer wieder. «Seine Leidenschaft war der Wein...» Ich wußte, er sprach von Sir Richard Mallory. Und wieder änderte sich das Bild, ich lag mit Bess am Ufer des Stour. Ich wollte sie herzen und küssen, aber sie wandte sich ab. «Wo ist er?» fragte sie immer wieder. «Wo ist Meister Farmer?»

Plötzlich war ich hellwach, zitternd und naßgeschwitzt.

Meine Gedanken waren völlig durcheinander, und ich konnte mich nicht erinnern, wo ich überhaupt war. Als meine Erinnerung langsam zurückkehrte, fiel es mir wie Schuppen von den Augen...

Was für ein Narr ich gewesen war! Was für ein blinder, dummer Esel, daß ich nicht gesehen hatte, was die ganze Zeit über direkt vor meiner Nase geschehen war. Daß Clement Weaver, Sir Richard Mallory, Jacob Pender und wahrscheinlich noch eine ganze Reihe anderer armer Kerle spurlos verschwunden waren, hatte nichts mit Martin Trollope oder dem Crossed Hands Inn zu tun. Hier, im Baptist's Head, waren sie ausgeraubt und ermordet worden.

Zitternd vor Angst setzte ich mich auf, riß ein Stück von dem Brot ab und stopfte es in den Mund. Wenn ich aufgeregt bin, habe ich immer großen Hunger. Ich sah mich um. Die Kerze war ausgegangen, und die Möbel des Zimmers wirkten wie riesige, unheimliche Schatten. Es war spät, und es war alles still. Der einsame Ruf einer Eule hallte über die Hausdächer. Irgendwo in der Ferne schnaubte ein Pferd, ein Hund bellte. Dann herrschte wieder tiefe, unheimliche Stille. Von der Kerze hingen noch ein paar letzte Rauchfetzen in der Luft: unruhige Geister auf der Suche nach einer Heimat.

Ich zitterte heftig. Mein Mund war so trocken, daß ich das Brot kaum herunterschlucken konnte. Ich wollte nach dem Weinkrug und dem Becher greifen, doch dann hielt ich erschrocken inne. Ich dachte an den tiefen Schlaf, in den ich am vorigen Abend gefallen war, und zum ersten Mal kam mir der Verdacht, daß ich vielleicht gar nicht betrunken gewesen war, sondern daß man mich betäubt hatte. Mir fiel ein, wie verärgert Thomas Prynne gewesen war, als er mich mitten in der Nacht wach auf dem Flur angetroffen hatte. Mit meiner starken körperlichen Widerstandskraft hatte er nicht gerechnet.

Ich zog die Hand zurück, setzte mich auf und versuchte, Ordnung in meine wirren Gedanken zu bringen.

19

Für die Behauptung, Clement Weaver sei niemals im Baptist's Head angekommen, hatte immer nur Thomas Prynnes Wort gestanden. Und weil Clement Weaver zuletzt vorm Crossed Hands Inn gesehen worden war, waren alle, ich selbst eingeschlossen, davon ausgegangen, daß sein Verschwinden etwas mit Martin Trollope und seinem Wirtshaus zu tun hatte. In Wahrheit muß Clement jedoch völlig unbehelligt bis zum Baptist's Head gegangen sein, wo ihn seine beiden Mörder herzlich willkommen hießen. Er vertraute ihnen. Thomas war ein Freund seines Vaters – ein Freund aus der Jugendzeit, der ihm den Erfolg so geneidet hatte, daß er von Bristol nach London gezogen war, um zu ebenso großem Reichtum zu gelangen.

Thomas hatte das Baptist's Head gekauft. Doch die zweitklassige Lage und die Tatsache, daß es an der Straßenecke noch eine größere und komfortablere Herberge gab, führte dazu, daß er mit dem Wirtshaus zwar sehr viel Arbeit, aber nur wenig Einnahmen hatte. Ich wußte nicht, wie und wann er Abel Sampson getroffen hatte, nahm aber an, daß sich zwei Gleichgesinnte zusammengetan hatten. Die beiden ehrgeizigen, geldgierigen, skrupellosen Männer hatten gemeinsam einen bösen Plan ausgeheckt, um ihre reichen Gäste auszurauben und zu ermorden. Nicht alle, versteht sich, nur die, die allein reisten oder höchstens einen Begleiter hatten. Möglicherweise hatten sie auch noch in anderen Städten Mitwisser, nicht bloß Marjorie Dyer in Bristol. Die Aufgabe dieser Mitwisser war es, betuchten Fremden das Baptist's Head zu empfehlen und den Wirt und seinen Komplizen über den bevorstehenden Besuch in Kenntnis zu setzen. Marjorie Dyer mußte Thomas mitgeteilt haben, daß Clement Weaver bei seinem Besuch eine außergewöhnlich hohe Geldsumme bei sich trug.

Aber Marjorie schickte ihre Briefe an Matilda Ford im Crossed Hands Inn – eine geschickte Vorkehrung, falls doch einmal jemand mißtrauisch werden sollte. Matilda Ford arbeitete zwar in dem anderen Wirtshaus, doch als ich sie zum ersten Mal sah, hatte ich sofort das Gefühl, daß sie mich an jemanden erinnerte. Jetzt wußte ich, daß es Abel Sampson war. Ich fragte mich, wie ich nur so dumm gewesen sein konnte, daß ich es nicht gleich auf Anhieb sah. War mir nicht der Gedanke durch den Kopf gegangen, daß sie Marjorie Dyer überhaupt nicht ähnlich sah? Ja, ihre Ähnlichkeit mit Abel – das rotblonde Haar, die große, hagere Gestalt – war damals schon offensichtlich gewesen, und dennoch hatte ich sie nicht erkannt. Vielleicht waren die beiden sogar Bruder und Schwester. Vielleicht hatte Abel auch einmal im Crossed Hands Inn gearbeitet und auf diese Weise Thomas Prynne kennengelernt.

In Gedanken ging ich noch einmal die Umstände durch, unter denen Clement Weaver verschwunden war. Daß er allein und zu Fuß ankam, muß für Thomas und Abel wie ein Geschenk des Himmels gewesen sein; sie brauchten nur Clements Leiche beiseite zu schaffen. Die Pferde ihrer Opfer loszuwerden, war für die beiden sicherlich die größte Schwierigkeit, aber bestimmt gab es in London jede Menge zwielichtige Pferdehändler, und der Verkauf der Tiere hatte ihnen zusätzliches Geld eingebracht.

Die Pferde von Sir Richard Mallory und seinem Diener Jacob Pender waren im Crossed Hands Inn geblieben, und später hatte Sir Gregory Bullivant sie mitgenommen. Ich hatte zwar noch keine weiteren Anhaltspunkte dafür, stellte mir aber vor, daß Sir Richard bei einem «zufälligen» Treffen mit Thomas oder Abel mit dem Versprechen, ihm den besten Wein zu kredenzen, den er je gekostet hatte, ins Baptist's Head gelockt worden war. Matilda hatte die beiden Männer von Sir Richards Aufenthalt im Crossed Hands Inn in Kenntnis gesetzt und ihnen erzählt, daß ihm, um mit seinem Haushofmeister zu sprechen, «keine Reise zu weit oder zu unbequem war, wenn sie mit der Aussicht verbunden war, eine neue Rebsorte zu kosten». Später hatte das Küchenmädchen Sir Gregory Bullivant erzählt, es habe Sir Richard und seinen Diener im Innenhof des Wirtshauses streiten sehen. Ihre Satteltaschen waren bereits gepackt, und sie waren zur Abreise gerüstet. Möglicherweise hatte sich Jacob Pender gegen eine weitere Verzögerung ausgesprochen, und sein Herr hatte diesen Einspruch abgewiesen. Kurz darauf waren sie durch die Crooked Lane zum Baptist's Head gegangen – ihrem sicheren Tod entgegen...

Ich konnte die Dunkelheit nicht länger ertragen, beugte mich vor und tastete nach der Zunderbüchse auf der Eichentruhe. Meine Hände schwitzten und zitterten so sehr, daß ich große Mühe hatte, eine Kerze anzuzünden. Das flackernde Licht warf unheimliche Schatten an die Wände und an die Decke. Vor meinem geistigen Auge konnte ich deutlich sehen, wie die beiden ahnungslosen Männer vom Schankraum des Baptist's Head über die steinerne Treppe in den Keller hinabgeführt wurden.

Zitternd lehnte ich mich zurück in die Kissen. Ich dachte daran, wie ich Abel am Morgen des Vortags zum ersten Mal gesehen und sein Lächeln mit dem des Herzogs von Gloucester verglichen hatte. Aber ich kann mich nur wiederholen: Um meine Menschenkenntnis war es damals nicht sonderlich gut bestellt. Ich rief mir ins Gedächtnis, welche Frage er bei meinem Anblick an Thomas gerichtet hatte: «Ist das der Mann, den wir erwartet haben?» Und Thomas hatte geantwortet: «Nein! Nein! Ich habe dir doch erzählt, daß Meister Farmer nicht vor dem späten Abend eintrifft.» Im nachhinein fiel mir auf, wie sehr er Meister Farmers Namen betont hatte. Marjorie Dyer muß die beiden schon vor Monaten vor mir gewarnt haben, sie beschworen haben, vor einem Hausierer auf der Hut zu sein, der ihnen unangenehme Fragen stellen würde. Ja, ich war der Mann, den Abel erwartet hatte. Obgleich die beiden nach all der Zeit wahrscheinlich längst davon ausgingen, daß ich meine Meinung geändert oder meinen Auftrag vergessen hatte und gar nicht mehr kommen würde.

Eine andere Erinnerung regte sich in mir – ein Gedanke, der mich zunächst stark beschäftigt, den ich aber beiseite geschoben hatte, weil mir seine Bedeutung nicht klargeworden war: Abel hatte mich sofort mit Roger angeredet. Ich hatte Thomas meinen Namen genannt, als ich ihm meine Geschichte erzählte, aber auf keinen Fall hätte Abel meinen Namen wissen können, wenn ihn Marjorie Dyer nicht schon vorher darüber in Kenntnis gesetzt hätte. Doch was war mit Matilda Ford und ihrem gefährlichen Angriff in der Pudding Street? Wenn Martin Trollope sie nicht geschickt hatte, wer dann? Jetzt, wo ich endlich alles begriffen hatte, lag auch die Antwort auf diese Frage offen zutage: Einer von den beiden, Abel oder Thomas, war, nachdem ich aufgebrochen war, so rasch wie möglich zum Crossed Hands Inn gelaufen, hatte Matilda aus der Küche geholt und ihr gesagt, sie solle mir folgen und mich, wenn irgend möglich, unschädlich machen. Aber wieso? Sie hatten mit Lady Annes Entführung nichts zu tun, und es lag auch nicht in ihrem Interesse, Martin Trollope zu schützen. Doch sie wollten nicht, daß die Aufmerksamkeit des Herzogs auf die Crooked Lane gelenkt wurde und ihm Geschichten über die auf rätselhafte Weise verschwundenen Gäste zu Ohren kamen. Doch wo war Matilda Ford jetzt? Vermutlich irgendwo im Baptist's Head. Sie hatte sich nicht ins Crossed Hands Inn zurückgetraut, weil ich sonst vor dem Herzog gegen sie Anklage erhoben hätte.

Bei diesem Gedanken gefror mir das Blut in den Adern. Ich war starr vor Schreck, wie ein Tier, daß die Gefahr riecht, aber zu verängstigt ist, um sich zu bewegen. Ich sah schon, wie sie im Dunkeln die Stufen hinaufschlich, eines von Thomas' scharfen Küchenmessern in der Hand ... Was für ein Narr ich doch gewesen war! Hätte ich Abel und Thomas nicht so offen gezeigt, daß meine Abreise am nächsten Tag noch keine beschlossene Sache war, wäre ich vielleicht ungeschoren davongekommen.

Ohne daß ich mich daran erinnern konnte, vom Bett aufgestanden zu sein, war ich plötzlich auf den Beinen und versuchte, mit zitternden Fingern mein Wams zuzuschnüren. Ich mußte das Wirtshaus verlassen, solange Gilbert Parsons, der ein so armer Schlucker war, daß es sich nicht gelohnt hätte, ihn umzubringen, noch nicht schlafen gegangen war. Ich mußte mir irgendeine Ausrede ausdenken und so schnell wie möglich verschwinden. Ich nahm mir vor, zur Paulskathedrale zu gehen, nach Philip Lamprey zu suchen und in einer der kirchlichen Herbergen um einen Schlafplatz zu bitten. Ich hatte bereits meinen Mantel an, mein Bündel und meinen Stock in der einen Hand und die andere Hand auf die Türklinke gelegt, als ich mit plötzlicher Gewißheit spürte, daß ich mich nicht einfach so davonschleichen und die beiden Mörder ihren Machenschaften überlassen konnte. Ich hätte mich am Tod vieler unschuldiger Menschen, die ahnungslos in diese böse Falle tappten, mitschuldig gemacht. Nein, ich mußte Beweise für ihre verbrecherischen Taten sammeln und dafür sorgen, daß sie dingfest gemacht wurden. Und welcher Zeitpunkt wäre dafür besser geeignet gewesen als dieser? Die Nacht, nach der Meister Farmer angeblich nicht im Baptist's Head erschienen war.

Ich ging davon aus, daß er sehr wohl im Wirtshaus angekommen war, während ich und Gilbert Parsons, vorsorglich betäubt, in unseren Betten lagen. Meister Farmer war in den frühen Morgenstunden, kurz vor der Laudes, als die Macht der Gewohnheit mich aus dem Schlaf gerissen hatte, getötet worden. Aber sicherlich hatten sie ihre Tat nicht in so kurzer Zeit bewerkstelligen können. Irgendwo mußte doch eine Spur des unglücklichen Mannes zu finden sein. Aber wo? Auch auf diese Frage war die Antwort rasch gefunden. Der Keller war für die Mörder das einzige sichere Versteck, und zweifellos fand sich dort auch der Zugang zu dem Kanal, von dem Berthas Freundin Doll gesprochen hatte. Kein Wunder, daß er hierher und nicht zum Crossed Hands Inn führte: Das Baptist's Head lag viel näher an den Kais und am Fluß.

Eine Frage war jedoch noch offen. Falls meine Vermutung

zutraf und Meister Farmer tatsächlich angekommen war, was war dann mit seinem Pferd geschehen? Ich war mir sicher, letzte Nacht, als ich auf dem Abtritt war, zwei Pferde gehört zu haben. Später hatte Thomas Prynne mir einreden wollen, ich hätte nur ein Pferd hören können, und zu der Zeit hatte ich keinen Grund gehabt, ihm nicht zu glauben. Jetzt war mir auch klar, warum die Hintertür des Wirtshauses nicht verriegelt gewesen war. Matilda Ford war auf diese Weise eingelassen worden, und danach war die Tür unverschlossen geblieben. Vielleicht war Abel noch draußen gewesen, und ich hatte ihn ausgesperrt. Die Vorstellung verschaffte mir eine grimmige Genugtuung.

Doch meine gehobene Stimmung war nur von kurzer Dauer und wurde alsbald von einem flauen Gefühl in der Magengrube abgelöst. Wie konnte ich auch nur einen Augenblick lang erwägen, im Baptist's Head zu bleiben? Wenn ich blieb, setzte ich mich unabschätzbaren Gefahren aus. Denn ich hatte keinen Zweifel, daß der Wein, den die beiden mir gebracht hatten, ein Betäubungsmittel enthielt und daß Thomas und Abel vorhatten, mich heute nacht im Schlaf zu töten. Ich war für sie zu einer Gefahr geworden. Nur mein sofortiges Verschwinden konnte mich jetzt noch retten.

Der Einsatz meines eigenen Lebens hatte nie zu dem Pakt gehört, den ich mit Gott geschlossen hatte, und ich hielt meinen Unmut nicht zurück. Leider schien Er mir nicht zuzuhören.

«Das mache ich nicht», murmelte ich wütend. «Du hast kein Recht, das von mir zu verlangen. Du bist allmächtig, also finde Du einen Weg, mit Thomas und Abel fertig zu werden.»

Gott schwieg, und ich konnte mir vorstellen, daß Ihm meine Worte nicht sonderlich gefielen. Aber ich wollte auch nicht feige sein. Ich dachte an Alfred Weaver und Lady Mallory und daß ich ihnen versprochen hatte, die Wahrheit zu ergründen. Nun hatte ich sie ergründet, doch wenn ich nichts weiter unternahm, würde ich den beiden niemals irgend etwas beweisen können. Meine Knie zitterten, und mein Mund war unangenehm trokken. Wieder legte ich meine Hand auf die Klinke... Aber ich brachte es nicht fertig, sie herunterzudrücken. Nicht ohne Bitterkeit mußte ich erkennen, daß Gott wieder einmal im Begriff war, Seinen Willen durchzusetzen.

Ich legte mein Bündel und meinen Stock ab, zog den Mantel aus und legte mich zögernd aufs Bett. Es würde noch ein paar Stunden dauern, bis alle ins Bett gegangen waren und es im Wirtshaus still wurde. Bis dahin konnte ich ohnehin nichts unternehmen. Ich blies die Kerze aus, starrte an die dunkle Decke und fragte mich, wie ich mir die Zeit vertreiben sollte. Ich sagte mir, ich könne ja auf jeden Fall beten...

Entgegen allen Erwartungen schlief ich ein.

Ich erwachte aus einem tiefen, traumlosen Schlaf, in Schweiß gebadet. Wie hatte ich einfach so einschlafen können, wo sich mein Leben in allerhöchster Gefahr befand? Ich hatte von Menschen gehört, die, zum Tode verurteilt, in der Nacht vor ihrer Hinrichtung tief geschlafen haben, ich selbst habe es mir jedoch nie vorstellen können. Jetzt wußte ich, daß körperliche Erschöpfung selbst Todesangst überwinden kann.

Ich setzte mich auf und lauschte angestrengt. Ich hatte keine Ahnung, wie lange ich geschlafen hatte, doch im Haus war es mittlerweile völlig still. Ich glitt vom Bett, schlich zur Tür und öffnete sie einen Spalt. Bis auf ein röchelndes, regelmäßiges Schnarchen war nichts zu hören. Ich nahm an, daß es aus Gilbert Parsons' Zimmer kam; wahrscheinlich war auch in seinem Wein ein Betäubungsmittel gewesen. Nichts würde ihn aus dem Schlaf reißen können, um mir zu Hilfe zu eilen. Und da er davon ausging, daß ich am nächsten Morgen in aller Frühe aufbrach, würde er mich beim Frühstück auch nicht vermissen.

Ich schloß die Tür wieder, lehnte mich gegen die Wand und versuchte mich zu beruhigen. Ich erinnerte Gott daran, daß Er mich in diesen Schlamassel geführt hatte und auch nur Er mich wieder daraus befreien konnte. Er dagegen erinnerte mich daran, daß Er mir einen gesunden, starken Körper und einen Kopf zum Denken gegeben hatte und daß es nun an mir war,

Seine Gaben zu nutzen. Ich gab es auf. Warum hatte ich noch immer nicht begriffen, daß es sinnlos war, Gott mit Dingen zur Last zu fallen, für die ich selbst verantwortlich war?

Als das Zittern und Zähneklappern ein wenig nachgelassen hatten, tastete ich mich wieder vorsichtig in Richtung Tür. Ich mußte das Zimmer verlassen, ehe Abel, Thomas oder Matilda heraufkamen, um ihr blutiges Handwerk zu verrichten. Zwar ging ich davon aus, daß sie es nicht eilig hatten. Sie wähnten mich betäubt in meinem Bett und konnten vermutlich sicher sein, daß Gilbert Parsons ebenfalls schlief. Einen Vorteil hatte ich auf meiner Seite: Weder Thomas noch Abel ahnten, daß ich die Wahrheit kannte. Sie glaubten immer noch, meine Verdächtigungen richteten sich allein aufs Crossed Hands Inn. Ich bückte mich und ergriff meinen dicken Stock, der mich auf meiner Wanderschaft so treu gestützt hatte. Jetzt brauchte ich ihn für einen anderen Zweck. Leise schob ich die Tür zum zweiten Mal auf.

Der Flur lag im Dunkeln, nur durch die Fensterläden drang spärliches Licht. Vorsichtig ging ich hinüber und öffnete die Läden einen Spaltbreit, um auf die Straße hinunterzuspähen. Diesmal war nichts zu sehen; keine vermummte Gestalt huschte im Schatten der Häuser in Richtung Crossed Hands Inn. Ich schlich zur Treppe und lauschte angestrengt, doch von unten war nichts zu hören. Auf Strümpfen stieg ich langsam die Treppe hinunter und setzte dabei vorsichtig einen Fuß vor den anderen, um verräterisches Knarren zu vermeiden. Jeden Augenblick fürchtete ich, von einem der drei Komplizen überrascht zu werden.

Am Fuße der Treppe wartete ich, den Rücken an die Wand gepreßt, die Ohren gespitzt, meinen Stock fest in der Hand. Doch alles blieb still, und es herrschte völlige Dunkelheit. Waren Thomas und Abel in ihre Zimmer gegangen und warteten, bis sie sicher sein konnten, daß der Wein seine Wirkung tat? Oder waren sie unten geblieben und lauerten dort auf mich? Mein Herz schlug so heftig, daß ich dachte, ich würde ersticken. Ich atmete tief durch und versuchte, mich zu beruhigen.

«Versetz dich in ihre Lage», sagte eine Stimme in mir, und ich gehorchte ihr. Warum sollten sie hier unten auf mich warten, wo sie doch gar nicht damit rechnen konnten, daß ich mein Zimmer verließ? Sie gingen davon aus, daß ich in meinem Himmelbett lag und selig schlummerte. Sie hatten keine Veranlassung zu glauben, daß ich ihnen auf die Schliche gekommen war. Entweder waren sie schlafen gegangen, oder sie arbeiteten in der Küche, kneteten den Brotteig für den frühen Morgen. Aber die Küche lag im Dunkeln, und aus dieser Richtung war auch kein Geräusch zu hören.

Ich fragte mich, wie spät es wohl war, und verfluchte, daß ich eingeschlafen war. Wenn sie gekommen wären, um mich zu holen...! Bei der bloßen Vorstellung gefror mir das Blut in den Adern. Zum Glück hatten sie warten müssen, bis Gilbert Parsons zu Bett gegangen war und der Wein und das Betäubungsmittel seine Wirkung getan hatten. Jetzt war es soweit. Sicherlich konnten sie ihn ebenso gut schnarchen hören wie ich. Es konnte nicht mehr lange dauern, bis sie in mein Zimmer gingen und entdeckten, daß ich geflüchtet war. Ich mußte rasch handeln, wenn ich den Keller untersuchen wollte. Ich verlor wertvolle Minuten, indem ich angstschlotternd herumstand und mir vorstellte, Thomas und Abel könnten mich in einen Hinterhalt locken. Ich hatte mich selbst davon überzeugt, daß es für diese Befürchtung keinen vernünftigen Grund gab. Vorsichtig schlich ich in den Schankraum.

Meine Augen hatten sich inzwischen an die Dunkelheit gewöhnt, so daß ich ohne Schwierigkeiten zwischen den Bänken und Tischen hindurch zum anderen Ende des Raumes gehen konnte. Vor der Wand kniete ich nieder und tastete zwischen dem Sand und den Sägespänen nach dem schweren Metallring, den man hochziehen mußte, um die Falltür zum Keller zu öffnen. Ich fand ihn, stand auf, legte meinen Stock beiseite, bückte mich, faßte den Ring mit beiden Händen und begann zu ziehen. Durch den Angstschweiß waren meine Hände jedoch so schlüpfrig geworden, daß ich es nicht auf Anhieb schaffte. Leise fluchend wischte ich die Hände an meinem Wams ab und versuchte es wieder. Diesmal hob sich die Steinplatte fast zu schnell, so daß ich den Ring loslassen und die Platte mit meinem Körper stützen mußte, damit sie nicht polternd zu Boden fiel. Als ich sie vorsichtig auf den Boden gelegt hatte, spähte ich in den dunklen Keller hinab.

Ich brauchte ein Licht! Wieder verfluchte ich mich, weil ich an diese Möglichkeit nicht gedacht hatte und keine Kerze aus dem Schlafzimmer mitgebracht hatte. Nun mußte ich in die Küche gehen und dort nach einer Kerze suchen. Mit jeder weiteren Minute, die ich auf diese Weise vertrödelte, wurde meine Entdeckung wahrscheinlicher, aber es blieb mir nichts anderes übrig. In dieser pechschwarzen Finsternis würde ich im Keller nichts erkennen können.

Ich ging zurück zum Flur und lauschte angestrengt. Außer Gilbert Parsons' Scharchen war noch immer nichts zu hören. Vielleicht war es noch gar nicht so spät, wie ich dachte, und ich hatte kürzer geschlafen, als ich es vermutet hatte. Die frühen Morgenstunden, die Zeit nach Mitternacht, waren für einen Mord am günstigsten... Mir schauderte es bei dem Gedanken, und ich warf einen sehnsüchtigen Blick auf das Eingangstor, das ich am anderen Ende des Flurs klar erkennen konnte. Ich hätte gehen, die Flucht wagen können, solange es noch die Gelegenheit dazu gab. Ich machte sogar einen Schritt in Richtung Tür, ehe eine innere Stimme mich innehalten ließ. Wenn ich jetzt ginge, würde ich Thomas Prynne und seinen Komplizen niemals irgend etwas beweisen können. Meine Verdächtigungen würden gegen ihre Aussagen stehen, und wenn sie erst einmal bemerkt hatten, daß ich geflüchtet war, würden sie binnen weniger Stunden alle verdächtigen Spuren beseitigt haben. Meine Anschuldigungen würden die Wachen vielleicht dazu bringen, das Baptist's Head für eine Weile im Auge zu behalten, doch wenn nichts Verdächtiges mehr geschah, würden sie sich bald anderen, dringenderen Fällen zuwenden, und Thomas und Abel würden ungeschoren davonkommen.

Zögernd drehte ich mich wieder in Richtung Küche um. Zuerst dachte ich, sie sei völlig dunkel, doch als ich die offene Tür erreichte, konnte ich einen schwachen Schimmer sehen. Ich preßte mich gegen die Wand und wagte kaum zu atmen. Verzweifelt umklammerte ich meinen Stock. Nach einer Weile hörte ich gedämpfte Geräusche. Irgend etwas schien sich in der Küche zu bewegen. Vorsichtig spähte ich um den Torpfosten herum. Das Licht kam von einem kleinen Binsenfeuer. In dem schwachen Widerschein konnte ich eine Frau erkennen, die an einem der Tische beim Essen saß.

Wieder preßte ich mich gegen die Wand und versuchte, mein pochendes Herz zu beruhigen. Diese Frau konnte keine andere sein als Matilda Ford, und meine Befürchtung, daß sie hier Zuflucht gesucht hatte, war nur allzu begründet gewesen.

Zum Glück hatte sie nicht bemerkt, wie ich die Treppe hintergeschlichen war, sonst hätte sie sich nicht in die Küche gesetzt, um sich für die Arbeit, die noch vor ihr lag, zu stärken. Nicht zum ersten, aber auch nicht zum letzten Mal stellte ich fest, daß ich vor Angst am ganzen Körper zitterte.

Die Möglichkeit, eine Kerze aus der Küche zu holen, war nun dahin. Und ohne Kerze in den dunklen Keller zu steigen ergab keinen Sinn. Ich deutete es als klares Zeichen dafür, daß ich von hier verschwinden sollte. Gott hatte seine Meinung geändert, Er wollte nicht mehr, daß ich mein Leben aufs Spiel setzte, und entband mich von dem Versprechen, das ich dem Ratsherrn gegeben hatte. Auf Zehenspitzen schlich ich durch den Flur in Richtung Tür. Fast hatte ich sie erreicht. Nur noch wenige Schritte, und ich würde den Riegel zur Seite schieben, auf die Crooked Lane hinaustreten und in die Freiheit entfliehen.

In diesem Augenblick legte sich eine Hand auf meine Schulter, und als ich mich erschrocken umsah, fiel ein greller Lichtschein direkt in mein Gesicht.

«Du willst uns verlassen, Roger Chapman?» hörte ich Thomas Prynnes Stimme. Sein Gesicht wurde vom Strahlenkranz der Kerze umrahmt. Abel Sampson stand unmittelbar hinter ihm. Matilda Ford erschien in der offenen Küchentür, eine Scheibe Brot in der Hand.

Wie benommen starrte ich die drei Komplizen an, und mir schoß der Gedanke durch den Kopf, daß es reichlich dumm von mir gewesen war, einfach davon auszugehen, daß mich Gott je von meinem Versprechen entbinden würde.

20

Der Kerzenrauch ließ meine Augen tränen, und die Flamme blähte sich zu blassen, flackernden Kreisen auf, die an den Rändern kräftig schillerten. Ich stand einfach da, starrte wie ein dämlicher Ochse vor mich hin und schwieg. Was hätte ich auch sagen sollen? Schließlich konnte ich schlecht behaupten, ich hätte einen Mitternachtsspaziergang unternehmen wollen.

Thomas lächelte und sagte: «Natürlich habe ich mich gefragt, ob dir die Wahrheit dämmern würde, doch dir zuliebe hatte ich gehofft, du würdest sie nie erfahren; würdest deinen Wein trinken, sanft entschlummern und gar nicht merken, was mit dir geschieht.» Mit Bedauern in der Stimme fuhr er fort: «Du bist mir in der kurzen Zeit ans Herz gewachsen.» Abel murmelte etwas, das ich nicht verstand, aber Thomas hatte es gehört, und sein Lächeln wurde breiter. Den Fehler, seinen Kopf zu wenden, machte er jedoch nicht. «Ja, ich weiß, Abel, du machst dir nichts aus unserem jungen Gast, aber wenn du erst einmal in meinem Alter bist, lernst du echte Treue zu schätzen. Er hat dem armen alten Alfred Weaver sein Wort gegeben, und nichts und niemand konnte ihn davon abbringen, sein Versprechen zu halten. So etwas bewundere ich.»

Inzwischen hatte auch ich meine Sprache wiedergefunden. «Lügner! Mörder! Heuchlerischer Dieb!» schrie ich ihn an, hob meinen Stock und schlug ihm die Kerze aus der Hand.

Thomas fluchte, als ihm die Flamme beim Herunterfallen das Hosenbein versengte und auf den Steinplatten ihr Leben aushauchte. Dann stürzten sie sich alle drei auf mich und versuchten, mich zu Boden zu drücken. Am Ende gelang es ihnen, doch vorher hatte ich mit meiner Keule noch erheblichen Schaden angerichtet. Als sie mich mit Gewalt in den Schankraum zerrten und Thomas eine Zunderbüchse aus seiner Tasche kramte, um eine neue Kerze anzuzünden, blutete Abel aus der Nase, und sein Auge war blau angeschwollen, während Matilda offenbar ein paar Schläge auf die Wange abbekommen hatte und Thomas merklich humpelte. Haßerfüllt starrten sie mich an.

«Heute nacht», grunzte Abel und wischte sich mit dem Handrücken das Blut aus dem Gesicht, «werde ich meine Arbeit richtig genießen.»

Matilda brachte ein starkes Hanfseil herbei, und sie begannen, mir die Arme und Füße zu fesseln. Ich versuchte, mich zu wehren, schlug und trat wie wild um mich, obwohl ich wußte, daß ich gegen sie nichts mehr ausrichten konnte. Dann packte Thomas mich beim Kopf, Abel nahm meine Füße, und sie schleppten mich, wie ein bratfertiges Hähnchen, in Richtung Kellertreppe. Matilda ging voraus und trug die Kerze. Plötzlich war alles sehr still. Selbst Gilbert Parsons hatte aufgehört zu schnarchen. Ich riß den Mund auf und schrie.

Thomas lachte grimmig. «Schrei nur, so laut du kannst», sagte er. «Hier wird dich keiner hören. Gilbert Parsons merkt nichts mehr. Und nach dem Abendläuten kommen nur noch selten Leute in diese Gegend.»

Ich wußte, daß er recht hatte. Und falls durch irgendeinen glücklichen Zufall doch jemand meine Schreie hören sollte, war es äußerst unwahrscheinlich, daß er in das Wirtshaus eindringen würde, nur um mir zu Hilfe zu eilen. Die Londoner kümmerten sich nach Einbruch der Dunkelheit um ihre eigenen Angelegenheiten, und das war zweifellos ein weiser Entschluß.

Als sie mich die Kellertreppe hinunterzerrten, schlug mein Kopf gegen die Wand, so daß ich für einige Augenblicke das Bewußtsein verlor. Als ich wieder zu mir kam, lag ich schon auf dem Kellerboden. Thomas zündete gerade eine zweite Kerze an. Ich sah, daß der Keller sehr viel größer war, als ich ihn mir vorgestellt hatte. Er zog sich nicht nur unter dem Wirtshaus entlang, sondern noch ein gutes Stück in Richtung Fluß. Die Wände waren mit Weinregalen bedeckt, und auf dem Steinfußboden lag loses Stroh. Ein leises Rascheln sagte mir, daß es hier Ratten gab, und ein entferntes Glucksen bestätigte meinen Verdacht, daß wir der Themse sehr nahe waren.

Ich wandte meinen Kopf, um meine Peiniger beobachten zu können. Voller Entsetzen sah ich Abel nach einem großen Stemmeisen greifen. Als sich auch Thomas mit einem schweren Werkzeug bewaffnete, blieb mir vor Angst fast das Herz stehen. Ich dachte, sie wollten mich zu Tode prügeln, doch sie gingen zur Kellerwand, die nach meiner Berechnung dem Fluß am nächsten lag, setzten zu beiden Seiten eines großen Steinquaders ihre Stemmeisen an und hebelten ihn heraus. Als er ein Stück herausstand, legten sie die Stemmeisen weg, zogen schwitzend und fluchend den Quader ganz heraus und legten ihn auf den Boden. In der Wand klaffte nun ein dunkles Loch, groß genug, um den Körper eines Menschen hindurchzuschieben, und ich hegte keinen Zweifel mehr daran, daß sie sich auf diese Weise ihrer unglücklichen Opfer entledigten. Auf der anderen Seite der Wand lag der unterirdische Kanal, der unmittelbar zur Themse führte – und der Crooked Lane ihren ursprünglichen Namen gegeben hatte.

Trotz meiner Fesseln gelang es mir, mich aufzusetzen, doch Matilda Ford war sofort hinter mir und drückte mich mit starken Armen zu Boden.

«Laß ihn, Matty!» rief Thomas Prynne, der sich zu uns umgedreht hatte. «Es gibt keinen Grund, warum er es nicht sehen sollte.» Er lachte. «Er wird es niemandem mehr erzählen können. Also, mein Junge!» Er sah mich höhnisch grinsend an. «Ich glaube, du solltest langsam anfangen, deine Gebete zu sprechen.»

«Wartet!» sagte ich, um Zeit zu gewinnen. Gott allein wußte, was ich mir davon versprach, doch der Überlebenswille ist der stärkste menschliche Trieb, und ich bildete in dieser Hinsicht keine Ausnahme. Ich wollte den unausweichlichen Augenblick meines Todes so lange wie möglich hinausschieben. Als Thomas mich fragend ansah, fuhr ich fort: «Wenn Ihr mich schon umbringt, dann befriedigt zumindest noch meine Neugier. Es kann Euch jetzt nichts mehr schaden, mir die Wahrheit zu sagen.»

«Hört nicht auf ihn», warf Matilda ein. Es waren die ersten Worte, die ich an diesem Abend von ihr hörte. «Macht kurzen Prozeß.»

Abel nickte, und seine blassen Augen glänzten. «Matilda hat recht. Laß uns weitermachen.»

Doch Thomas war durchaus geneigt, mir meinen Willen zu lassen. Vielleicht lag es daran, daß es seiner Eitelkeit unter normalen Umständen verwehrt war, mit seinen verbrecherischen Taten zu prahlen.

«Warum sollen wir seine Neugier nicht befriedigen, wenn er es unbedingt wünscht. Es dauert ja nicht lange. Ich nehme an, daß er das meiste ohnehin schon weiß. Schließlich haben wir es mit einem besonders schlauen Bürschchen zu tun.» Er richtete sich an mich. «Wann hast du eigentlich kapiert, was hier gespielt wird?»

«Als ich heute abend ins Bett gegangen bin. Allerdings sind Abel ein paar Schnitzer unterlaufen, die mich schon viel früher auf die richtige Fährte hätten bringen können, wenn ich bloß nicht so schwer von Begriff gewesen wäre. Und die Ähnlichkeit von Matilda Ford mit jemandem, den ich bereits kannte, ist mir schon bei unserer allerersten Begegnung aufgefallen. Erst heute abend habe ich begriffen, daß es Abel gewesen war.»

Thomas lächelte. «Gut beobachtet. Abel und Matilda sind Geschwister, aber zu dem Schluß bist du vermutlich schon selbst gekommen. Abel war früher Stallknecht im Crossed Hands Inn. Dort haben wir uns auch kennengelernt, als ich nach London kam, um das Baptist's Head zu kaufen. Ich habe ihn von Martin Trollope weggelockt und gebeten, mein Teilhaber zu werden, und bald stellte sich heraus, daß er Gold wert war. Er kannte die Geschichte des alten Schmugglerkanals, der zum

Fluß hinunterführt, und nach einigem Suchen haben wir den Kanal auch tatsächlich gefunden. Anfänglich hatten wir vor, ihn wieder seiner ursprünglichen Bestimmung zuzuführen, doch bei der Schmugglerei ist man von zu vielen anderen Leuten abhängig. Schließlich haben wir für den Kanal eine bessere Verwendung gefunden. Ich weiß nicht mehr genau, wessen Idee es war. Ich glaube fast, Matilda ist zuerst auf den Gedanken gekommen.» Er zögerte, wollte das eigene Licht nicht allzusehr unter den Scheffel stellen. «Nein, wenn ich es mir recht überlege, war es mein Vorschlag. Wir nahmen uns vor, den Ruf zu erlangen, daß wir den besten Wein und das beste Essen in ganz London servieren, dann würden früher oder später auch reichere Gäste zu uns kommen.»

«Die Ihr dann kaltblütig ermorden wolltet.»

«O nein, natürlich längst nicht alle.» Thomas machte ein beleidigtes Gesicht. «Ein kleines bißchen Verstand darfst du uns ruhig schon zutrauen. Wir haben immer auf die richtigen Umstände gewartet. Männer, die allein oder mit höchstens einem Diener unterwegs waren – und die ein hübsches Sümmchen Geldes oder wenigstens wertvollen Schmuck bei sich trugen. Es ist ein Geschäft, das sorgfältige Überlegung verlangt – und sehr viel Geduld. Deshalb können wir auch nicht das Wagnis eingehen, vor der Zeit entdeckt zu werden. Es wird noch viele Jahre dauern, bis wir alle drei reich genug sind, um uns zur Ruhe zu setzen.»

«Ihr scheint Eure Arbeit ja richtig zu genießen!» entfuhr es mir.

Thomas lächelte. «Da hast du wohl recht», gab er mit fast träumerischer Stimme zu.

Ich bekam eine Gänsehaut. Außerdem spürte ich Abels und Matildas Ungeduld und redete hastig weiter. «Und Matilda hat Euch Bescheid gegeben, sobald ein geeignetes Opfer im Crossed Hands Inn abgestiegen war?»

«Gelegentlich. Du denkst wohl an Sir Richard Mallory? Eine leichte Beute! Er war ganz versessen auf erlesenen Wein, und Matilda brauchte nicht mehr zu tun, als ihm zu erzählen, daß man bei uns die besten Weine ganz Londons bekommt. Er war sofort bereit, herüberzukommen und zu einer Weinprobe in unseren Keller zu steigen. Allerdings mußten wir dafür sorgen, daß auch sein Diener mitkam.»

«Natürlich. Jacob Pender zurückzulassen, obwohl er wußte, wohin sein Herr gegangen war, wäre ein zu großes Wagnis gewesen. Und so lange zu warten, bis Sir Richard seine Rechnung bezahlt und seine Satteltaschen gepackt hatte – ein genialer Streich!»

Thomas lächelte milde. «Aber natürlich. Alle unsere Handlungen sind genau geplant.»

«Und Marjorie Dyer? Wie habt Ihr sie überreden können, mit Euch gemeinsame Sache zu machen?»

Thomas zuckte mit den Schultern. «Nichts einfacher als das! Marjorie ist schon immer sehr ehrgeizig gewesen. Eine Zeitlang hatte sie sich sogar Hoffnungen gemacht, Alfred Weaver würde sie heiraten. Möglicherweise hat sie auch ihr Scherflein dazu beigetragen, daß Weavers erste Frau das Zeitliche gesegnet hat, aber das kann ich nicht beweisen. Leider hat Alfred seiner Marjorie jedoch keinen Antrag gemacht, auch wenn er weiterhin... äh... in anderer Hinsicht ihre Dienste in Anspruch nahm. Als ich im letzten Jahr zu Besuch in Bristol war, zog ich sie ins Vertrauen, und sie willigte sofort ein. Natürlich zu einem gewissen Preis, versteht sich. Seitdem hat sie uns, abgesehen von Clement Weaver, mindestens schon zwei fette Fliegen ins Netz gelockt.» Und mit einem gewissen Bedauern in der Stimme fügte er hinzu: «Ob du es glaubst oder nicht, es hat mir in der Seele weh getan, Clement töten zu müssen. Schließlich habe ich ihn schon gekannt, als er noch ein kleiner Junge war.»

«Laß uns jetzt in Gottes Namen endlich anfangen!» zischte Abel. «Oder willst du die ganze Nacht über hier herumstehen und schwatzen?»

«Ganz ruhig, Abel!» gab Thomas zurück. «Du verlierst die Nerven, und das ist niemals gut. Aber du magst recht haben.» Er sah mich an. «Sprich deine Gebete, Roger Chapman. Du hast uns eine Menge Ärger eingebrockt. Matilda hat ihre Anstellung im Crossed Hands Inn verloren und wird jetzt als Verbrecherin gejagt. Wir wollten verhindern, daß du zum Herzog von Glou-cester läufst, und hatten gehofft, dich zurückhalten zu können. Trotz alledem hätten wir dich morgen früh in Frieden ziehen lassen, wenn du nicht beim Abendessen plötzlich deine Mei-nung geändert hättest. Wir können es uns einfach nicht leisten, daß du uns noch mehr Schwierigkeiten machst. Außerdem war mir klar, daß du nicht mehr lange brauchen würdest, bis du uns auf die Schliche kommst. Also!» Er zuckte mit den Schultern. «Uns bleibt nichts anderes übrig, als dich in den Kanal zu wer-fen, wo du unseren anderen Gästen Gesellschaft leisten kannst. Aber mach dir keine Sorgen, du wirst nicht mehr viel davon mitbekommen, das verspreche ich dir.»

«Warum eigentlich?» fragte Matilda gehässig. «Warum sollen wir uns die Mühe machen, ihm eins über den Schädel zu geben? Soll er doch ruhig erleben, wie er langsam ersäuft.»

«Aber wir dürfen ihn nicht gefesselt in den Kanal werfen», warf ihr Bruder ein. «Wenn seine Leiche gefunden wird, muß es so aussehen, als sei er von selbst in den Fluß gefallen.»

Matilda murmelte etwas vor sich hin, dann sagte sie laut: «Also gut. Aber laßt mich das machen. Er hat bei mir noch ein paar Schläge gut.»

«Mit Vergnügen», sagte Thomas und reichte ihr meinen Stock, den sie mit in den Keller genommen hatten. «Nimm den hier. Aber schlag nicht allzu fest zu. Er soll bloß bewußtlos sein.»

«Nein!» schrie ich – oder zumindest glaube ich, daß ich es schrie. Bis zum heutigen Tag kann ich mich nicht mehr genau daran erinnern. Mein Denken hatte ausgesetzt, und alles, woran ich mich noch erinnern kann, ist eine maßlose Wut gegen Gott, der, wie ich fand, für meine mißliche Lage verantwortlich war. Ich wand mich wie wild auf dem Boden hin und her, so daß mich Matildas erster Schlag, wenn auch knapp, verfehlte.

«Halt ihn fest!» sagte Thomas zu Abel. «Setz dich auf seine Beine!»

Abel ging in die Knie und drückte meine Beine zu Boden. Ich

trat mit aller Kraft nach ihm, und es gelang mir, seinen Griff zu lockern, doch dann war er wieder auf mir und drückte mich mit seinem ganzen Gewicht zu Boden, während Thomas herbeilief, um ihm zu helfen. Gegen ihre vereinten Kräfte konnte ich nichts ausrichten.

«Jetzt, Matty!» rief Abel.

Matilda stand hinter mir. Es war mir unmöglich, meinen Kopf weit genug herumzudrehen. Ich wollte dem Tod direkt ins Auge sehen, nicht wie ein Tier von hinten erschlagen werden. Ich spürte eine leichte Bewegung in der Luft, als sie mit beiden Armen ausholte. Noch einmal schrie ich meinen ganzen Trotz heraus und versuchte, meinen Oberkörper zur Seite zu drehen. Thomas rief Abel etwas zu, und die beiden verstärkten ihren Druck. Ich wußte, daß es für mich keine Hoffnung mehr gab. Ich schloß die Augen und wartete auf den tödlichen Schlag...

Nichts geschah. Der Augenblick der schrecklichen Erwartung zog sich immer länger hinaus. Nach einer, wie es mir vorkam, schier unendlichen Qual öffnete ich vorsichtig die Augen und sah, wie meine Peiniger mit offenen Mündern, starr vor Schreck, zur Kellertreppe sahen. Abel und Thomas waren aufgestanden, so daß ich mich wieder bewegen konnte. Ich warf mich so weit herum, daß ich die steinernen Stufen sah, die vom Schankraum herunterführten. Dort standen mehrere Männer. Ihr Anführer hielt eine Laterne in der Hand.

Er sagte mit fester Stimme: «Im Namen König Eduards! Thomas Prynne, Abel Sampson und Matilda Ford, ihr seid wegen Mordes verhaftet!» Er drehte sich zu seinen Männern um. «Nehmt sie gefangen.» Dann sprang er seitlich von der Kellertreppe herunter und kam auf mich zu, wobei er seine Laterne etwas höher hielt, so daß sie sein Gesicht beleuchtete. «Nun, Roger Chapman», sagte er und lächelte, «das war verdammt knapp. Ich hatte schon befürchtet, zu spät zu kommen.»

Ich hatte die Stimme naürlich sofort erkannt, meinen Ohren aber nicht trauen wollen. Der schüchterne, leicht jämmerliche Tonfall war verschwunden. Gilbert Parsons sprach mit der ganzen Überzeugungskraft eines Menschen, der die Macht und das Gesetz auf seiner Seite hat.

«Ich gehöre zur Stadtwache», erklärte er mir, als wir später gemeinsam im Schankraum des Baptist's Head saßen, eine Flasche von Thomas Prynnes bestem Wein vor uns auf dem Tisch. Nach den turbulenten Ereignissen der letzten Stunden war es im Wirtshaus jetzt sehr still. Thomas und seine beiden Komplizen waren gefesselt und ins Gefängnis gebracht worden, aber ich fühlte mich immer noch ziemlich wacklig auf den Beinen. Gilbert Parsons goß uns Wein nach und fuhr fort: «Wir hatten schon seit einiger Zeit ein Auge auf dieses Haus geworfen. Uns war das Gerücht zu Ohren gekommen, daß Reisende, die hier übernachteten, spurlos verschwanden. Aber wir konnten nichts beweisen. Deshalb wurde entschieden, daß ich mich als Gast einquartierte, in der Hoffnung, daß ich auf diese Weise etwas entdecken könnte.»

«Und, habt Ihr etwas entdeckt?» fragte ich ihn.

Er schüttelte den Kopf. «Nicht, bis du hergekommen bist und hier herumgeschnüffelt hast.»

«Was ist letzte Nacht mit Meister Farmer geschehen?»

Gilbert Parsons zuckte mit den Schultern. «Er ist tatsächlich nicht gekommen. Thomas, Abel und Matilda haben wie die Aasgeier hier unten gesessen und auf ihn gewartet, doch diesmal ist ihnen die fette Beute durch die Lappen gegangen.»

«Aber ich habe im Hof ein zweites Pferd gehört», widersprach ich ihm.

«Reine Einbildung, fürchte ich.» Gilbert Parsons streckte die Arme über den Kopf und gähnte. «Gott, bin ich froh, hier herauszukommen und wieder mal richtig durchschlafen zu können. Der Schlaf hat mir in den letzten Wochen sehr gefehlt.»

Ich hörte ihm kaum zu, war viel zu sehr mit meiner eigenen Empörung beschäftigt. Wäre ich nicht davon überzeugt gewesen, Spuren des Mordes an Meister Farmer finden zu können, wäre ich nie das Wagnis eingegangen, in Thomas Prynnes Keller zu steigen. Gott hatte mich wieder einmal zum Narren gehalten. Dennoch hatte ich wenig Grund, mich zu beschweren. Er hatte mich behütet und beschützt und jeden wirklichen Schaden von mir abgewendet. Er hatte mich als Werkzeug benutzt, und die Schuld, die ich beim Verlassen des Klosters auf mich geladen hatte, war, so hoffte ich, damit abgetragen.

Ich grinste Gilbert Parsons an. «Für einen Mann, der behauptet, nachts kein Auge zugetan zu haben, habt Ihr aber ganz schön laut geschnarcht.»

Gilbert lachte. «Ein Trick, den ich schon als Kind angewandt habe, um meine Mutter zu täuschen. Meine Brüder und ich haben uns dabei immer abgewechselt. Während die einen schnarchten, haben die anderen unter der Bettdecke Mikado oder Murmeln gespielt.» Er trank seinen Wein aus und streckte sich wieder. «Es ist fast hell. Fühlst du dich stark genug, um mich zu begleiten und vor dem Magistrat deine eidliche Aussage abzulegen?»

«Ich glaube schon.» Ich leerte den Becher und unterdrückte den Wunsch, mich in der nächsten Ecke zusammenzurollen und einfach einzuschlafen. Ich wußte, diese ersten beiden Tage in London würde ich nie vergessen, auch wenn ich einmal hundert Jahre alt werden sollte. Am liebsten hätte ich die Stadt jedoch so bald wie möglich hinter mir gelassen und wäre auf die offene Landstraße zurückgekehrt; schließlich hatte ich in Canterbury, vor allem aber in Bristol, noch einige Besuche zu machen.

Marjorie Dyers Anteil an der Verschwörung aufzudecken würde mir ein besonderes Vergnügen bereiten. Ich schaute zur Falltür, die noch immer offenstand und den Blick auf die steinerne Kellertreppe freigab.

«Woher wußtet Ihr, was dort unten vor sich ging?» fragte ich.

«Ich habe dich schreien gehört.» Gilbert Parsons grinste. «Nachdem du so deutlich gezeigt hattest, daß du womöglich doch nicht gleich am nächsten Morgen abreisen würdest, war mir klar, daß sie versuchen würden, dich irgendwie zum Schweigen zu bringen. Aber ich hatte nicht damit gerechnet, daß du so waghalsig sein könntest, das Wirtshaus auf eigene Faust zu erkunden. Ich kam heruntergeschlichen, sah gerade noch, wie sie dich nach unten trugen, und holte sofort Hilfe. Ich muß zugeben, daß ich arge Zweifel hatte, ob ich noch rechtzeitig zur Stelle sein würde.»

«Jedenfalls bin ich Euch sehr dankbar, daß Ihr mich gerettet habt», sagte ich ernst. Dann griff ich nach meinem Bündel und meinem Stock, der jetzt neben meinem Stuhl lag. «Wenn Ihr gehen wollt, bin ich bereit. Ich möchte diesen Ort des Grauens niemals wiedersehen.»

Gilbert Parsons nickte, und gemeinsam traten wir hinaus auf die Crooked Lane. Kalte Morgenluft empfing uns. Eine Möwe flog kreischend über unsere Köpfe hinweg. Das Baptist's Head lag hinter uns, verschlossen und still.

Vorne an der Straßenecke, im Crossed Hands Inn, war längst der Alltag eingekehrt. Lady Anne Neville war sicher im Kloster untergebracht; Martin Trollope, ein Schützling des Herzogs von Clarence, war noch immer ein freier Mann. Thomas Prynne, Abel Sampson und Matilda Ford saßen im Gefängnis und würden für ihre Verbrechen mit dem Leben büßen. Doch Clement Weaver und Sir Richard Mallory würden dadurch genausowenig wieder lebendig werden wie all ihre anderen Opfer, und bei diesem Gedanken war mir unsäglich traurig zumute.

Und dies, meine Kinder – falls ihr euch die Mühe gemacht habt, mir bis hierhin zu folgen –, erklärt, wie alles begann. Damals entdeckte ich, was ich später über die Jahre immer weiter verfeinern sollte: meine Gabe, rätselhafte Geschehnisse aufzuklären und Geheimnisse aufzudecken. Natürlich steckte dieser erste Fall noch voller Patzer und dusseliger Fehler. Ich war damals sehr unerfahren und begriff viel zu spät, worauf ich mich eingelassen hatte. Aber meine natürliche Neugier kam mir ebenso zustatten wie mein störrisches Wesen. Ich habe niemals aufgegeben, ehe ich einer Sache nicht gänzlich auf den Grund gegangen bin.

O ja – Gott hatte dabei ganz bestimmt Seine Hand mit im Spiel. Das hat Er immer. Er ist genauso stur und hartnäckig wie ich, wenn es darum geht, Seinen Willen durchzusetzen. Ich habe immer wieder vergeblich versucht, mich von Ihm zu befreien. Und jetzt, wo ich ein alter Mann bin, der von seinen Erinnerungen lebt, bin ich sehr froh, daß es mir nie gelungen ist.

Die Rosenkriege 1455–1485

Die Rosenkriege waren der Abgesang des mittelalterlichen Englands. In ihnen gipfelte und endete die Magnatenanarchie, die das Land nicht zur Ruhe kommen ließ. Die Voraussetzung für den Zerfall des Reiches in regionale Machtsphären hatte Edward III. geschaffen, als er für seine Söhne die Herzogtümer Lancaster, York, Gloucester und Clarence schuf, die anfangs nur der königlichen Familie zugedacht waren, dann aber durch Heirat und Erbgang sich mit anderen Magnaten-Familien vereinigten, bis einige von ihnen an Macht und Reichtum die Krone übertrafen. Durch das Patronagesystem mit «livery and maintenance» bildeten sich regionale Privatarmeen, die nur den großen Lokalmagnaten gehorchten, deren Streitigkeiten sich infolgedessen auf alle Landstriche ausdehnten.

Die Anarchie der Marken griff auf die Nachbargebiete über, und die lokalen Fehden verknüpften sich mit den streitenden Gruppen an Hof und Regierung. Da die Magnaten von Kardinal Beaufort und Humphrey von Gloucester bis zu den Baronen und Rittern sich zudem an Wollexport und Handelsmärkten beteiligten, strebten sie nach Einfluß auf die Handelspolitik und auf die Städte und Märkte; sie setzten ihre Freunde in die lokalen Ämter und drückten ihre Kandidaten bei den Wahlen durch. Die großen Familien brachten dabei ihre Scharen livrierter Yeomen ins Spiel und gruppierten sich schließlich um die zwei Lager von York und Lancaster, der weißen und der roten Rose, deren Kampf das Land fast 30 Jahre in Atem hielt und zeitweilig wie 1459 bis 1461 und 1470 bis 1471 in einen allgemeinen Krieg sich steigerte.

Niemand vermochte die Lokalmagnaten zu kontrollieren. Die Percys und Nevilles beherrschten Nordengland; die Herzöge von Norfolk und Suffolk waren die Herren in Ostanglien, und das Wort des Herzogs von York galt in Teilen von Mittelengland und Wales als Gesetz. Niemand wagte, einen Livery-man anzuklagen oder gar zu verurteilen. Im Jahre 1455 plünderte der Earl von Devon mit einem Heer von 5000 Mann die Kathedrale von Exeter, und später setzte der Herzog von Norfolk mit 3000 Mann und eigener Artillerie seine Ansprüche auf das Schloß von Caister durch. Der König wagte nicht, sich diese selbstherrlichen Magnaten zu Feinden zu machen. Am meisten litten darunter die kleineren Landeigentümer, die Handelsleute und Ritter, die im Unterhaus vertreten waren. Dagegen fanden die unteren Schichten dabei häufig Beschäftigung und Unterhalt.

Schlimmer war noch, daß die englische Soldateska von Frankreich zurückströmte und das Land unsicher machte. Einer ihrer Anführer, Jack Cade, landete 1450 mit anderen Soldaten an der Südküste und entflammte in Kent, Sussex, Essex und London eine verzweifelte Rebellion. London öffnete ihm die Tore. Er hielt hier Gericht über den alten Lord Treasurer und ließ ihn exekutieren. Die Londoner waren entsetzt über die Gewalttaten Jack Cades, der nach einem allgemeinen Gnadenspruch des Königs seine Scharen entließ, dann aber gefaßt und getötet wurde.

Danach schien Ruhe einzutreten. Im Oktober 1453 gebar die Königin einen Sohn Edward; Heinrich gründete die beiden Colleges von Eton und Cambridge. Aber das Ende des Krieges im gleichen Jahr und der ausbrechende Wahnsinn des Königs, der in völlige Lethargie versank, änderten die Lage. Der Herzog Richard von York wurde Protektor und begann, mit fester Hand Verwaltung und Rechtswesen zu ordnen. Die unerwartete Genesung des Königs beendete sein kurzes Protektorat, und die Feinde von York sammelten sich um den König. Vor die Wahl gestellt, zu fliehen oder zu kämpfen, wählte Richard den Kampf. Er rief die Scharen der entlassenen Soldaten unter sein Banner, verband sich mit Richard Neville, Earl von Warwick, und anderen yorkistischen Lords und rückte gegen London. In der Schlacht von St. Albans im Mai 1455 maßen sich die Anhänger der weißen und roten Rose. Der gefangene Heinrich wurde von Richard geschont und behielt seine Krone, aber die Regierung gelangte in die Hand der Yorkisten.

Dagegen wollte die Königin Margarete ihrem Sohn den Thron retten und hob in den Lancaster-Ländern des Nordens Truppen aus. Sie schlug 1460 überraschend die feindlichen Truppen. Der Herzog von York wurde getötet, der Earl von Salisbury enthauptet und der Earl von Warwick zurückgeschlagen. Bei St. Albans trafen sich König und Königin; das Haus Lancaster schien gerettet. Aber der Sohn Richards, Edward Herzog von York, sammelte in Wales ein Heer, vereinigte sich mit Warwick und schlug das Lancaster-Heer am 29. März 1461 bei Towton Moor. Die gefangenen Lords wurden hingerichtet; Heinrich und Margarete flohen zur schottischen Grenze. Der 19jährige Edward von York zog nach London, beanspruchte als Nachkomme Edwards III. den Thron und wurde im Juni 1461 in Westminster gekrönt. Mit ihm begann die Wiederherstellung der königlichen Autorität.

Margarete entfaltete 1463 im Norden des Landes erneut das Banner von Lancaster, wurde wiederum geschlagen und floh nach Frankreich. Ihr Gatte fiel in die Hand Edwards und wurde in den Tower gesperrt, wo er in wachsender Umnachtung dahindämmerte. Von ihm drohte Edward kaum Gefahr. Aber sein mächtigster Bundesgenosse Richard Neville, Earl von Warwick, verwandt mit allen führenden Familien Englands und Vorkämpfer der Sache von York, beanspruchte die erste Rolle in der Politik und bereitete die Heirat Edwards mit einer französischen Prinzessin vor.

Aber der junge König heiratete insgeheim Elisabeth Woodville und ließ ihren Anhang an seinen Hof kommen. Der gekränkte Warwick zog seine Gefolgsleute insgeheim zusammen und ergriff den König 1469 überraschend bei Northampton. Damit waren Edward als Gefangener im Schloß zu Middleham und Heinrich VI. im Tower seiner Gewalt ausgeliefert. Damals kam sein Spitzname «the Kingmaker» auf. Aber er wagte nicht, selbst nach der Krone zu greifen, und rang Edward lediglich das Versprechen ab, den Anhang der Woodvilles zu entlassen und sich nur auf die hochgeborenen Ratgeber zu stützen. Er unterstrich seine Forderung mit der Exekution des Vaters und des Bruders der Königin. Aber im März 1470 erhob Edward Anklage gegen ihn wegen Hochverrats; Warwick entkam nach Frankreich. Hier nahm er Partei für die Lancaster-Königin Margarete von Anjou und deren Sohn Edward. Mit französischer Unterstützung landete er im September 1470 in England und rief nun Heinrich VI. zum König aus. Edward trat ihm mit Heeresmacht entgegen; bevor es zum Kampf kam, gingen seine Magnaten unerwartet zum Feind über. Edward entkam mit knapper Not und fand in Burgund Zuflucht, das auf seiten Yorks stand. Die Hansa unterstützte ihn gegen Zusicherung weiterer Privilegien. Im Frühjahr 1471 landete er wieder in Yorkshire, zog nach Süden und traf bei Barnet nördlich von London auf das Heer Warwicks. Im trüben Dunst eines Apriltages fand dessen Macht ihr Ende. Er selbst wurde auf der Flucht gefangen und getötet. Mit ihm fiel der letzte Vertreter jenes machthungrigen Magnatentums, dessen Ehrgeiz und Verblendung das Land in Selbstzerfleischung und Anarchie gestürzt hatten.

Ein letzter Waffengang war nötig, da Margarete mit dem Prinzen von Wales am Tage der Schlacht von Barnet in England gelandet war. Am 3. Mai 1471 wurde das letzte Heer der roten Rose bei Tewkesbury geschlagen, Prinz Edward getötet und seine Mutter gefangengenommen. In derselben Nacht, als Margarete den Tower betrat, starb Heinrich VI., angeblich an Melancholie. Margarete wurde von ihrem Vater losgekauft und verbrachte den Rest ihres Lebens in ihrer Heimat Anjou.

Nun erst konnte Edward seine Herrschaftsordnung festigen. Zu den Besitzungen des Hauses York fügte er die Gebiete von Lancaster und anderer ehemaliger Gegner. Die Krone wurde mächtigster Landeigentümer und besaß schließlich ein Fünftel des englischen Bodens. Er schaltete die Krone in den Woll- und Zinnhandel ein und beteiligte sie an den Gewinnen. Die Commons begrüßten die Stärkung der Kronmacht. Sie bewilligten ihm auf Lebenszeit das Schiffs- und Pfundgeld (tonnage and poundage). Edward hütete sich, zu große Forderungen an sie zu stellen. Unter seiner Herrschaft berief er nur sechs Parlamente. Die beiden Häuser kamen lediglich bei außerordentlichen Gelegenheiten zusammen wie etwa 1474, als er den Krieg gegen Frankreich erklärte und trotz seines patriotischen Appells nur widerwillig eine Finanzhilfe erhielt. Er nahm sogleich das Friedensangebot des französischen Königs an, das ihm gegen den endgültigen Verzicht auf die englischen Thronansprüche eine beträchtliche Geldzahlung und eine Jahrespension zusprach. Er sicherte der Hansa im Vertrag von Utrecht 1474 als Dank für ihre Hilfe Handelsprivilegien zu. Statt über das Parlament suchte er über die wohlhabenden Schichten «benevolences» als freiwillige Abgabe durchzudrücken, deren Verweigerung den einzelnen schlecht möglich war, da das Wohlgefallen des Königs für Geschäft und Ämterbeschaffung unentbehrlich war. Edward räumte mit der Zeit die Schuldenlast der Krone weg, und das Land erfreute sich zunehmend des lange entbehrten Friedens. Aber schon 1483 starb Edward IV. und überließ den Thron seinem zwölfjährigen Sohn Edward V. Damit verdunkelte sich wieder der Himmel.

Henry Tudor, Earl von Richmond, mütterlicherseits ein Nachkomme Edwards III. über die Beauforts aus der dritten Ehe des John von Gaunt, gedachte erneut das Banner der roten Rose von Lancaster auf englischem Boden aufzupflanzen, während die Nobilität in Edward V. die Chance zur Erhaltung ihrer Stellung sah. Dazwischen stand der Onkel des jungen Königs als Protektor des Königreiches, Richard von Gloucester, der selbst nach der Krone strebte. Die schreckliche Zeit der Kindschaft Heinrichs VI. und das Schicksal des damaligen Protektors Humphrey von Gloucester standen ihm vor Augen. Er schickte Edward mit seinem Bruder in den Tower, wo sie umgebracht wurden. Richard krönte sich im Juli 1483 selbst zum König. Sogleich nahm er die Zügel fest in die Hand, stellte die Effektivität der Gerichtshöfe wieder her und zwang die Magnaten unter die Ordnung von Recht und Verwaltung. Aber im April 1484 starb sein einziger Sohn, und ein Jahr später landete Henry Tudor bei Milford Haven in Wales und beanspruchte den Thron im Namen von Lancaster. Am 22. August 1485 fand die letzte Schlacht der Rosenkriege bei Bosworth statt, wobei nicht mehr die Macht der Krone, sondern nur noch der Kronträger in Frage stand. Richard erschien mit der Krone auf dem Haupt, willens alles auf eine Karte zu setzen. Der Sieg Henry Tudors und der Tod Richards waren das Ergebnis des Tages. Noch auf dem Schlachtfeld wurde Henry die in einem Dornbusch gefundene Krone aufs Haupt gesetzt. Richard III. ging als das verbrecherische Ungeheuer in die Tudor-Historie ein, das vor Kinder- und Verwandtenmord nicht zurückgeschreckt sei. Von diesem Makel konnte ihn die neue Forschung nur teilweise befreien.

Mit Bosworth hatte der Bürgerkrieg sein Ende gefunden. Die Nobilität war dezimiert. Im letzten Parlament vor den Rosenkriegen (1454) saßen 53 Peers, im ersten Parlament Heinrichs VII. aber nur noch 18. Einige waren im Exil; bei vielen Familien lebten nur noch die jüngeren Söhne; einige Familien vornehmsten Gebüts aber waren verschwunden wie die Mortimer, Mowbray, Bohun und vor allem Plantagenet. Der neue König umgab sich mit Gefolgsleuten niederer Herkunft wie Sir Thomas Lovell, Sohn eines Alderman von Norwich, Edmund Dudley, einem Squire, Sir Edward Poynings, dem Sohn des Schwertträgers von Jack Cade, und Richard Empson, dem Sohn eines Siebmachers. Das Ende des Magnatenanarchismus war gekommen und der Grund zu einer starken Monarchie gelegt, die mit Edward IV. sich angekündigt hatte und in den Tudors zum Gipfel gelangte. Ihre erste Grundlage waren die fast souveränen Machtgebiete der größten Familien, die der König planmäßig zu einer überragenden Hausmacht vereinigte und die ihn zum Magnaten über ein Fünftel des gesamten Bodens machten.

Glossar

AURELIUS AUGUSTINUS (354–430): Kirchenvater und Philosoph, dessen Vermittlung von antiker Philosophie und christlicher Weltanschauung das Denken des Mittelalters entscheidend prägte.

THOMAS BECKET (1118–1170): Kanzler und Freund Heinrichs II.; von diesem 1162 zum Erzbischof von Canterbury berufen. Infolge einer Auseinandersetzung über die kirchliche Gerichtsbarkeit kam es zum Bruch zwischen den beiden Männern, und Becket wurde 1170 von königlichen Rittern in der Kathedrale von Canterbury ermordet. Nach seiner Heiligsprechung im Jahre 1173 war Beckets Grab in Canterbury lange Zeit eine der populärsten Pilgerstätten der gesamten Christenheit.

JOHN CADE (GEST. 1450): Irischer Rebell, der im Jahre 1450 mit 30000 Männern die königlichen Truppen bei Sevenoaks besiegte und in London einmarschierte. Cade setzte die Regierung unter Druck und übte eine brutale Herrschaft über die Londoner Bevölkerung aus, bis er noch im selben Jahr von einem Sheriff getötet wurde.

GEOFFREY CHAUCER (CA. 1343–1400): Bedeutendster englischer Dichter des Mittelalters. Sein bekanntestes Werk, die «Canterbury Tales», verbindet durch eine Rahmenhandlung die Erzählungen von Pilgern auf dem Weg zum Schrein des Thomas Becket in Canterbury.

SIR JOHN FALSTOLF (CA. 1378–1459): Einer der reichsten Großgrundbesitzer Englands, der für seine Verdienste im Hundertjährigen Krieg gegen Frankreich von Heinrich V. in den Adelsstand erhoben wurde. Falstolf gilt als Vorbild für Sir John Falstaff aus Shakespeares Dramen «Heinrich IV» und die «Die lustigen Weiber von Windsor».

FIDEI DEFENSOR (LAT.: ‹VERTEIDIGER DES GLAUBENS›): Von den britischen Königen geführter Titel, der zuerst Heinrich VIII. im Jahre 1521 von Papst Leo X. verliehen wurde. 1544 erklärte das englische Parlament diesen Titel für erblich.

ROBIN GOODFELLOW (AUCH ‹PUCK› GENANNT): In der altenglischen Sage ein böser Geist; in späteren Legenden eher ein schalkhaftes Zauberwesen. Shakespeare wies ihm in seinem «Sommernachtstraum» eine tragende Rolle zu.

HODEKIN: Waldgeist der angelsächsischen Sage

JUSTINIAN (482–565): Begründer des Byzantinischen Reiches mit seiner Verflechtung von Staat und Kirche. Er erbaute die Hagia Sophia und gab der Rechtsprechung eine Grundlage durch die Sammlung und Aufzeichnung des römischen Rechtes im Corpus iuris.

WILHELM VON OCKHAM (CA. 1285–1349): Lehrte als Philosoph und Theologe unter anderem in Oxford. Ein Thema seiner Schriften war der scheinbare Widerspruch zwischen der vollkommenen Freiheit Gottes und dem Anspruch der Wissenschaft, rationale Strukturen in der von Gott geschaffenen Welt zu entdecken.

POSSET: Heißes Würzgetränk aus Milch und Ale.

JOHN PULTENEY (GEST. 1349): In den Jahren zwischen 1331 und 1337 war Pulteney mehrfach Bürgermeister von London. Er förderte insbesondere Handel und Wirtschaft, fiel jedoch später bei König Edward III. in Ungnade und starb im Gefängnis.

JAMES FIENNES, LORD SAYE (GEST. 1450): Kämmerer und später Schatzmeister Heinrichs VI. Als sich der für England ungünstige Ausgang des Hundertjährigen Krieges gegen Frankreich abzuzeichnen begann, wurde Lord Saye Landesverrat nachgesagt; auf Drängen des Parlaments setzte der König ihn 1450 im Tower fest. Der Rebell John Cade, der im gleichen Jahr London besetzte, ließ ihn enthaupten und den Kopf des «Verräters» im Triumphzug durch die Stadt tragen.

RICHARD WHITTINGTON (1358–1423): Whittington kam als armer Junge nach London, trat bei einem reichen Kaufmann in Dienst, heiratete später dessen Tochter und wurde viermal Bürgermeister von London. Vgl. die Geschichte «Whittington und seine Katze» in «Diederichs Märchen der Weltliteratur – Englische Märchen» (rororo 35022).

Stammtafel der Häuser York und Lancaster

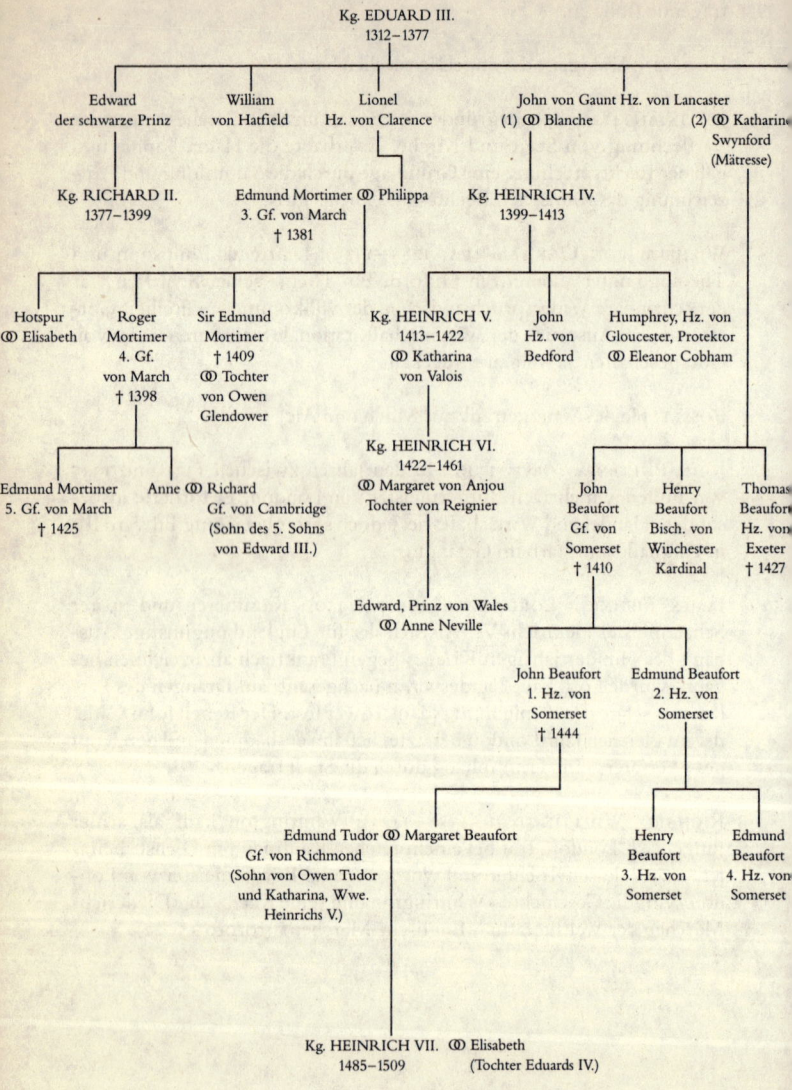

Kg. EDUARD III.
1312–1377

Edward
der schwarze Prinz

William
von Hatfield

Lionel
Hz. von Clarence

John von Gaunt Hz. von Lancaster
(1) ⚭ Blanche

(2) ⚭ Katharine
Swynford
(Mätresse)

Kg. RICHARD II.
1377–1399

Edmund Mortimer ⚭ Philippa
3. Gf. von March
† 1381

Kg. HEINRICH IV.
1399–1413

Hotspur
⚭ Elisabeth

Roger
Mortimer
4. Gf.
von March
† 1398

Sir Edmund
Mortimer
† 1409
⚭ Tochter
von Owen
Glendower

Kg. HEINRICH V.
1413–1422
⚭ Katharina
von Valois

John
Hz. von
Bedford

Humphrey, Hz. von
Gloucester, Protektor
⚭ Eleanor Cobham

Edmund Mortimer
5. Gf. von March
† 1425

Anne ⚭ Richard
Gf. von Cambridge
(Sohn des 5. Sohns
von Edward III.)

Kg. HEINRICH VI.
1422–1461
⚭ Margaret von Anjou
Tochter von Reignier

John
Beaufort
Gf. von
Somerset
† 1410

Henry
Beaufort
Bisch. von
Winchester
Kardinal

Thomas
Beaufort
Hz. von
Exeter
† 1427

Edward, Prinz von Wales
⚭ Anne Neville

John Beaufort
1. Hz. von
Somerset
† 1444

Edmund Beaufort
2. Hz. von
Somerset

Edmund Tudor ⚭ Margaret Beaufort
Gf. von Richmond
(Sohn von Owen Tudor
und Katharina, Wwe.
Heinrichs V.)

Henry
Beaufort
3. Hz. von
Somerset

Edmund
Beaufort
4. Hz. von
Somerset

Kg. HEINRICH VII.   ⚭ Elisabeth
1485–1509   (Tochter Eduards IV.)

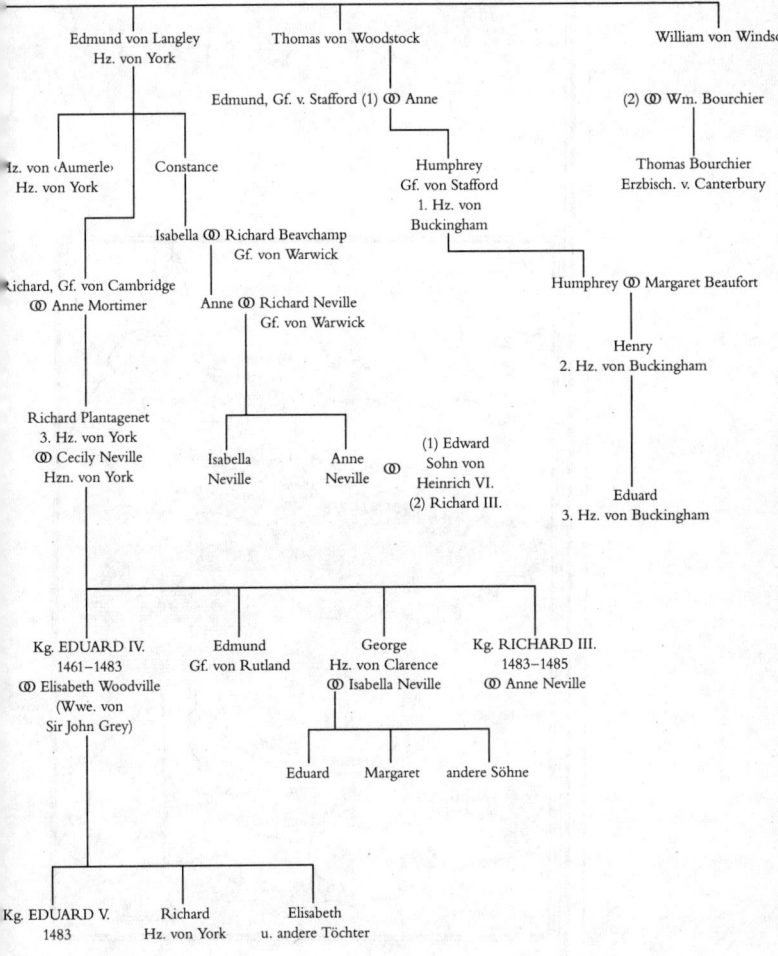

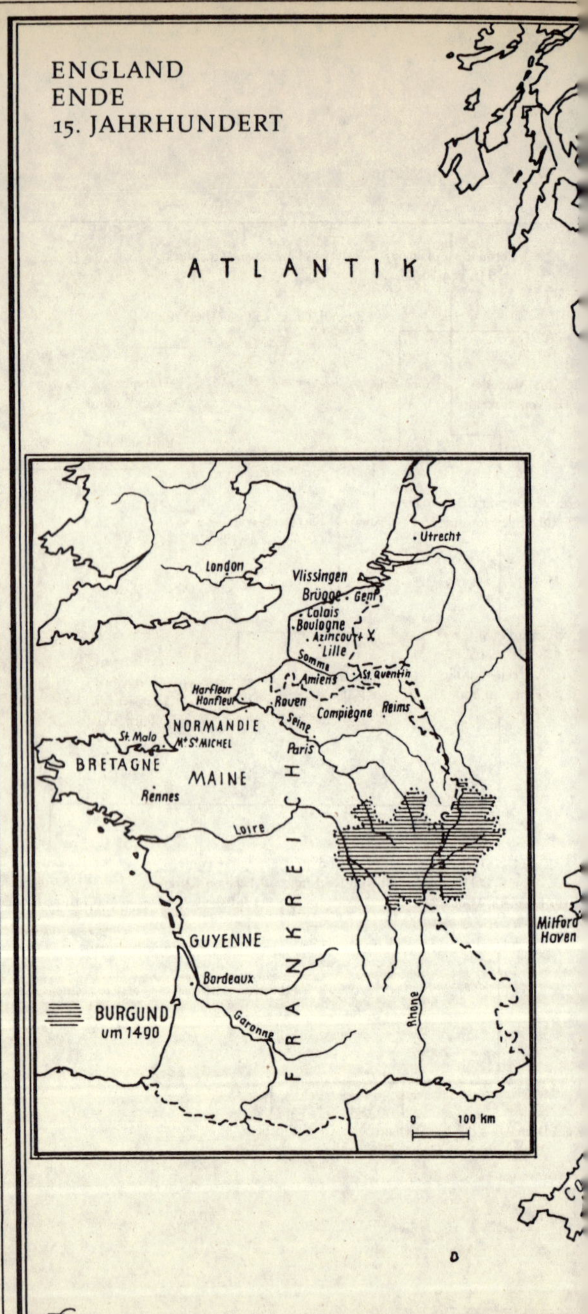

ENGLAND
ENDE
15. JAHRHUNDERT

ATLANTIK

· Utrecht

London

Vlissingen
Brügge · Gent
· Calais
· Boulogne
· Azincourt · X
· Lille
Somme
Harfleur · Amiens · St Quentin
Honfleur
Rouen · Reims
Compiègne
NORMANDIE Seine
Mt St MICHEL Paris
St Malo

BRETAGNE MAINE

Rennes

Loire

FRANKREICH

GUYENNE

· Bordeaux

BURGUND
um 1490
Garonne

Rhône

Mitford
Haven

0   100 km

D

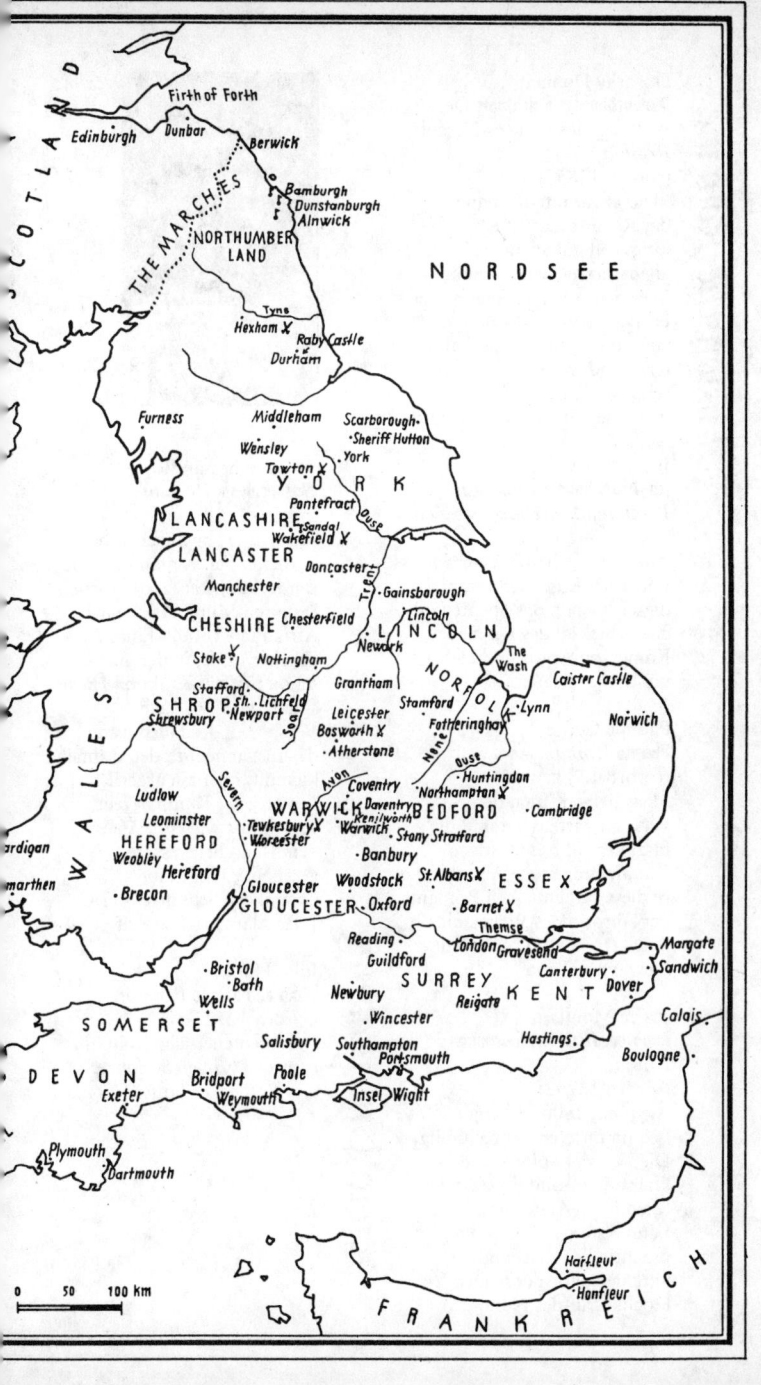

Dorothy Dunnett
Die Farben des Reichtums Der
Aufstieg des Hauses Niccolò
Roman
(rororo 12855)
«Dieser rasante Roman aus
der Renaissance ist ein
kunstvoll aufgebauter,
abenteuerreicher Schmöker
über den Aufstieg eines armen
Färberlehrlings aus Brügge
zum international anerkann-
ten Handelsherrn – einer der
schönsten historischen
Romane seit langem.» Brigitte

Josef Nyáry
Ich, Aras, habe erlebt... *Ein*
Roman aus archaischer Zeit
(rororo 5420)
Aus historischen Tatsachen
und alten Legenden erzählt
dieser Roman das abenteuerliche Schicksal des Diomedes,
König von Argos und Held
vor Trojas Mauern.

Pauline Gedge
Pharao *Roman*
(rororo 12335)
«Das heiße Klima, der
allgegenwärtige Nil und die
faszinierend fremdartigen
Rituale prägen die Atmosphäre diese farbenfrohen Romans
der Autorin des Welterfolgs
‹Die Herrin vom Nil›.» The
New York Times

Pierre Montlaur
Imhotep. Arzt der Pharaonen
Roman
(rororo 12792)
Ägypten, 2600 Jahre vor
Beginn unserer Zeitrechnung.
Die Zeit der Sphinx und der
Pharaonen. Und die Zeit des
legendären Arztes und
Baumeisters Imhotep. Ein
prachtvolles Zeit- und
Sittengemälde der frühen
Hochkultur des Niltals.

T. Coraghessan Boyle
Wassermusik *Roman*
(rororo 12580)
Ein wüster, unverschämter,
barocker Kultroman über die
Entdeckungsreisen des
Schotten Mungo Park nach
Afrika um 1800. «Eine
Scheherazade, in der auch
schon mal ein Krokodil Harfe
spielt, weil ihm nach
Verspeisen des Harfinisten
das Instrument in den Zähnen
klemmt, oder ein ärgerlich
gewordener Kumpan fein
verschnürt wie ein Kapaun
den Menschenfressern
geschenkt wird. Eine
unendliche Schnurre.» Fritz
J. Raddatz in «Die Zeit»

John Hooker
Wind und Sterne *Roman*
(rororo 12725)
Der abenteuerliche Roman
über den großen Seefahrer
und Entdecker James Cook.

Mario Puzo
Der Pate *Roman*
(rororo 1442)
Ein atemberaubender
Gangsterroman aus der New
Yorker Unterwelt, der zum
aufsehenerregenden Bestseller
wurde. Ein Presseurteil: «Ein
Roman wie ein Vulkan. Ein
einziger Ausbruch von
Vitalität, Intelligenz und
Gewalttätigkeit, von
Freundschaft, Treue und
Verrat, von grausamen
Morden, großen Geschäften,
Sex und Liebe.»

Mamma Lucia *Roman*
(rororo 1528)
Animalisch in ihrer Sanftmut,
aufopfernd in ihrer Fürsorge,
streng und wachsam in ihrer
Liebe – das ist Lucia Santa
Angeluzzi-Corbo, Mamma
Lucia, die im italienischen
Viertel von New York um das
tägliche Brot ihrer sechs
Kinder kämpft.

Rudolf Braunburg
Hongkong International *Roman*
(rororo12820)
Ein aufregender Roman aus
der Welt der Flieger und
Passagiere vom Bestseller-
autor und früheren Flug-
kapitän Rudolf Braunburg.

Rückenflug *Roman*
rororo 12333)
Während der Trainingstage
beim internationalen Kunst-
fliegertreffen stimmt sich der
bekannte Journalist Achim
Reimers auf die spannungs-
geladene Atmosphäre ein und
macht auf seinen Streifzügen
merkwürdige Beobachtungen.
Bald muß er erkennen, daß er
sich ahnungslos in einem
gefährlichen Spionagenetz
verfangen hat.

MARIO
PUZO
....
*Der
Pate*

rororo

Josef Martin Bauer
So weit die Füße tragen
(rororo 1667)
Ein Kriegsgefangener auf der
Flucht von Sibirien durch den
Ural und Kaukasas bis nach
Persien. «Diese Odyssee
durch Steppe und Eis, durch
die Maschen der Wächter und
Häscher dauerte volle drei
Jahre – wohl einer der
aufregendsten und zugleich
einsamsten Alleingänge, die
die Geschichte des individuel-
len Abenteuers kennt.»
Saarländischer Rundfunk

James Dickey
Flußfahrt *Roman*
(rororo 12722)
Harmols wie ein Pfadfinder-
unternehmen beginnt der
Wochenendausflug von vier
gutsituierten Duchschnitts-
bürgern - schon am näch-
sten Tag jedoch verwandelt
sich die Kanufahrt in einen
Alptraum...
Unter dem Titel «Beim
Sterben ist jeder der erste»
verfilmt mit Burt Reynolds.